DANIELLE STEEL

Avec quelque 85 best-sellers publiés en France, plus de six cent millions d'exemplaires vendus dans 69 pays et traduits en 43 langues, Danielle Steel est l'auteur contemporain le plus lu et le plus populaire au monde. Depuis 1981, ses romans figurent systématiquement en tête des meilleures ventes du *New York Times*. Elle est restée sur les listes des best-sellers pendant 390 semaines consécutives, ce qui lui a valu d'être citée dans *Le Livre Guinness* des records. Mais Danielle Steel ne se contente pas d'être écrivain. Très active sur le plan social, elle a créé deux fondations s'occupant de personnes atteintes de maladies mentales, d'enfants abusés et de sans-abri. Danielle Steel a longtemps vécu en Europe et a séjourné en France durant plusieurs années (elle parle parfaitement le français) avant de retourner à New York pour achever ses études. Elle a débuté dans la publicité et les relations publiques, puis s'est mise à écrire et a immédiatement conquis un immense public de tous âges et de tous milieux, très fidèle et en constante augmentation. Lorsqu'elle écrit (sur sa vieille Olympia mécanique de 1946), Danielle Steel peut travailler vingt heures par jour. Son exceptionnelle puissance de travail lui permet de mener trois romans de front, construisant la trame du premier, rédigeant le deuxième, peaufinant le troisième, et de s'occuper des adaptations télévisées de ses ouvrages. Toutes ces activités ne l'empêchent pas de donner la priorité absolue à sa vie personnelle. Avec ses huit enfants, elle forme une famille heureuse et unie, sa plus belle réussite et sa plus grande fierté. En 2002, Danielle Steel a été faite officier de l'Ordre des Arts et des Lettres. En France, son fan-club compte plus de 30 000 membres.

Retrouvez toute l'
www.da

JOYEUX ANNIVERSAIRE

DU MÊME AUTEUR
CHEZ POCKET

- Coups de cœur
- Joyaux
- Naissances
- Disparu
- Le Cadeau
- Accident
- Cinq jours à Paris
- La Maison des jours heureux
- Au nom du cœur
- Honneur et courage
- Le Ranch
- Renaissance
- Le Fantôme
- Le Klone et moi
- Un si long chemin
- Douce amère
- Forces irrésistibles
- Le Mariage
- Mamie Dan
- Voyage
- Le Baiser
- Rue de l'Espoir
- L'Aigle solitaire
- Le Cottage
- Courage
- Vœux secrets
- Coucher de soleil à Saint-Tropez
- Rendez-vous
- À bon port
- L'Ange gardien
- Rançon
- Les Échos du passé
- Impossible

- Éternels célibataires
- La Clé du bonheur
- Miracle
- Princesse
- Sœurs et amies
- Le Bal
- Villa numéro 2
- Une grâce infinie
- Paris retrouvé
- Irrésistible
- Une femme libre
- Au jour le jour
- Affaire de cœur
- Double reflet
- Maintenant et pour toujours
- Album de famille
- Cher Daddy
- Les Lueurs du Sud
- Une grande fille
- Liens familiaux
- La Vagabonde
- Il était une fois l'amour
- Une autre vie
- Colocataires
- En héritage
- Joyeux anniversaire

- Offrir l'espoir

DANIELLE STEEL

JOYEUX ANNIVERSAIRE

ROMAN

*Traduit de l'anglais (États-Unis)
par Hélène Colombeau*

Presses de la Cité

Titre original :
HAPPY BIRTHDAY

Pocket, une marque d'Univers Poche,
est un éditeur qui s'engage pour la préservation
de son environnement et qui utilise du papier fabriqué
à partir de bois provenant de forêts gérées
de manière responsable.

Le Code de la propriété intellectuelle n'autorisant, aux termes de l'article L. 122-5, 2° et 3° a), d'une part, que les « copies ou reproductions strictement réservées à l'usage privé du copiste et non destinées à une utilisation collective » et, d'autre part, que les analyses et les courtes citations dans un but d'exemple et d'illustration, « toute représentation ou reproduction intégrale ou partielle faite sans le consentement de l'auteur ou de ses ayants droit ou ayants cause est illicite » (article L. 122-4).
Cette représentation ou reproduction, par quelque procédé que ce soit, constituerait donc une contrefaçon, sanctionnée par les articles L. 335-2 et suivants du Code de la propriété intellectuelle.

© Danielle Steel, 2011
© Presses de la Cité, 2013 pour la présente édition

Presses de la Cité	un département **place des éditeurs**
	place des éditeurs

ISBN 978-2-266-24678-1

*À Beatrix, Trevor, Todd, Nick,
Sam, Victoria, Vanessa,
Maxx et Zara*

*Puisse la devise « Pourquoi pas ? »
vous apporter joie et bonheur,
et vous ouvrir de nouveaux horizons.
Que la vie se montre bonne et généreuse avec vous,
et vos proches tendres et aimants.
Puissiez-vous être toujours aimés !*

*Je vous aime très fort !
Maman/d.s.*

*La vie, la belle vie,
se construit avec des « Pourquoi pas ? ».
Ne l'oublions jamais !*

d.s.

1

Depuis ses quarante ans, Valerie Wyatt redoutait le 1ᵉʳ novembre. Elle se montrait si discrète sur son âge et avait si bien réussi à se préserver des ravages du temps que personne n'aurait pu deviner qu'elle fêtait ce matin-là son soixantième anniversaire. Récemment, le magazine *People* lui avait donné cinquante et un ans, ce qu'elle trouvait déjà suffisamment déprimant. Soixante ? Elle ne voulait même pas en entendre parler. Par chance, tout le monde avait oublié le chiffre exact. Valerie mettait d'ailleurs un point d'honneur à brouiller les pistes. Elle avait subi sa première opération des paupières à quarante ans, lors de l'interruption estivale de son émission de télévision, puis sa deuxième, quinze ans plus tard. Le résultat était remarquable : elle paraissait fraîche et reposée, comme au retour d'excellentes vacances. À cinquante ans, elle s'était offert un lifting du cou et avait ainsi retrouvé son décolleté de jeune fille. Avec ses pommettes hautes et sa peau resplendissante de santé, Valerie n'avait rien à changer à son visage, au dire de son chirurgien esthétique. Des injections de Botox quatre fois par an suffisaient à effacer les marques du temps, de même que sa gymnastique quotidienne et ses trois séances hebdomadaires avec un coach lui permettaient de conserver un corps mince et musclé. Elle aurait très bien pu prétendre avoir quarante-cinq ans. Elle craignait néanmoins de se ridiculiser, dans la mesure où les gens savaient qu'elle avait une fille de trente ans. Cinquante et un ans, ce n'était pas trop loin de la vérité.

Entretenir son apparence lui demandait beaucoup de temps, d'efforts et d'argent. Cela servait son amour-propre, bien sûr, mais aussi sa carrière, à laquelle elle était entièrement dévouée. Après avoir débuté à sa sortie de l'université comme rédactrice pour un magazine de décoration, elle était devenue en trente-cinq ans un véritable gourou du style et du raffinement, la grande prêtresse de l'art de recevoir et de tout ce qui touche à la vie domestique. Elle avait donné son nom à une ligne de linge de maison, à des meubles, des tapisseries et des tissus, ainsi qu'à des chocolats exquis et des condiments raffinés. En plus de l'émission qu'elle présentait à la télévision, et qui comptait parmi les meilleures audiences, elle avait écrit six ouvrages sur la décoration intérieure, les réceptions et les mariages. Sur ce dernier thème, l'un d'eux était resté en tête des best-sellers du *New York Times* pendant cinquante-sept semaines, dans la catégorie livres pratiques. Valerie avait organisé trois mariages à la Maison-Blanche pour des filles et des nièces de présidents. Même Martha Stewart, sa plus grande rivale, ne pouvait tenir la comparaison, ce qui n'empêchait pas Valerie de lui témoigner un profond respect.

Dans son existence personnelle, Valerie Wyatt appliquait à la lettre les principes dont elle se faisait l'écho. Son appartement-terrasse de la Cinquième Avenue, avec sa vue panoramique sur Central Park et sa prestigieuse collection d'œuvres d'art contemporain, semblait prêt à être photographié à tout instant, à l'image de la propriétaire. Valerie avait l'obsession de la beauté. Tout le monde cherchait à mettre en pratique ses préceptes, les femmes rêvaient de lui ressembler, et les jeunes filles d'organiser leur mariage comme elle le leur conseillait dans son émission et dans ses livres.

Valerie était donc belle, riche et célèbre. Pourtant, elle n'avait pas d'homme dans sa vie. Sa dernière relation datait de trois ans et cela la déprimait. Bien conservée ou pas, elle avait soixante ans. Qui voudrait d'une femme de cet âge ? Aujourd'hui, même les octogénaires s'intéressaient aux gamines de vingt ans ! En ce 1er novembre, Valerie se sentait vraiment âgée. Sa seule consolation était de savoir que personne ne connaissait son année de naissance.

Avant de rejoindre les studios de télévision, elle devait se rendre à deux rendez-vous. Elle espérait que le premier lui remonterait le moral. Tandis qu'elle se regardait attentivement dans la glace, elle constata avec soulagement qu'il lui restait tout de même quelques belles années devant elle. Ses cheveux blonds, qu'elle entretenait régulièrement – on ne voyait jamais ses racines –, encadraient son visage en un carré chic et bien coupé. Sa silhouette était irréprochable. Dans sa penderie, elle sélectionna un manteau en laine rouge et l'enfila par-dessus sa petite robe noire, qui mettait en valeur ses longues jambes. Associée à ses stilettos sexy de chez Manolo Blahnik, sa tenue se révélait à la fois élégante et à la mode, parfaite pour l'enregistrement du jour.

Le portier de son immeuble lui héla un taxi. Elle surprit le regard admiratif du chauffeur dans le rétroviseur intérieur, comme elle lui indiquait une adresse dans un quartier pauvre de l'Upper West Side. Tandis qu'ils traversaient Central Park à vive allure, Valerie, perdue dans ses pensées, se laissa bercer par le ronronnement de la radio en contemplant la ville de l'autre côté de la vitre. Les arbres avaient changé de couleur, les dernières feuilles finissaient de tomber ; depuis deux semaines, la température avait chuté à New York, et Valerie songeait qu'elle avait bien fait de choisir ce manteau en laine, quand elle se figea en entendant un commentaire de l'animateur radio.

« Vous n'allez pas en croire vos oreilles, les amis. Devinez qui a soixante ans aujourd'hui ? Valerie Wyatt ! Ça, c'est une surprise ! Beau travail, madame Wyatt, on ne vous donne pas plus de quarante-cinq ans ! »

Valerie eut l'impression de recevoir un coup de poing magistral à l'estomac. Comment ce type pouvait-il être au courant ? Les documentalistes devaient vérifier le fichier des permis de conduire, se dit-elle, écœurée. Elle faillit demander au chauffeur d'éteindre la radio, mais à quoi bon ? Le mal était fait. Ce talk-show faisait partie des programmes matinaux les plus écoutés à New York. À présent, la moitié de la ville devait connaître son âge. Quelle humiliation ! N'avait-on plus droit à une vie privée ? Malheureusement, pas si on s'appelait Valerie Wyatt et qu'on présentait une émission de télévision fameuse. Elle sentit les larmes lui monter aux yeux. Combien de stations de radio reprendraient l'information ? Combien de chaînes de télévision, combien de journaux ? Allait-on voir fleurir les chroniques sur l'âge des célébrités ? Ils auraient tout aussi bien pu l'écrire en lettres d'or dans le ciel au-dessus de New York...

La mine renfrognée, elle régla la course, laissant au chauffeur un beau pourboire. La journée commençait mal. De toute façon, elle n'aimait pas son anniversaire. Malgré son succès et sa popularité, elle n'avait personne avec qui le fêter : pas de mari, pas de petit ami. Sa fille avait trop de travail pour dîner avec elle. Quant à marquer le passage des ans avec ses amis, non merci ! Elle préférait rester chez elle, dans son lit.

Elle se hâta de monter le perron délabré du vieux bâtiment en grès rouge, manqua trébucher sur une marche ébréchée et sonna. Valerie rendait visite à Alan Starr au moins deux fois par an, et lui passait un coup de fil quand elle s'ennuyait ou n'avait pas le moral.

— C'est toi, ma chérie ? demanda une voix joyeuse dans l'air glacial de novembre.

— Oui, c'est moi.

L'interphone bourdonna et Valerie poussa la lourde porte puis s'engagea dans l'escalier. Malgré sa vétusté, l'immeuble était bien tenu. Alan l'attendait sur le palier du premier étage, un large sourire aux lèvres. La quarantaine à peine entamée, grand et beau, il avait les yeux d'un bleu électrique et des cheveux bruns qui lui arrivaient aux épaules. En dépit de son adresse miteuse, il jouissait d'une belle renommée.

— Joyeux anniversaire ! lança-t-il gaiement tout en la serrant dans ses bras.

Valerie le fusilla du regard.

— Oh, tais-toi ! Un imbécile à la radio vient d'annoncer mon âge au monde entier.

Les larmes aux yeux, elle pénétra dans le salon familier. De gros bouddhas et une statue en marbre de Guan Yin encadraient deux canapés blancs qui se faisaient face, séparés par une table basse laquée noire. Une odeur d'encens flottait dans la pièce.

— Et alors ? répliqua Alan tandis que Valerie posait son manteau sur un des sofas. Tu sais bien que tu ne fais pas ton âge ! Ce n'est qu'un chiffre, ma chérie.

— C'est plus qu'un chiffre. Et *j'ai* mon âge, c'est ça le pire. J'ai l'impression d'avoir cent ans, aujourd'hui.

— Arrête tes bêtises.

Il s'installa en face d'elle. Sur la table basse, deux jeux de cartes attendaient. Alan Starr, considéré comme l'un des meilleurs voyants de New York, recevait en consultation de nombreuses célébrités. Valerie se sentait un peu ridicule de venir le voir, mais elle avait constaté, au fil des années, que certaines de ses prédictions se réalisaient. Chaleureux et plein d'humour, il parvenait bien souvent à lui redonner le sourire, ce qui ne gâchait rien. Tous les ans, elle inaugurait donc le jour de son anniversaire par un rendez-vous avec Alan. Cela rendait cette journée moins pénible, surtout si la lecture des cartes se révélait prometteuse.

— J'ai fait ton horoscope hier, annonça-t-il tout en mélangeant les deux jeux. L'alignement des planètes t'est favorable. Cette année va être fabuleuse, peut-être même la meilleure de ta vie.

Il fit un geste vers les cartes.

— Choisis-en cinq et pose-les à l'envers sur la table.

Avec un soupir, Valerie s'exécuta. Lorsque Alan retourna les cartes une à une, ils découvrirent deux as, le dix de trèfle, le deux de cœur et le valet de pique.

— Tu vas gagner beaucoup d'argent, commenta-t-il avec sérieux. Je vois de nouveaux contrats de licence. Et ton émission va battre des records d'audience.

Il lui prédisait sensiblement la même chose tous les ans. Jusque-là, il ne s'était pas trompé, mais il ne prenait pas beaucoup de risques en lui promettant le succès : Valerie était à la tête d'un empire florissant.

— Et pour le valet de pique ? demanda-t-elle.

Il savait qu'il lui tardait d'avoir un homme à ses côtés. Divorcée depuis vingt-trois ans, elle avait consacré plus de temps et d'énergie à sa carrière qu'à sa vie amoureuse. Plusieurs années s'étaient écoulées depuis sa dernière relation, et elle désespérait de rencontrer quelqu'un. Elle commençait même à croire que cela n'arriverait jamais. Peut-être était-elle trop vieille ? Elle en avait bien peur.

— J'ai l'impression qu'un de tes avocats va prendre sa retraite, répondit Alan au sujet du valet de pique. Donne-moi cinq autres cartes.

Cette fois-ci, Valerie tira entre autres le roi de cœur et la dame de carreau. Un sourire se dessina sur les lèvres d'Alan.

— Voilà qui est intéressant. Je vois un homme.

— Ça fait trois ans que tu m'annonces ça, répliqua Valerie, guère convaincue.

— Patience, ma chérie, patience. Ça vaut le coup d'attendre, si c'est le bon. Celui-là me plaît. C'est quelqu'un d'important et d'influent. Il est beau, très grand. Je crois que tu vas le rencontrer par le biais de ton travail.

Valerie éclata de rire.

— Dans ma branche, c'est impossible. Un type qui s'investit dans la décoration intérieure ou l'organisation de mariages ne peut pas être hétéro. Je vais devoir le trouver ailleurs.

— C'est peut-être un de tes producteurs, suggéra

Alan, concentré sur les cartes. Vraiment, je suis presque sûr que tu vas faire sa connaissance dans le cadre professionnel.

Ce n'était pas la première fois que le voyant lui prédisait une histoire d'amour, mais personne encore ne s'était présenté.

— Ta fille va peut-être avoir un bébé cette année, continua-t-il en désignant la dame de carreau.

Valerie ne put s'empêcher de sourire.

— Ça m'étonnerait. Elle travaille encore plus dur que moi, à tel point qu'elle n'a même pas le temps de sortir. Elle est célibataire et je ne suis pas certaine qu'elle ait envie d'un mari ou d'un enfant.

Quant à Valerie, elle n'était pas pressée de devenir grand-mère. Cela ne faisait aucunement partie de sa liste de souhaits, ni de celle de sa fille, fort heureusement. Sur ce coup-là, Alan faisait fausse route.

— Quelque chose me dit qu'elle pourrait te surprendre, insista-t-il.

Valerie continua de choisir des cartes, et Alan de les interpréter : records d'audience pour son émission, succès en affaires, légères mises en garde concernant des projets et négociations à venir, ou au sujet de ses collaborateurs... Il entrevoyait la signature d'un contrat en Extrême-Orient, peut-être pour une ligne de meubles, qui pourrait lui rapporter beaucoup. Côté santé, aucune inquiétude à avoir, selon lui. Et pour le nouvel homme, annoncé tous les ans, Alan était catégorique : cette fois-ci, c'était le bon.

Valerie poussa un soupir. On lui répétait souvent qu'elle ne pouvait pas tout avoir, une brillante carrière *et* une belle histoire d'amour. Cela ne marchait pas comme ça. Or, pour Valerie comme pour beaucoup de gens, le succès n'était pas arrivé dans une pochette-surprise, mais à force de travail et d'acharnement, grâce aussi à un certain génie et à une confiance sans faille dans son intuition. Alan avait beaucoup d'admiration pour elle. C'était une femme droite et juste, que d'aucuns qualifiaient de sévère, mais qui en vérité se montrait exigeante envers les autres comme envers elle-même. Alan appréciait tout particulièrement sa franchise. Avec elle, il n'y avait pas de mauvaises surprises.

Quoi qu'il en soit, il n'avait pas besoin des cartes, ce 1er novembre, pour deviner combien Valerie était contrariée par son âge.

Pendant que Valerie écoutait les prédictions d'Alan dans l'Upper West Side, Jack Adams rampait littéralement sur le sol de sa chambre, les larmes aux yeux. Jamais il n'avait eu aussi mal. Peut-être une fois ou deux dans sa jeunesse, à l'époque où il était footballeur professionnel, mais certainement pas depuis. Il avait la sensation qu'on lui avait planté une hache dans le dos. La douleur lancinante remontait jusqu'à son cerveau et descendait dans ses jambes, si bien qu'il ne lui était pas possible de se lever, et encore moins de marcher. Il réussit néanmoins à se traîner jusque dans la salle de bains, où il se redressa lentement en s'agrippant au lavabo. Son téléphone portable était posé juste à côté. Il s'en empara et s'assit sur les toilettes en gémissant.

— Nom de Dieu, jura-t-il.

Lorsqu'il se vit dans la glace, il grimaça. Il avait une tête de déterré et l'impression d'avoir mille ans.

La veille, il avait participé à une fête pour Halloween, où il avait rencontré une fille incroyable au bar. Il s'était déguisé en Superman, elle portait une tenue de Catwoman – combinaison moulante en cuir verni, cuissardes et moustaches. Elle avait vingt-deux ans, les cheveux teints en noir de jais, les yeux verts et un corps inoubliable. Son visage n'était pas mal non plus, une fois le masque retiré. Jack mesurait un mètre quatre-vingt-dix et il la dépassait à peine. Elle se disait mannequin, mais il n'avait jamais entendu parler d'elle. Une chose était certaine : ils avaient beaucoup bu et, en rentrant chez lui dans la nuit, ils s'étaient livrés à des ébats sexuels acrobatiques. Voilà bien longtemps que Jack ne s'était pas autant amusé.

Catwoman ressemblait à toutes les femmes avec qui il avait l'habitude de sortir : jeunes, souvent mannequins, parfois actrices, toujours jolies. Jack n'avait jamais eu de mal à rencontrer des membres du sexe opposé ni à les séduire. Depuis son adolescence, les filles se jetaient à ses pieds, au point que, par moments, il ne savait plus où donner de la tête. Comme pour les sucreries, il était incapable de leur résister, et Catwoman n'avait pas fait exception à la règle. Un seul détail la différenciait des autres : la dernière fois qu'il lui avait fait l'amour cette nuit-là, Jack avait senti quelque chose claquer dans son dos, et il s'était retrouvé bloqué. Il avait poussé un tel hurlement que la jeune femme lui avait proposé d'appeler SOS Médecins. Mortifié, il avait refusé en prétendant que ce n'était rien, et lui avait suggéré de rentrer chez elle. Après son départ, il avait passé le reste de la nuit à se tordre de douleur en attendant de pouvoir appeler Frank Barker, son ostéopathe, à la première heure, ce qu'il était précisément en train de faire.

Aussitôt que la secrétaire entendit son nom, elle transféra l'appel au praticien, qui le suivait depuis une dizaine d'années.

— Que se passe-t-il, Jack ? demanda celui-ci d'un ton jovial. Mon assistante m'a dit que c'était urgent.

— Oui, je crois que ça l'est, répondit Jack dans un souffle.

Même parler lui faisait mal, tout autant que respirer. Il commençait à s'imaginer en fauteuil roulant, paralysé pour le restant de ses jours. La douleur était tellement insupportable qu'il avait songé au début qu'il faisait une crise cardiaque.

— Je ne sais pas ce qui s'est passé cette nuit, j'ai dû me froisser un muscle dans le dos ou me déchirer un ligament. Je n'arrive même pas à marcher.

— Je me demande bien ce que tu as pu faire pour te mettre dans cet état... ironisa Frank.

Il connaissait la vie sexuelle débridée de Jack. Ils en plaisantaient parfois, mais l'ancien footballeur ne semblait pas d'humeur à rire à cet instant. Il paraissait plutôt au bord des larmes.

— Je peux venir ? demanda Jack.

— Combien de temps il te faut pour être là ?

S'agissant d'une urgence de ce genre, et d'un patient aussi important, Frank trouvait toujours un créneau dans son planning.

— Une vingtaine de minutes, répondit Jack en serrant les dents.

Dès qu'il eut raccroché, il appela l'agence de voitures avec chauffeur à laquelle il avait l'habitude de recourir, avant d'enfiler tant bien que mal son survêtement qui heureusement traînait par terre dans la salle de bains. Il aurait été prêt à se présenter chez son ostéopathe en caleçon, s'il n'avait pu faire autrement. L'espace d'un instant, il se demanda s'il ne serait pas plus raisonnable d'aller directement aux urgences. Mais Frank serait de bon conseil. Il l'était toujours. Et avec un peu de chance, sa blessure n'était pas aussi sérieuse qu'elle en avait l'air... Inutile de se leurrer cependant : il souffrait bien plus aujourd'hui que la fois où il avait été en proie à des coliques néphrétiques.

Dix minutes plus tard, il traversait le hall de son immeuble, plié en deux. En le voyant, le portier s'empressa de l'aider à monter dans la voiture, et il lui demanda ce qui s'était passé. Jack resta évasif. Le chauffeur le conduisit au cabinet du thérapeute et l'accompagna jusqu'à la salle d'examen. Jack était au supplice. Quelques minutes après, Frank fit son entrée.

— Tiens, c'est ton anniversaire aujourd'hui, remarqua-t-il tandis qu'il parcourait son dossier médical. *Happy birthday !*

— Oh, je t'en prie, ne m'en parle pas...

Il lui expliqua quand et comment il s'était blessé. Frank ne put s'empêcher de le taquiner.

— Ces jeunes filles, Jack... elles sont épuisantes !

— Celle-ci doit être gymnaste ou contorsionniste, ce n'est pas possible autrement. Je suis plutôt en forme, et elle a failli me tuer. Qu'est-ce que j'ai, alors ?

Il se sentait comme un vieillard : se retrouver dans cet état après une simple nuit d'acrobaties sexuelles... Et le jour de ses cinquante ans, en plus ! Quel chiffre terrible ! Il se demanda soudain s'il ferait de nouveau l'amour un jour. Peut-être pas comme la veille, en tout cas.

— Je vais t'envoyer passer une IRM. Ça m'a tout l'air d'être une hernie discale, mais j'ai peur qu'elle ne soit « exclue », comme on dit dans notre jargon. Il faut vérifier.

— Merde, lâcha Jack avec une mine de condamné à mort. On va devoir m'opérer ?

— J'espère que non. Ça dépendra du résultat de l'IRM. Je vais voir s'ils peuvent te prendre tout de suite.

Frank avait un don pour convaincre les radiologues et les médecins de recevoir rapidement ses patients importants.

— Quoi qu'il en soit, je crois qu'il vaudrait mieux que tu restes tranquille une nuit ou deux, ajouta-t-il avec un grand sourire.

Jack se releva en grimaçant de douleur. Il avait invité des amis à dîner chez Cipriani ce soir-là – parmi eux, quelques charmantes mannequins –, il allait être obligé d'annuler. Jamais il ne pourrait rester assis plusieurs heures d'affilée. En revanche, il devait passer au bureau, même s'il ne comptait pas s'attarder. Il avait prévenu qu'il aurait du retard, sans préciser pourquoi – il n'était pas fier de son état et préférait attendre de savoir à quoi s'en tenir.

Jack se fit conduire à l'hôpital par son chauffeur. Alors qu'il pénétrait dans le hall, courbé comme un vieillard, deux hommes lui demandèrent un autographe. Le comble de l'humiliation. Jack avait été l'un des plus grands joueurs de la NFL, la National Football League. Élu meilleur quarterback à six reprises, il avait participé à douze matchs du Pro Bowl et fait gagner quatre Super Bowls à son équipe. Une carrière sportive impressionnante qui lui avait valu d'entrer dans le temple de la renommée de la NFL, le « Hall of Fame ». Tout ça pour finir handicapé après une nuit passée avec une fille de vingt-deux ans ? Il raconta à ses deux fans qu'il avait eu un accident de voiture. Ceux-ci étaient tout excités de l'avoir rencontré, même s'il n'était pas au mieux de sa forme.

Une heure et demie plus tard, les résultats de l'IRM tombèrent : il s'agissait d'une simple hernie discale. Selon le radiologue, Jack avait eu de la chance. Sa blessure ne nécessitait pas d'intervention chirurgicale, juste du repos et des séances de kinésithérapie une fois la douleur passée. Cette nouvelle décennie commençait bien, tiens ! Elle risquait fort de sonner la fin de sa carrière de don Juan.

Jack avala un antalgique avant de se rendre à son bureau, portant toujours son survêtement, pas rasé et mal peigné. Il voulait discuter avec son producteur de l'émission spéciale prévue pour le lendemain. Depuis que, douze ans plus tôt, il avait pris sa retraite du football professionnel à la suite d'une grave blessure au genou, Jack exerçait le métier de journaliste sportif. Cette seconde carrière le satisfaisait autant que la première et se révélait tout aussi brillante, comme le prouvaient ses bons scores d'audience. Sa prestance à l'écran lui avait fait gagner de nouveaux fans masculins. Quant aux femmes, elles l'avaient toujours trouvé irrésistible... En tant que superstar de la NFL, les occasions n'avaient pas manqué, et ses nombreuses infidélités avaient finalement eu raison de son mariage, cinq ans avant sa retraite sportive. Son ex-femme, Debbie, était restée en bons termes avec lui, ce qu'il trouvait tout à son honneur : Jack savait qu'il avait été un mauvais mari.

Dans l'année qui avait suivi leur divorce, Debbie avait épousé un médecin de l'équipe. Il la rendait heureuse et lui avait donné trois garçons. Jack et elle avaient eu un fils ensemble. À vingt et un ans, celui-ci entamait sa troisième année à l'université de Boston et ne s'intéressait absolument pas au football, si ce n'est pour admirer les exploits passés de son père. Il ne regardait même pas les matchs à la télévision. Son sport de prédilection, c'était le basket (il était grand lui aussi), mais il n'avait pas l'intention de faire carrière dans cette branche. Plus doué sur le plan scolaire que Jack ne l'avait jamais été, il projetait de devenir avocat.

Lorsqu'il arriva au siège de la chaîne, Jack se traîna en boitant jusque dans l'ascenseur et appuya sur le bouton de son étage. Incapable de se tenir droit, il ne pouvait voir de la femme qui était montée après lui que ses chaussures noires à talons aiguilles et son manteau rouge. Il nota qu'elle avait de belles jambes, avant de chasser bien vite cette pensée. Il lui fallait plutôt songer à se retirer dans un monastère pour ses vieux jours...

— Ça va ? lui demanda-t-elle d'une voix inquiète.
— Pas vraiment, mais je survivrai.

Comme il se redressait afin de la regarder, il grimaça de douleur. Son visage lui disait vaguement quelque chose, mais il n'arrivait pas à mettre un nom dessus. Et soudain, cela lui revint. Il se trouvait en présence de la reine du savoir-vivre, et il se tenait aussi bossu que Quasimodo, en jogging et tongs, ni rasé ni coiffé ! Il souffrait tellement que cela lui était presque égal. Au reste, il avait toujours pensé que Valerie Wyatt paraissait un peu trop tirée à quatre épingles à l'écran. La compassion qu'il percevait dans son regard à cet instant confirma ses soupçons : il devait vraiment faire peine à voir. C'était pitoyable.

Tandis qu'il la dévisageait, il remarqua deux minuscules gouttes de sang de chaque côté de sa bouche.

— J'ai une hernie discale. Et je crois que vous vous êtes coupée en vous rasant, plaisanta-t-il.

Elle sursauta, portant une main à son visage.

— Ce n'est rien, éluda-t-elle tandis que l'ascenseur s'arrêtait à l'étage de Jack.

Juste après son rendez-vous avec son cartomancien, Valerie s'était fait faire ses injections de Botox. Elle n'avait nullement l'intention de livrer cette information à Jack Adams – peut-être l'avait-il deviné tout seul, d'ailleurs. Valerie avait reconnu ce bel homme, qu'elle avait croisé plusieurs fois dans les couloirs de la chaîne. Il semblait en bien triste état aujourd'hui.

— Avez-vous besoin d'aide ? lui demanda-t-elle gentiment, alors qu'il s'apprêtait à descendre de l'ascenseur.

— Je veux bien que vous mainteniez les portes ouvertes le temps que je sorte. Si elles se referment sur moi, je risque une tétraplégie. Je me suis un peu trop dépensé hier, pour Halloween.

Jack aurait aimé faire une fête d'enfer pour son anniversaire, mais cela semblait sérieusement compromis. Peu probable que je puisse remettre ça un jour, songea-t-il avec regret. Il remercia Valerie, et l'ascenseur se referma derrière lui.

Une fois dans son bureau, il s'effondra sur le canapé en gémissant. Norman Waterman, son assistant de production préféré, entra dans la pièce et le regarda avec stupéfaction. Enfant, Norman idolâtrait Jack ; il connaissait mieux que lui ses statistiques, et avait même conservé toutes les cartes de football à son effigie. Jack les avait signées l'une après l'autre.

— Merde alors ! Qu'est-ce qui t'est arrivé, Jack ? On dirait que tu es entré en collision avec un train !

— C'est à peu près ça. J'ai eu un accident hier soir et je me retrouve avec une hernie discale. George est là ? Je dois le voir pour l'émission de demain.

— Je vais te l'appeler. Hé, bon anniversaire, au fait !

— Comment tu sais ça, toi ?

— Tu plaisantes ? Tu es une véritable légende, mon gars. En plus, ils l'ont annoncé aux infos ce matin.

— Ils ont dévoilé mon âge aussi ? s'enquit Jack, paniqué.

— Bien sûr ! Tout le monde le connaît, de toute façon. Du moins, tous ceux qui s'intéressent un tant soit peu au football.

— J'avais bien besoin de ça ! Déjà que je vais finir ma vie en fauteuil roulant, en plus on rappelle au monde entier que je suis vieux. Super.

Généralement, Jack disait à ses conquêtes qu'il avait trente-neuf ans. Trop jeunes pour avoir suivi sa carrière, et tout excitées à l'idée de sortir avec Jack Adams, la plupart le croyaient. La publicité faite sur ses cinquante ans risquait de porter un coup à son pouvoir de séduction, déjà bien entamé après « l'intervention » dévastatrice de Catwoman.

— Que fais-tu ce soir pour fêter ça ? demanda Norman en toute innocence.

Jack laissa échapper un grognement.

— Je pense au suicide. Tu peux aller me chercher George ?

— Bien sûr. Et encore, bon anniversaire ! répéta-t-il, sincère.

Allongé sur le canapé, à l'agonie, Jack ferma les

yeux sans répondre. L'admiration de Norman était touchante, mais il ne souhaitait que deux choses pour son anniversaire : ne plus souffrir, et retrouver sa vie. Une vie de sexe et de femmes.

Assise à sa table de travail quelques étages plus haut, Valerie examinait des échantillons de tissus pour une émission sur le thème « Comment relooker son salon », et pour un sujet sur les décorations de Noël. Son bureau disparaissait sous les catalogues et les photos, mais tout était rangé avec un soin méticuleux. Valerie préparait ses émissions longtemps à l'avance. La semaine s'annonçait chargée.

En arrivant, elle avait nettoyé, devant le miroir, les petites marques de sang que Jack Adams s'était permis de mentionner. Quel manque de tact, soit dit en passant. Il ne s'était pas regardé ! Ce monsieur lui avait toujours paru très arrogant, tout droit sorti d'une couverture de *Sports Illustrated* ou de *GQ*. À l'inverse, aujourd'hui, il ressemblait à l'homme des cavernes, ou à un naufragé. À sa décharge, il souffrait visiblement le martyre.

Valerie oublia vite cet incident tandis qu'elle prenait des notes pour ses émissions à venir. Elle n'avait que deux heures devant elle avant de retrouver sa fille pour leur habituel déjeuner d'anniversaire à La Grenouille, un restaurant français raffiné. Ce repas constituerait la seule célébration de la journée pour Valerie.

Marilyn, sa secrétaire, une jeune femme d'une efficacité irréprochable, lui avait appris que son anniversaire avait été annoncé plusieurs fois à la télévision ce matin-là. Non seulement les gens qui écoutaient la radio connaissaient maintenant son âge, mais ceux qui regardaient les informations aussi. Marilyn avait ajouté que l'ancien quarterback et célèbre commentateur sportif Jack Adams était né le 1er novembre également. Valerie n'avait pas pris la peine de lui dire qu'elle venait de le voir tordu de douleur dans l'ascenseur. Elle se fichait bien que Jack Adams souffle une bougie de plus, cela n'enlevait rien au fait qu'elle devenait sexagénaire aujourd'hui et que tout le monde le savait. Alan Starr avait beau lui avoir promis l'amour et le succès dans l'année, elle n'y trouvait aucune consolation. Qui sait si ses prédictions allaient s'accomplir, d'ailleurs ? Son âge, bien réel, la déprimait au-delà de tout. N'en déplaise à ceux qui affirmaient qu'on était encore très jeune à soixante ans, elle avait l'impression d'en avoir trente de plus.

2

Quand son réveil sonna à quatre heures du matin, April Wyatt sortit de son lit et se dirigea vers la salle de bains en traînant les pieds. Ayant beaucoup de courses à faire pour son restaurant, elle voulait arriver à cinq heures au marché aux poissons dans le South Bronx, et à six à celui des fruits et légumes. Alors qu'elle se brossait les dents, elle se rappela soudain que c'était son anniversaire aujourd'hui. D'habitude, cela ne lui faisait ni chaud ni froid, mais elle fêtait cette année ses trente ans et avait redouté l'arrivée de cette décennie. April détestait les chiffres ronds, car ils vous poussent à vous comparer aux personnes du même âge. Or, elle ne correspondait pas à la norme. À trente ans, on est censé être marié, avoir des enfants et/ou une carrière brillante, peut-être même une maison. Certes, April possédait un restaurant, mais elle n'avait ni mari ni petit copain, et se sentait à des années-lumière de faire un bébé. Elle était endettée jusqu'au cou auprès de sa mère, qui l'avait aidée à acheter les locaux où elle avait ouvert l'établissement de ses rêves. Même si Valerie ne se montrait jamais pressante à ce sujet, April tenait à la rembourser jusqu'au dernier centime.

Elle espérait y parvenir d'ici à cinq ans, si ses affaires continuaient de bien marcher. Le bâtiment, dans lequel elle avait aménagé son appartement et son bureau à l'étage, se situait dans l'ancien quartier des abattoirs de New York et avait nécessité d'importantes rénovations pour être mis aux normes – ce qu'April avait accompli avec un budget serré. Elle avait préféré tout miser sur le restaurant lui-même, au détriment de son logement qui était un vrai taudis.

À trente ans, April ne possédait donc pas grand-chose de plus qu'une entreprise, un métier, et une tonne de dettes. Néanmoins, son vœu le plus cher s'était réalisé : son restaurant, April in New York, ouvert sept jours sur sept, affichait complet presque tous les soirs et avait déjà récolté d'excellentes critiques en trois ans d'ouverture. C'était son bébé. Présente au déjeuner comme au dîner, April se chargeait seule de l'approvisionnement, était chef cuisinier et choisissait elle-même les vins avec l'aide de son sommelier. Bien que sa place favorite soit aux fourneaux, elle prenait le temps d'aller saluer ses clients à leur table. De l'avis de ses habitués, April in New York était le meilleur restaurant en ville.

La jeune femme s'était ennuyée un an à l'université Columbia, où son père enseignait l'histoire médiévale, avant de décider de prendre une année sabbatique. Elle n'était jamais retournée sur les bancs de la fac, au grand dam de ses parents : son seul désir était de devenir chef. Elle ne partageait pas non plus la passion de sa mère pour l'élégance et le raffinement. Les mariages luxueux, l'art de présenter une table ou de décorer un salon la laissaient indifférente. Ce qui l'intéressait, c'était de préparer de la cuisine délicieuse que tout le monde aimait manger.

Elle avait passé six ans en France et en Italie pour apprendre son métier, d'abord à l'école hôtelière, puis dans quelques-uns des meilleurs restaurants européens : apprentie chez Alain Ducasse à Paris, sous-chef pâtissier à la Tour d'Argent, elle avait également travaillé à Florence et à Rome. Lorsqu'elle était revenue aux États-Unis à vingt-cinq ans, elle avait accumulé une solide expérience. Après une année au service d'une maison réputée de New York, elle avait pu se consacrer pendant un an, grâce à sa mère, à l'ouverture de son propre établissement. Le concept était de servir à la fois des mets raffinés et des plats simples qui plaisaient à tous, sans se perdre dans des sauces compliquées ou des menus que les gens ne souhaitaient goûter qu'exceptionnellement. Ainsi, elle proposait de délicieuses pâtes faites maison qu'elle avait appris à cuisiner à Rome et à Florence, un steak tartare exactement comme on le faisait en France, des escargots, du foie gras (chaud ou froid), du boudin noir et du saumon. Mais elle servait aussi des cheeseburgers inoubliables sur du pain également fait maison, des gratins de macaronis au fromage, des pains de viande et du hachis parmentier aussi goûteux que ceux de l'enfance, des pizzas gastronomiques, du poulet rôti et du poulet pané frit à l'américaine, du gigot d'agneau à la française, et de la purée de pommes de terre qui fondait en bouche. Elle proposait du caviar et des blinis, des rouleaux de printemps et des dim sum, du homard et du crabe du Maine ainsi que des crabes à carapace molle en été, des crevettes et des huîtres succulentes qu'elle choisissait elle-même. La carte était un condensé de tout ce que les gens aimaient manger et qu'elle se plaisait à concocter. Elle comprenait une section dédiée aux petits plats réconfortants, depuis la soupe aux boulettes de matzo jusqu'à la polenta, en passant par les pastinas, les crêpes, le pain perdu et les gaufres, et ce à toute heure de la journée, pas seulement pour le brunch du dimanche. April avait ramené dans ses bagages le chef pâtissier de l'hôtel Ritz de Paris, dont les desserts et les soufflés étaient à se damner. Enfin, elle proposait, à des prix raisonnables, une carte de vins venus du monde entier.

Le restaurant avait connu le succès dès son ouverture, auprès des adultes mais aussi des enfants. Pour eux, elle préparait des sandwichs gratinés au fromage, des hot dogs et des hamburgers, des pizzas miniatures, des pâtes au beurre toutes simples et d'autres en gratin, de petites portions de poulet pané accompagné de frites aussi bonnes qu'en France. En dessert, ils avaient droit à des sundaes nappés de chocolat chaud, des marshmallows grillés, des banana split, milk-shakes et autres chocolats liégeois. Inutile de dire qu'ils sautaient de joie lorsque leurs parents leur annonçaient qu'ils allaient manger chez April. Elle ne voyait aucun inconvénient à ce qu'un adulte commande un menu enfant. Elle avait créé le genre de restaurant qu'elle aurait adoré étant petite, et qu'elle continuait d'apprécier à trente ans. Elle n'était visiblement pas la seule : April in New York ne connaissait pas la crise.

A cette période de l'année, en accompagnement de pâtes ou d'œufs brouillés, elle servait des truffes blanches qu'elle achetait une fortune. Importée d'Italie, cette variété se développait seulement dans la région d'Alba et n'était disponible que pendant trois semaines.

Seuls les fins gourmets connaissaient et appréciaient ces champignons délicats qui poussaient sous terre et qui, ajoutés en lamelles sur des pâtes ou du risotto, en relevaient le goût de manière exquise. Ayant reçu sa commande deux jours plus tôt, April prévoyait de les intégrer à son menu du soir. S'il y avait bien une chose qu'elle aimait dans son anniversaire, c'était qu'il tombait en pleine saison de la truffe blanche, dont elle raffolait.

April se dévouait corps et âme à son établissement. Il était toute sa vie, occupait toutes ses journées et ses soirées et comblait toutes ses attentes. Un jour comme aujourd'hui, néanmoins, elle ne pouvait s'empêcher de songer à ce qui manquait dans son existence. En cinq ans, elle n'avait pas eu une seule relation sérieuse – elle n'en avait pas le temps. À Paris, elle était sortie avec un chef, un homme violent et instable qui la quittait toutes les cinq minutes et l'avait menacée avec un couteau de boucher. Il avait fallu deux ans, un psy et dix-huit mois de Prozac pour qu'elle se remette de cette histoire, et elle en avait gardé une extrême méfiance. Depuis, elle s'était contentée de quelques relations superficielles et de courte durée.

Fêter ses trente ans lui faisait l'effet d'une douche froide. Cet âge sonnait tellement adulte... ou, pire, juste vieux. Elle se demanda soudain si elle se marierait un jour, si elle aurait des enfants, et ce qu'elle ressentirait dans le cas contraire. Et si elle n'arrivait à engendrer qu'une lignée de restaurants ? Elle songeait à en ouvrir un deuxième, mais ce n'était pas pour tout de suite. D'abord, elle voulait peaufiner celui-ci. Même après trois ans, il restait des détails à améliorer, des éléments à affiner ou à changer dans l'organisation.

Par exemple, elle venait d'embaucher un deuxième sommelier, car le premier se plaignait d'être surchargé et n'avait aucune envie de travailler sept jours par semaine comme elle. Consacrer autant de temps à son restaurant ne dérangeait pas April, elle considérait que c'était la nature du métier. De plus, elle n'aurait pas su comment s'occuper si elle avait eu un jour de repos. Cela ne lui arrivait jamais.

En se rendant au marché aux poissons de Fulton, dans le Bronx, April repensa à son anniversaire. Si sa mère s'était toujours réjouie qu'elles soient nées le même jour, April ne l'avait pas vu du même œil étant enfant. Elle avait détesté partager « son » moment avec quelqu'un d'autre. Maintenant qu'elle était adulte, cela lui était égal. Elle savait que cette année serait particulièrement difficile pour sa mère, qui appréhendait le palier des soixante ans. April, qui se sentait nerveuse de passer le cap des trente ans, imaginait sans peine combien ce devait être pire pour sa mère, dont le succès reposait en partie sur son image jeune. En outre, Valerie angoissait de n'avoir pas eu de relations sérieuses, ni de relations tout court, depuis plusieurs années. Elle nourrissait les mêmes inquiétudes au sujet de sa fille, qu'elle enquiquinait régulièrement à ce propos. April, elle, n'avait pas le temps d'y penser.

Après avoir garé sa camionnette, elle se jeta dans la mêlée du marché, où d'autres chefs sélectionnaient déjà des fruits de mer pour leur restaurant. À six heures, April avait rejoint le marché des fruits et légumes. De retour dans Little West Twelfth Street peu avant huit heures, elle se prépara un bol de café au lait fumant ; elle en avait bien besoin, après tout ce temps passé dans le froid du petit matin. Alors qu'elle allumait la radio dans la cuisine du restaurant, elle sursauta en entendant l'animateur d'un talk-show matinal annoncer l'âge de sa mère. Si celle-ci écoutait, voilà qui allait sans nul doute la contrarier. April fut tout de même rassurée sur un point : personne ne précisa que la fille de Valerie Wyatt fêtait quant à elle ses trente ans. April avait déjà assez de mal à se faire à cette idée sans que tout le monde soit au courant ! Elle n'enviait pas cet aspect-là de la vie maternelle, mais c'était le prix à payer lorsqu'on aimait la gloire, le succès, l'argent et les éloges. Pour sa part, April n'était pas attirée par la célébrité ; elle ne visait pas la notoriété d'un Alain Ducasse ou d'un Joël Robuchon, mais souhaitait juste tenir un restaurant où les gens aimaient venir manger. Et elle avait plutôt bien réussi.

April avait hérité de son père sa discrétion naturelle et sa simplicité, et de sa mère sa passion pour le travail acharné. Personne ne bûchait autant que Valerie Wyatt. Le père d'April, Patrick, avait une vision de l'existence beaucoup plus débonnaire, moins ambitieuse : la vie universitaire lui convenait parfaitement. Valerie et Patrick admettaient volontiers qu'ils n'avaient pas été faits l'un pour l'autre. Ils avaient divorcé après huit ans de mariage, l'année des sept ans d'April. À l'époque, Valerie n'était pas encore une star de la décoration, mais sa carrière était déjà bien lancée. Patrick disait lui-même qu'il n'avait pas eu les épaules assez solides pour tenir le coup. L'univers de Valerie le dépassait complètement. Ils étaient néanmoins restés en bons termes, et Valerie avait toujours parlé en bien de lui à sa fille. Deux ans après le divorce, Patrick avait épousé Maddie, une orthophoniste qui exerçait dans l'enseignement public – l'antithèse de Valerie et de son émission de télévision, sa brillante carrière, ses innombrables contrats de licence, ses livres à succès et sa réputation glamour. Maddie et le père d'April avaient eu deux filles ensemble, Annie et Heather, âgées à présent de dix-neuf et dix-sept ans. Heather aidait parfois April au restaurant pendant l'été. Elle voulait devenir enseignante. Annie, petit génie des maths, entamait sa deuxième année au Massachusetts Institute of Technology. Ils formaient tous les quatre une famille normale et sympathique. Patrick emmenait souvent Maddie et Heather dîner au restaurant d'April le dimanche soir ou pour le brunch, et Annie se joignait à eux quand elle revenait de l'université. Patrick était très fier de sa fille aînée, tout comme Valerie. April, quant à elle, appréciait la bonne entente qui régnait dans la famille. Cela lui facilitait la vie. Elle n'aurait pas pu supporter de voir ses parents se détester après un divorce difficile, cauchemar que plusieurs de ses amis avaient connu. April n'avait vécu qu'une seule expérience douloureuse, celle avec le chef cuisinier français. C'était peut-être pour cette raison qu'elle en avait autant souffert : avant cela, personne n'avait été violent avec elle, ni même méchant. Depuis, elle s'était promis de ne plus jamais fréquenter de chef, et elle se montrait prompte à qualifier de « dérangés » la plupart de ceux qu'elle connaissait.

En buvant son café au lait dans la cuisine immaculée et silencieuse, elle griffonna quelques notes au sujet des plats qu'elle voulait ajouter à la carte du jour. En plus des pâtes aux truffes blanches pour le dîner, elle proposerait deux poissons au menu, et, pour le plaisir, un soufflé au Grand-Marnier. Le personnel de cuisine arrivait à neuf heures pour la préparation du déjeuner. Les serveurs commençaient à onze heures, et le restaurant ouvrait à midi.

April partit au moment où les premiers sous-chefs apparaissaient. Elle avait rendez-vous à neuf heures avec son acupunctrice, chez qui elle se rendait religieusement deux fois par semaine pour soulager son stress. Le cabinet se trouvait dans Charles Street, à trois rues seulement du restaurant. Au fil des ans, patiente et thérapeute étaient devenues amies. À trente-quatre ans, Ellen Puccinelli était mariée depuis dix ans et mère de trois enfants. Elle avait été formée en Angleterre par un maître chinois, et continuait à travailler, disait-elle, car, sinon, ses garçons turbulents la rendraient folle. Avec ses cheveux blonds coupés court, ses grands yeux bleus et sa petite taille, elle ressemblait à un lutin, tout comme ses fils que l'on voyait en photo sur son bureau. April prenait toujours plaisir à la voir ; les séances tenaient à la fois de la relaxation, du bavardage entre copines et du rendez-vous chez la psy. De son côté, Ellen venait souvent dîner en famille au restaurant, le dimanche soir – même si, avec un mari entrepreneur et trois fils, la vie à New York s'apparentait à un véritable numéro de jonglage.

Ellen l'accueillit avec un grand sourire. Après avoir retiré ses sabots de travail, sa montre et son gros pull, April s'allongea sur la table recouverte d'un drap immaculé, en laissant pendre sa longue tresse brune. La pièce était chaleureuse et confortable – parfaite pour se détendre.

— N'est-ce pas ton anniversaire, aujourd'hui ? demanda Ellen en lui prenant le pouls.

Ce faisant, elle se renseignait sur l'état général de

sa patiente, tentait de savoir quelles parties de son corps subissaient le stress ou la surcharge de travail.

— Si, soupira April. Quand j'y ai pensé ce matin, ça m'a déprimée. Et puis je me suis dit, à quoi bon ? J'ai la chance de posséder un restaurant, ça ne sert à rien de faire la liste de tout ce que je n'ai pas.

Les doigts pressés sur le poignet d'April, Ellen fronçait les sourcils sans répondre.

— Bon, qu'est-ce qui cloche ? Mon foie, mes poumons, mon cœur ? J'ai eu un rhume le week-end dernier, mais il est passé en deux jours, dit fièrement April.

Ellen sourit.

— Rien de particulier. Tes défenses sont un peu à plat, mais c'est normal en cette saison. On va faire une moxibustion.

April raffolait de l'odeur capiteuse du moxa, ce bâtonnet d'armoise séchée qu'Ellen allumait sur son ventre pour réchauffer et purifier son corps, et qu'elle retirait juste avant qu'il ne lui brûle la peau. C'était son moment préféré de la séance. Mais elle ne craignait pas les aiguilles, d'autant plus qu'Ellen ne lui faisait jamais mal. April se sentait toujours détendue lorsqu'elle repartait. Elle avait adopté l'acupuncture depuis son retour d'Europe et ne jurait plus que par cette thérapie.

— Tu as fait des rencontres ? lui demanda Ellen avec intérêt.

April se mit à rire.

— Oui, quatre. Trois nouveaux serveurs qui travaillent les week-ends, et un sommelier que j'ai piqué à Daniel Boulud.

— Je parlais d'un autre genre de rencontres. Il n'y a pas que la cuisine dans la vie.

— Il paraît, murmura April.

Elle ferma les yeux pour profiter pleinement du bien-être procuré par le moxa.

— J'y réfléchissais justement ce matin, reprit-elle. Je m'étais toujours dit qu'à trente ans je serais mariée et j'aurais des enfants. Aujourd'hui, tout ça me paraît si loin ! Dans cinq ans, peut-être… Trente ans, ça me semblait vieux quand j'en avais vingt-cinq, mais j'ai l'impression d'être encore une gamine.

Et elle l'était, physiquement. Comme sa mère, April avait la chance de paraître plus jeune que son âge. Elle avait hérité d'elle ses yeux noisette et sa peau parfaite. En revanche, elle ne se maquillait jamais – elle n'en voyait pas l'intérêt. Le maquillage fondait sous la chaleur des fourneaux. Elle n'en portait donc qu'à l'occasion d'une soirée ou d'un rendez-vous galant, ce qui ne lui était pas arrivé depuis plusieurs années.

— Tu as largement de quoi être satisfaite de ta vie, lui assura Ellen. Peu de personnes peuvent se targuer d'avoir un restaurant réputé à trente ans. Je trouve que tu t'en sors drôlement bien.

— Merci.

Ellen éteignit le moxa et commença à placer les aiguilles. Au bout de quelques instants, elle s'interrompit pour reprendre le pouls d'April. Elle avait un don surprenant pour deviner les moindres perturbations chez ses patients.

— Tu as encore un retard de règles ? demanda-t-elle.

April avait des cycles irréguliers et restait parfois même plusieurs mois sans menstruation. C'était l'une des manifestations de son stress. Elle prenait la pilule dans l'espoir de redresser la situation et pour couvrir les « dérapages » occasionnels, même si ceux-ci n'étaient pas nombreux. Le dernier en date remontait déjà à quelque temps.

— Ça fait deux mois que je ne les ai pas eues, répondit-elle sans trace d'inquiétude dans la voix. Mais ça m'arrive souvent quand je travaille beaucoup, comme en ce moment. On a ajouté de nouveaux plats à la carte le mois dernier.

— Tu devrais peut-être consulter, suggéra Ellen d'une voix tranquille, tandis qu'elle posait quelques aiguilles sur les bras d'April.

Celle-ci eut l'air surprise.

— Tu crois qu'il y a un problème ?

— Non, mais ton pouls est tout drôle. J'ai l'impression de sentir quelque chose.

— Comme quoi ?

— À quand remonte ta dernière relation sexuelle ?

— Je ne sais plus. Pourquoi ?

— Je me trompe certainement, d'autant plus que tu prends la pilule. Mais tu devrais peut-être faire un test de grossesse. Tu n'aurais pas oublié une pilule ou deux la dernière fois que tu as fait l'amour ?

— Tu crois que je suis enceinte ? s'exclama April en se redressant brusquement, choquée. C'est ridicule. Oui, j'ai couché avec un type, que je n'appréciais même pas. C'est un critique culinaire. Il est mignon, pas bête. Je lui ai fait boire mes meilleurs vins pour l'impressionner, et j'ai un peu forcé sur la boisson, moi aussi. Après, je ne me souviens de rien. Tout ce que je sais, c'est que, quand je me suis réveillée le lendemain matin, il était couché dans mon lit. Ça faisait des années que ça ne m'était pas arrivé. Et le pire, c'est que ce salaud a écrit une mauvaise critique sur le restaurant ! Il a dit que la carte était puérile et exagérément simpliste, que je n'exploitais ni mon expérience ni mes talents. Un vrai crétin.

— D'accord, tu ne l'aimes pas, mais je ne crois pas que cela suffise comme mode de contraception, remarqua Ellen calmement.

April se recoucha, troublée.

— Maintenant que j'y pense, j'ai peut-être bien oublié de prendre ma pilule. J'avais tellement la gueule de bois le lendemain que ça m'est sorti de la tête. En plus, j'avais une angine. J'espère qu'il l'a attrapée, tiens !

April avait presque réussi à oublier cette aventure d'un jour, mais, à présent, les souvenirs lui revenaient, ravivés par les questions d'Ellen.

— Tu prenais des antibiotiques ? lui demanda celle-ci.

— Oui, de la pénicilline.

— Ça peut annuler l'effet de la pilule. Je crois que tu devrais vérifier.

— Je ne suis pas enceinte, affirma April.

— Je n'ai pas dit que tu l'étais, mais ça ne coûte rien de vérifier.

— Tu me fous la trouille ! Je te rappelle que c'est mon anniversaire, aujourd'hui !

Elles se mirent à rire toutes les deux.

— Je suis sûre que ce n'est rien, lui assura Ellen.

— J'en suis sûre aussi, rétorqua April, comme si elle cherchait à s'en convaincre.

Elles bavardèrent de choses et d'autres, puis, juste avant qu'April ne parte, Ellen lui rappela le test de grossesse. April ne voulait même pas y songer. Sans compter qu'elle n'avait aucun symptôme, en dehors d'un retard de règles qui lui était familier. Elle ne se pardonnait pas d'avoir couché avec Mike Steinman. Tu parles d'un exploit ! À son âge, se laisser séduire par le charme et l'intelligence du premier venu ! Cela avait eu lieu deux mois plus tôt, début septembre, pendant le week-end de la fête du Travail. Depuis, elle s'était interdit de repenser à lui.

Sur le chemin du retour, April acheta un test de grossesse dans une pharmacie, malgré ses certitudes quant à son résultat. Voilà bien longtemps qu'elle n'avait pas été confrontée à ce genre de souci. Elle avait eu une frayeur, une fois, à Paris – une fausse alerte, heureusement. C'était sans doute le cas aujourd'hui, mais elle préférait pouvoir affirmer à Ellen qu'elle s'était trompée.

Arrivée au restaurant, elle alla jeter un coup d'œil en cuisine : tout était en ordre, les préparatifs pour le déjeuner avaient bien avancé. Il restait encore deux heures avant l'ouverture. April monta se préparer dans son appartement pour le repas d'anniversaire avec sa mère. Les pièces au premier étage étaient presque vides en dehors de quelques cartons, caisses en bois et lampes hideuses. Le peu de meubles qu'elle possédait – un bureau, un canapé, une commode et un lit à deux places – venaient de chez Goodwill, un magasin caritatif d'articles d'occasion. Au lieu de dépenser son argent dans la décoration, elle avait préféré investir dans les meilleurs équipements de cuisine. Valerie avait bien proposé de lui offrir des meubles, mais elle avait décliné, arguant qu'elle ne faisait que travailler ou dormir dans son appartement ; elle ne recevait jamais. À cet égard, April n'était certainement pas la fille de sa mère.

Elle vérifia les factures des commandes qui venaient d'arriver, avant d'aller prendre une douche, oubliant le test de grossesse. Lorsqu'elle s'en souvint, elle choisissait ses vêtements dans la penderie. Elle faillit décider de ne pas le faire, puis se ravisa : à présent qu'Ellen avait soulevé la question, autant avoir la confirmation qu'elle n'était pas enceinte, plutôt que de laisser le doute s'installer. April suivit donc les indications marquées sur la boîte, posa le stick à côté du lavabo, et finit de se préparer. Elle enfila un pantalon et un pull noirs ainsi que des chaussures plates, garda ses longs cheveux lisses attachés en tresse. Après avoir posé une touche de brillant à lèvres devant la glace, elle jeta enfin un coup d'œil sur le test. Elle le prit, l'observa fixement, le reposa. Elle sortit de la salle de bains, y retourna, l'examina de nouveau. Impossible. Elle prenait la pilule, elle ne l'avait oubliée qu'une seule fois ! Ou deux, peut-être. Elle avait été tellement pompette ce soir-là qu'elle n'en avait aucun souvenir. Cela ne pouvait pas arriver. Pas avec un type qu'elle connaissait à peine et qu'elle détestait, un type qui n'aimait pas son restaurant, qui ne comprenait rien au concept ! C'était son anniversaire, pour l'amour du ciel ! Et pourtant, elle était bien enceinte d'un parfait étranger. Qu'allait-elle faire ? Il n'y avait pas de place dans son existence pour un bébé. Comment la vie pouvait-elle se montrer aussi cruelle ?

April s'assit sur son lit dans la pièce vide, le visage baigné de larmes. C'est là qu'elle avait couché avec lui. Comme elle le regrettait, à présent... Elle avait commis une erreur stupide, et elle en payait le prix fort.

Bouleversée, elle enfila le manteau noir que sa mère lui avait offert et serra fermement la ceinture autour de sa taille, comme pour prouver qu'elle en était encore capable. Puis elle ramassa son sac à main et dévala les marches.

En sortant, elle ne s'arrêta pas en cuisine, contrairement à ses habitudes. Elle héla un taxi et indiqua au chauffeur l'adresse du restaurant La Grenouille. Déjeuner avec sa mère – ou avec n'importe qui d'autre, d'ailleurs – était bien la dernière de ses envies. Elle ne lui dirait rien. Tandis qu'ils roulaient en direction des quartiers chics, une seule pensée tournait en boucle dans son esprit : c'était le pire anniversaire de sa vie.

3

Lorsque April arriva au restaurant, on la conduisit à la table que sa mère avait réservée. Valerie venait souvent ici avec des amis – c'était son lieu favori, même si elle aimait aussi beaucoup April in New York. Plus sélect, plus élégant, et très en vogue depuis des années, La Grenouille correspondait davantage à son style. Les compositions florales y étaient magnifiques, le service impeccable ; April et Valerie s'accordaient à dire qu'ils servaient la meilleure cuisine en ville.

Perdue dans ses pensées, encore sous le choc de sa récente découverte, April ne vit pas sa mère entrer dans la salle. Valerie était resplendissante. Elle embrassa sa fille avant de s'asseoir, un grand sourire aux lèvres.

— Désolée pour le retard, j'ai eu une matinée bien chargée. J'essaie de boucler l'émission de Noël. Joyeux anniversaire ! J'espère que ta journée a bien commencé ?

— Pas trop mal, répondit April.

Hors de question de lui raconter la vérité. Du moins, pas pour l'instant : elle devait d'abord digérer la nouvelle et prendre une décision. Peut-être sa mère n'en saurait-elle jamais rien.

— Je me suis levée à l'aube pour faire le marché. Ce soir, on lance la saison de la truffe blanche. Tu devrais venir dîner ce week-end, suggéra-t-elle en souriant.

La fille et la mère s'étaient toujours bien entendues, et s'appréciaient encore plus maintenant qu'April était adulte. Celle-ci éprouvait une profonde reconnaissance envers Valerie, qui lui avait permis de réaliser son rêve en lui prêtant de l'argent pour le restaurant. Jamais on ne lui avait fait de plus beau cadeau.

— Au fait, bon anniversaire à toi aussi, ajouta-t-elle.

Valerie commanda une bouteille de champagne, puis se pencha vers April :

— Ils ont annoncé mon âge à la radio, murmura-t-elle, contrariée.

— Oui, j'ai entendu. Je me suis doutée que ça n'allait pas te plaire. Ne te fais pas de bile, personne ne va y croire. Tu parais à peine plus vieille que moi !

— C'est gentil. Mais c'est trop tard, tout le monde le sait, maintenant.

— Tu n'as qu'à dire qu'ils se sont trompés.

April tentait de la consoler, mais elle se sentait trop chamboulée pour se montrer très convaincante.

— Je n'arrive pas à croire que j'ai soixante ans, se lamenta Valerie.

— Et moi, je n'arrive pas à croire que j'en ai trente.

Et que je suis enceinte, ajouta-t-elle pour elle-même. Trente ans, ce n'était pas la fin du monde. En revanche, porter l'enfant d'un homme qu'elle n'aimait pas et connaissait à peine... Quoi de pire ?

— Tu ne les fais pas, toi non plus, lui assura Valerie en souriant. Surtout avec une natte et sans maquillage.

Voilà bien longtemps qu'elle avait renoncé à

convaincre sa fille de se maquiller. April prétendait que cela n'avait aucun sens, vu son métier et son mode de vie. Les deux femmes avaient beau se ressembler physiquement, il n'y avait pas plus différentes qu'elles, en matière de style. L'une paraissait échappée d'une page de *Vogue,* tandis que l'autre jouissait d'une beauté entièrement naturelle. Valerie accordait une telle attention à son apparence qu'elles auraient presque pu passer pour sœurs.

Elles sirotèrent leur champagne jusqu'à ce que le serveur vienne prendre leur commande. Il souhaita un bon anniversaire à Valerie et sourit poliment à April en apprenant que c'était aussi le sien. Valerie jeta son dévolu sur le crabe, April sur les ris de veau – elle raffolait de leur façon de les préparer. Cela lui fit penser qu'elle n'avait eu aucune nausée, ces deux derniers mois. Seulement les seins un peu tendus, ce qu'elle avait attribué à son retard de règles. Maintenant qu'elle connaissait la cause de ces symptômes, il lui était difficile de penser à autre chose. Impossible, même. À tel point qu'elle n'entendit pas la moitié de ce que sa mère lui raconta. Quand le serveur emplit de nouveau sa coupe de champagne, April le but, faisant fi de son état. Elle avait la tête qui tournait avant même l'arrivée de leurs plats. À la fin du déjeuner, Valerie l'observa avec inquiétude. April avait été distraite pendant tout le repas.

— Tu es juste contrariée par ton anniversaire, ou quelque chose ne va pas ? lui demanda-t-elle gentiment.

April s'efforça de sourire.

— Non, ça va. Je crois que la trentaine me fait plus d'effet que je ne l'aurais cru. Et le champagne aussi !

Elles avaient commandé la cuvée Cristal, leur préférée. April ne la proposait pas dans son restaurant, l'estimant trop chère pour ses clients. De même qu'elle ne vendait pas le château-yquem – meilleur sauternes au monde – que le serveur leur offrit après leur plat, et qu'elle but par politesse.

— Je vais retourner au travail complètement soûle ! s'exclama Valerie en riant.

— Moi aussi, répondit distraitement April.

Alors qu'elle regardait sa mère à travers les brumes de l'alcool, elle laissa échapper l'information qu'elle s'était juré de garder pour elle.

— Je suis enceinte.

La nouvelle plomba l'atmosphère comme si un éléphant venait de s'asseoir sur leur table. Valerie la dévisageait, stupéfaite.

— Tu es enceinte ? Comment est-ce arrivé ? Enfin, ça, je sais, mais qui est le père ? Tu sors avec quelqu'un ?

April ne lui avait parlé d'aucune rencontre. Valerie était abasourdie. Elle s'attendait à tout sauf à ça.

— Non, je ne vois personne. J'ai fait une erreur stupide le week-end de la fête du Travail, avec un type que je ne connais même pas. Je ne l'ai vu qu'une fois. Pour la grossesse, je suis au courant depuis ce matin.

Valerie posa une main sur la sienne, aussi choquée que sa fille l'avait été en lisant le résultat du test.

— Qu'est-ce que tu vas faire ? Ou plutôt, quand vas-tu le faire ?

— Je n'ai encore rien décidé. C'est la première fois que ça m'arrive. Ce matin, je culpabilisais d'être toujours célibataire et sans enfant à trente ans, et quelques heures plus tard je découvre que je suis enceinte ! Je n'ai aucune idée de ce que je veux vraiment.

— Tu serais prête à le garder ? s'exclama Valerie, encore plus ébranlée par cette perspective.

— Je ne sais pas. Je ne suis pas sûre d'avoir envie d'un bébé. Mais maintenant que c'est arrivé, je devrais peut-être assumer. Même si ça risque de me compliquer la vie.

— Tu as l'intention d'en parler au père ?

Valerie n'aurait jamais cru qu'elle poserait un jour ces questions à sa fille. April avait toujours été si raisonnable, si sage, et voilà qu'elle tombait enceinte d'un inconnu. Quel cauchemar ! Elle la plaignait du fond du cœur.

— Il ne se souvient sans doute pas de moi, ni de ce qui s'est passé, répondit April. On était tous les deux passablement éméchés. Je crois que je ne vais rien lui dire et me débrouiller toute seule.

— C'est quelqu'un de bien ?

— Aucune idée. Il s'appelle Mike Steinman, et il a fait une très mauvaise critique du restaurant.

— Après avoir couché avec toi ? Quel grossier personnage !

April se mit à rire. De s'être confiée à sa mère, elle se sentait mieux, et le café qu'elles burent en guise de dessert finit de lui éclaircir les idées.

— Je n'en reviens pas que ça ait pu m'arriver. J'étais sous antibiotiques à cause d'une angine, et d'après mon acupunctrice ils peuvent perturber l'action de la pilule. C'est elle qui a deviné que j'étais enceinte. Moi, ça ne me serait jamais venu à l'esprit.

— Ça date de quand, déjà ? demanda Valerie, les sourcils froncés.

— Du week-end de la fête du Travail.
— Si tu veux faire quelque chose, il va falloir y penser assez vite.
— Je sais. Je vais aller voir mon médecin.

En tout état de cause, la décision lui appartenait, elle n'avait aucun compte à rendre à Mike Steinman. Sauf si elle choisissait de garder l'enfant, auquel cas il avait le droit de savoir. Mais elle n'attendait rien de lui.

— Que puis-je faire pour t'aider ? demanda Valerie.
— Rien, pour l'instant. Je dois résoudre ce problème toute seule.
— De nos jours, beaucoup de femmes célibataires ont des bébés, surtout à ton âge. Ce n'est plus aussi tabou qu'avant. Au moins, tu n'es pas obligée d'épouser un type que tu n'aimes pas, si jamais tu décides d'aller au bout de ta grossesse. Cela dit, je ne vois pas comment tu pourrais t'en sortir toute seule, avec ton travail.
— Ça me semble compliqué aussi, reconnut April. Je n'avais vraiment pas prévu ça.

Dans sa situation, garder l'enfant n'avait aucun sens, elles en avaient conscience toutes les deux. April savait néanmoins que sa mère la soutiendrait quelle que soit sa décision.

— Je te préviendrai quand j'y verrai plus clair, reprit-elle. Je crois qu'on n'est pas près d'oublier cet anniversaire ! Tu sais, je ne pensais pas t'en parler tout de suite, au départ.
— Je suis contente que tu l'aies fait. En tout cas, quoi que tu décides, ton père et moi sommes toujours là pour toi.
— Ne dis rien à papa, lui enjoignit April.

L'idée de révéler sa grossesse à son père et à Maddie

l'affolait. Elle risquait de choquer tout le monde en ayant un bébé maintenant ! Ou peut-être pas, après tout. Et l'avis des autres n'avait aucune importance. Elle devait prendre la décision qui lui semblait juste compte tenu des circonstances – lorsqu'elle en serait capable. Pour l'instant, elle n'avait pas encore passé le cap de la stupéfaction.

Tandis que sa mère demandait l'addition, elle jeta un coup d'œil à sa montre.

— Il faut que je retourne au boulot.

— Moi aussi, répondit Valerie, encore remuée par la nouvelle.

— Qu'est-ce que tu as prévu ce soir, maman ? Tu sors avec des amis ?

— Non, je vais passer la soirée au lit, à me lamenter parce que tout le monde connaît mon âge, répliqua-t-elle avec un sourire contrit.

— Tu veux venir dîner au restaurant ? On sert les pâtes aux truffes, ce soir. Je peux même te faire un risotto si tu préfères.

— C'est gentil, mais j'aime mieux rester seule.

April la comprenait aisément. Elle aussi aurait apprécié d'avoir un moment de tranquillité pour mettre de l'ordre dans ses pensées, mais le devoir l'appelait.

— Je t'aime, maman, dit-elle tandis qu'elles enfilaient leurs manteaux. Merci de réagir aussi bien. Je suis désolée de t'annoncer ça le jour de ton anniversaire.

— C'est plutôt toi qui es à plaindre.

Valerie n'enviait pas sa fille d'avoir à faire un tel choix, même si elle n'envisageait pour sa part qu'une seule solution. April ne pouvait pas garder le bébé alors qu'elle gérait un restaurant et que le père était absent du paysage. Valerie respectait le droit de décision de sa fille, mais elle ne doutait pas qu'elle en viendrait elle aussi à cette conclusion ; après tout, April n'était pas pressée d'avoir des enfants.

— Merci encore de l'avoir bien pris, murmura tristement la jeune femme tandis qu'elles s'embrassaient devant le restaurant. Et fais-moi confiance, personne ne peut croire que tu as soixante ans.

— Evite juste de faire de moi une grand-mère. Je ne suis pas encore prête pour ça.

— Moi non plus. Je ne m'attendais vraiment pas à devoir affronter un jour ce genre de dilemme.

— Bon anniversaire quand même, ma chérie.

Valerie lui envoya un baiser du bout des doigts, puis elles repartirent chacune dans leur taxi.

Arrivée au restaurant, April se changea avant de descendre en cuisine, soulagée de pouvoir se concentrer sur son travail. Tout l'après-midi, elle se chargea des préparatifs du dîner et fut trop occupée pour penser à sa situation. Minuit avait sonné lorsqu'elle s'arrêta enfin, épuisée. Elle n'avait pas vu passer le temps, et c'était tant mieux.

Sept pâtes aux truffes avaient été vendues, malgré leur prix élevé. Quant aux soufflés au Grand-Marnier, ils avaient eu un franc succès. Le personnel avait apporté un gâteau à April pendant que toute la salle chantait *Joyeux Anniversaire*. Sans ce test de grossesse positif, elle aurait trouvé la soirée très agréable, mais comment faire abstraction d'un tel événement ? Sa vie s'en trouvait bouleversée. C'était comme si une tonne pesait sur ses épaules, comme si elle avait pris dix ans en une journée. April avait soufflé ses bougies en priant pour que tout finisse bien.

Ce soir-là, dans son lit, Valerie formula le même vœu. Subitement, fêter ses soixante ans lui semblait beaucoup moins accablant à la lumière de l'épreuve que sa fille traversait. Tandis qu'elle éteignait la lampe, elle eut un frisson en se remémorant la prédiction d'Alan. Il avait vu juste, du moins pour la grossesse. Restait à voir s'il y aurait réellement un bébé. Et puisqu'il ne s'était pas trompé pour April, peut-être Valerie allait-elle vraiment rencontrer quelqu'un cette année ? L'idée ne lui déplaisait pas, même si, pour l'instant, sa fille restait sa seule préoccupation.

Pas d'acrobaties sexuelles pour Jack Adams ce soir-là, pas de top-modèles de vingt-deux ans pour célébrer ses cinquante ans. Il avait tiré un trait sur son dîner chez Cipriani et était rentré directement chez lui après le travail, pour se traîner jusqu'à son lit. Assommé par les calmants, il regardait la télévision en repensant avec nostalgie aux années folles qu'il avait vécues, convaincu que cette vie était bel et bien révolue. Un sacré anniversaire, celui-là. À la hauteur de ce qu'il redoutait, et même pire. Il avait l'impression d'être en deuil de sa jeunesse, qui avait succombé la veille dans les bras d'une femme. Catwoman avait tué Superman pour de bon.

4

Le jour de son rendez-vous avec le médecin, April passa voir Ellen pour lui annoncer que son intuition concernant sa grossesse s'était révélée exacte.

— Mince, fit l'acupunctrice, compatissante. J'espérais me tromper, mais j'avais vraiment l'impression de le sentir à ton pouls.

— Tu es plus douée que tu ne le crois, répliqua April avec un sourire désenchanté, tandis qu'elle s'allongeait sur la table. Moi aussi, j'aurais préféré que tu te trompes.

— Que vas-tu faire ?

— Je n'ai pas vraiment le choix.

April avait réfléchi à cette question toute la semaine. Aucune solution ne lui semblait satisfaisante. Jamais elle n'avait eu à prendre une décision aussi difficile.

— Je ne peux pas m'occuper à la fois d'un restaurant et d'un gamin, expliqua-t-elle. Il faut que j'avorte. Je vois ma gynéco cet après-midi.

— Ce n'est pas si difficile de gérer un enfant, tu sais.

— Je te rappelle que tu as un mari qui t'aide. Pas moi. Je ne connais même pas le père, et à supposer que je garde le bébé, je ne le préviendrai sans doute pas.

— Larry ne m'aide pas tant que ça avec les enfants. C'est principalement moi qui m'en occupe, et ils sont trois. Plusieurs de mes amies se sont débrouillées toutes seules. J'en connais même qui ont eu recours à une banque de sperme parce qu'elles voulaient un bébé sans avoir de mari. Au début, c'est un peu dur, mais les choses finissent par se calmer.

— Ellen, je travaille souvent vingt heures par jour, sept jours par semaine. Quand trouverais-je le temps de m'occuper d'un bébé, ou d'un enfant de deux ans ? Je ne crois pas que j'en sois capable. Je ne le serai peut-être jamais. Mon bébé, c'est le restaurant.

— Tu trouveras une solution, lui assura Ellen avec douceur. Fais ce qui est bien pour toi.

— C'est justement ce que j'essaie de déterminer.

April était profondément perturbée depuis qu'elle se savait enceinte. Toute la semaine, elle n'avait cessé de pleurer, même en cuisine. Les employés qui la connaissaient bien s'alarmaient de la voir aussi renfermée. Sa mère l'avait appelée plusieurs fois pour lui offrir son soutien, mais, de toute évidence, elle estimait qu'April ne devait pas garder l'enfant. Parfois, April pensait la même chose. Le reste du temps, elle n'en savait rien.

Cet après-midi-là, elle fut soulagée de pouvoir en parler longuement avec sa gynécologue, qui se montra compréhensive, très à l'écoute. Elles calculèrent, d'après la date de ses dernières règles, qu'elle en était à sa dixième semaine de grossesse. April expliqua qu'elle n'entretenait pas de relation avec le père, qu'elle était tombée enceinte lors d'une aventure d'un soir sous l'influence de l'alcool. Ce n'étaient pas les conditions rêvées pour faire un enfant, et certainement pas ce qu'elle avait recherché. La gynécologue comprenait parfaitement. Elle évoqua les différentes procédures d'avortement et lui suggéra d'avoir recours à un soutien psychologique pour l'aider dans sa décision. Puis elle lui proposa de faire une échographie au sein du cabinet médical, examen que l'on pratiquait de manière systématique à ce stade de la grossesse. April accepta.

Une assistante la conduisit dans une pièce faiblement éclairée. Elle lui donna une chemise à enfiler, lui fit boire trois verres d'eau et lui demanda d'attendre vingt minutes sans vider sa vessie. Après qu'April se fut allongée sur la table d'examen, une radiologue appliqua du gel sur son ventre et y déplaça une sonde en métal. April regardait l'écran quand, soudain, elle le vit, ce tout petit être niché au fond d'elle. Il avait la forme d'un bébé miniature. La femme lui annonça que tout allait bien. Elle lui montra la tête, les petites tiges qui commençaient à ressembler à des bras et des jambes. Il ne s'agissait plus seulement d'une idée abstraite, d'une erreur qu'April avait commise avec un parfait étranger. C'était déjà une vie, dotée d'un cœur qui battait régulièrement ; un bébé qui aurait plus tard un esprit et une âme. April fut prise de nausées tandis qu'elle fixait l'écran, le visage baigné de larmes. Jamais elle ne s'était sentie aussi bouleversée, aussi seule, et en même temps aussi proche de quelque chose ou de quelqu'un. Un flot d'émotions contradictoires l'assaillait, auxquelles elle n'était pas préparée. Ces images chamboulèrent toutes les conceptions qu'elle s'était faites jusque-là de cet enfant.

— Tout est parfait, lui assura la radiologue en lui tapotant le bras.

Elle lui imprima un cliché de l'échographie. April

tenait encore la photo lorsqu'elle retourna dans le bureau de la gynécologue.

— Je ne veux plus avorter, annonça-t-elle d'une voix rauque.

— Vous êtes sûre ?

— Oui. Je me débrouillerai.

— Dans ce cas, je vous revois le mois prochain, déclara la spécialiste en se levant, un sourire aux lèvres. Prévenez-moi si vous changez d'avis. On a encore un peu de marge, quelques semaines, si jamais vous décidez d'interrompre la grossesse.

Mais pour April, il ne s'agissait plus seulement d'une grossesse, après ce qu'elle venait de voir à l'échographie. Qu'elle le veuille ou non, elle était enceinte d'un bébé. Elle avait même une date d'accouchement, prévue en juin ! Elle quitta le cabinet médical dans un état de stupeur. Sa décision était prise, et elle savait qu'elle ne reviendrait pas dessus.

De retour chez elle, elle appela sa mère.

— Je le garde, déclara-t-elle sereinement.

— Tu gardes quoi, ma chérie ?

Valerie avait autre chose en tête – elle sortait tout juste d'une réunion.

— Oh, mon Dieu, murmura-t-elle avant que sa fille ait répondu à sa question. C'est vrai ? Tu es sûre de toi ?

À l'évidence, la nouvelle ne la réjouissait pas.

— Je l'ai vu à l'échographie, maman. On dirait déjà un bébé. Je ne peux pas faire ça, je veux le garder.

En l'entendant sangloter, Valerie sentit les larmes lui monter aux yeux.

— Tu as l'intention d'en parler au père ?

— Je ne sais pas encore. J'ai pris ma décision ; pour le reste, on verra au fur et à mesure.
— D'accord. Dis-moi ce que je peux faire.
Même si elle avait espéré un autre choix de la part d'April, elle était prête à soutenir sa fille coûte que coûte.
— Tu as de la chance de ne pas avoir de nausées, fit-elle remarquer. J'étais malade comme un chien quand je t'attendais. C'est pour quand ?
— Juin.
Pour la première fois depuis qu'elle avait appris sa grossesse, April souriait. Sa mère, elle, semblait atterrée par sa décision :
— Je dois admettre que ça fait beaucoup, en quelques jours, de fêter ses soixante ans et d'apprendre qu'on va être grand-mère.
Valerie s'efforçait néanmoins de ne pas trop s'apitoyer sur son sort. Pour April aussi, la semaine avait été dure, avec ce cadeau d'anniversaire inattendu. Restait à espérer qu'il s'agirait bien d'un « cadeau » et non d'un insupportable fardeau. Il n'y avait rien de moins sûr. April devait déjà gérer un établissement très prenant auquel elle tenait comme à la prunelle de ses yeux, au point d'avoir renoncé à toute vie privée pendant quatre ans. Et voilà qu'elle allait se retrouver avec un bébé sur les bras, sans conjoint pour l'aider ! Ce n'était certainement pas ce que Valerie souhaitait pour sa fille.
— J'avais le même âge que toi quand je t'ai eue, dit-elle pensivement. Mais ton père était là, et il s'occupait très bien de toi.
— Je m'en sortirai, maman, comme les autres. Ce n'est pas la fin du monde.

Et peut-être serait-ce même le début d'une vie entièrement différente... Elle ferait son possible pour tout mener de front. Dans les premiers temps, elle pourrait garder son bébé au restaurant, avant de l'inscrire à la crèche. De nombreuses mères célibataires y arrivaient, pourquoi pas elle ?

Elle termina sa conversation avec sa mère, et appela ensuite Ellen pour lui annoncer la nouvelle. Ravie, son amie lui promit de lui prêter de la layette et une poussette. En raccrochant, April se sentait un peu rassurée. L'essentiel était d'avancer par étapes, et la suivante consistait à prendre une décision vis-à-vis de Mike Steinman. Pour l'instant, elle ne s'imaginait pas le prévenir, ni en parler à quiconque. Elle devait d'abord se faire à l'idée, et c'était déjà beaucoup.

April resta un long moment assise à son bureau, les yeux rivés sur la photo de l'échographie. Cela lui paraissait encore tellement irréel ! Après avoir rangé le cliché dans un tiroir, elle noua son tablier autour de sa taille et enfila ses sabots. Lorsqu'elle descendit en cuisine, elle souriait, et ses employés furent soulagés de la retrouver comme avant. Ce soir-là, elle songea avec un sentiment d'angoisse mêlée d'excitation qu'elle avait sept mois devant elle pour s'organiser.

Valerie regardait la télévision dans son lit, tourmentée par la décision de sa fille. Alors qu'elle passait d'une chaîne à l'autre, elle tomba sur Jack Adams, le commentateur sportif. Elle l'entendit expliquer qu'il s'était blessé au dos récemment et qu'il n'avait jamais autant souffert de sa vie.

À le voir se déplacer avec aisance à l'écran, il semblait complètement guéri et bien différent de la créature débraillée qu'elle avait rencontrée une semaine plus tôt, en survêtement et tongs, pouvant à peine mettre un pied devant l'autre. Jovial et plein d'humour, il s'exprimait mieux que la plupart des journalistes sportifs. Valerie devait admettre qu'il était fort séduisant. Elle savait qu'il avait signé un gros – très gros – contrat avec la chaîne. Elle avait aussi entendu dire qu'il avait l'habitude de fréquenter des femmes bien plus jeunes que lui. Quoi qu'il en soit, elle ne put s'empêcher de sourire en songeant au jour où elle l'avait croisé dans l'ascenseur, plié en deux de douleur. Il lui avait fait penser au nain Tracassin.

Sans s'attarder davantage sur ce souvenir, Valerie changea de chaîne pour regarder une série qu'elle suivait en pointillé, mais elle éteignit la télévision au bout de quelques minutes. Avant de s'endormir, elle nota en esprit de prévenir Alan qu'une de ses prédictions s'était réalisée. Lorsqu'il lui avait annoncé qu'April aurait un enfant, Valerie l'avait cru fou. Or il ne s'était pas trompé, ce qui prouvait une fois de plus son talent. Valerie rêva d'April toute la nuit : sa fille en larmes, un bébé dans les bras, expliquant qu'elle avait commis une erreur terrible et la suppliant de l'aider. Dans son rêve, Valerie ne pouvait rien faire.

En se réveillant le lendemain, elle était convaincue qu'April se fourvoyait, et tout aussi certaine que sa fille ne changerait pas d'avis. Une fois qu'elle avait pris une décision, April faisait rarement machine arrière. Elle s'était montrée obstinée avec le restaurant, relevant tous les défis et surmontant tous les obstacles pour atteindre son but. Elle avait hérité cela de sa mère, qui avait fait preuve du même entêtement dans sa carrière.

April savait ce qu'elle voulait, et ce n'était pas un défaut ; mais, dans ce cas précis, Valerie pensait que sa fille se trompait.

Troublée par son rêve, elle l'appela tôt le matin pour lui reparler de sa décision. April, qui s'était levée à quatre heures, était plongée dans ses factures depuis son retour du marché aux poissons.

— Tu es sûre de toi ? lui demanda Valerie.

— Oui, maman. Si j'avais eu le choix, je ne serais pas tombée enceinte. Mais maintenant que je le suis, je n'ai pas la volonté de me débarrasser du bébé. J'ai trente ans. Qui sait si l'occasion se présentera à nouveau ? Ça fait cinq ans que je n'ai pas eu de relation sérieuse, que je me contente d'histoires comme la dernière, même si d'habitude les types que je fréquente ne sont pas de parfaits inconnus. Je travaille sans arrêt. Quand pourrais-je trouver le temps de sortir et de rencontrer des gens ? Sans compter que ça ne va pas aller en s'arrangeant, vu que je veux ouvrir un deuxième restaurant. Si j'avorte, je risque de gâcher ma seule chance d'avoir un enfant. Ce serait peut-être différent si j'avais vingt-deux ans, mais je suis trop vieille pour refuser un tel cadeau.

« Et puis, tu sais, j'aurais peut-être pris la même décision à vingt ans. C'est difficile de résister au petit être qu'on voit à l'échographie, avec son cœur qui bat. Ce n'est pas seulement un accident de parcours, un couac dans la programmation. C'est un fœtus, et pour une raison incroyablement stupide, c'est en moi qu'il se développe. Désormais, il faut que je prenne mes responsabilités et que je relève le défi, même si ça me fiche une trouille bleue.

« Heureusement, ce n'est plus choquant, aujourd'hui,

d'avoir un enfant hors mariage. Ça arrive tout le temps. Mon acupunctrice me rappelait que certaines femmes vont dans des banques de sperme et se font inséminer par des inconnus. Au moins, je sais qui est le père. C'est un type cultivé, qui présente bien et qui a un travail. D'accord, je le déteste parce qu'il n'aime pas mon restaurant, mais je ne vois aucune raison de regretter que cet enfant ait des liens de parenté avec lui. De toute façon, il faut que je fasse avec. Je suis entièrement responsable de ce qui m'arrive.

— Mais tu ne le connais même pas ! se lamenta sa mère, exprimant tout haut les craintes d'April.

— C'est vrai. Mais je n'ai pas envie de faire un choix que je risque de regretter toute ma vie.

— Et si tu regrettes toute ta vie d'avoir gardé cet enfant ?

April ferma les yeux pour y réfléchir. Quand elle les rouvrit, un sourire s'était dessiné sur ses lèvres : sa décision était prise, quels que soient les doutes de sa mère.

— Dans ce cas, je l'enverrai vivre avec toi, plaisanta-t-elle. Tu pourras dire à tout le monde que c'est le tien, et même avoir l'air sincèrement gênée de cette grossesse tardive. Plus personne ne croira que tu as soixante ans. Je trouve que c'est une super solution.

— Très drôle.

Valerie savait qu'elle n'admettrait jamais publiquement son statut de grand-mère. Il y avait des limites à tout, et c'en était une. Cela ne l'empêchait pas de vouloir aider sa fille.

— Je veux juste m'assurer que tu sais dans quoi tu t'engages, expliqua-t-elle.

— Je ne sais pas dans quoi je m'engage, ni ce

qui se passera quand le bébé sera là, reconnut April. Je ferai de mon mieux. Peut-être que je demanderai à Heather de venir me donner un coup de main le week-end. Ou bien j'emploierai une jeune fille au pair.

Tout en sachant que sa mère l'épaulerait en cas de besoin, April tenait à se débrouiller seule. C'était son bébé, elle avait décidé elle-même de le garder. Après tout, à trente ans, elle avait passé six ans en Europe et dirigeait un établissement prospère. Pourquoi ne serait-elle pas capable de s'occuper d'un enfant ? Lorsqu'elle y pensait posément, April se sentait confiante. À d'autres moments, elle angoissait autant que sa mère. Tout cela était encore si nouveau pour elle ! Heureusement, il lui restait plusieurs mois pour se préparer.

— Tu devrais appeler le père, suggéra Valerie.

April réfléchit un instant.

— Peut-être, mais je n'en suis pas sûre. Ça fait seulement huit jours que j'ai découvert ma grossesse. Et puis, ce n'est pas comme si nous étions amis, lui et moi. Cela a été une aventure d'un soir. Je l'ai fait boire uniquement parce que j'espérais qu'il écrirait un bon papier sur nous. Tu parles ! Regarde avec quoi je me retrouve : un bébé, et une critique de merde. Et si je l'appelle, que veux-tu que je lui dise ? « Salut, tu te souviens de moi ? Tu sais, la fille que tu as descendue en flèche, qui a conçu le menu exagérément simpliste, qui ne sait pas si elle doit servir des plats raffinés ou de la cuisine familiale, et qui n'exploite pas ses compétences ? Ça te dirait d'avoir un gosse avec moi pour le restant de tes jours ? » Dans son article, il écrit que je devrais me contenter de préparer à manger pour les enfants. Ça pourrait être une belle entrée en matière : j'ai suivi ton conseil, j'ai décidé d'en avoir un à moi. Non, sincèrement, je ne vois pas ce que je pourrais lui dire. Je ne sais même pas s'il me plaît – je sais juste, d'après mes souvenirs, qu'il est mignon et que c'est plutôt un bon coup. Je ne suis pas sûre d'avoir envie qu'il s'implique dans la vie du bébé. Si ça se trouve, c'est un sale type, peut-être qu'il déteste les gamins, ou qu'il a des millions de défauts.

— Et pourtant, tu vas quand même avoir un enfant de lui, fit remarquer Valerie, troublée. C'est un peu trop moderne pour moi comme décision. Peut-être que je suis encore plus vieille que je ne le pense. Je suis assez attachée à l'idée qu'il vaut mieux aimer l'homme avec lequel on fait un enfant, et vouloir qu'il reste dans les parages.

— Moi aussi, mais là, ça s'est passé différemment. Je ne dis pas que c'est bien. J'ai juste la chance de vivre dans un monde, dans une société, dans une ville où je peux gérer cette situation comme je le veux. Personne ne va décider à ma place. Or, j'ai bien l'intention d'assumer. Je ne sais pas si j'ai envie que le père soit présent. Pour l'instant, c'est mon bébé, pas le nôtre. Si un jour je lui annonce la nouvelle, ce sera seulement pour respecter son droit de savoir, et non pas parce que j'attends quelque chose de lui. Il ne m'a jamais rappelée après la nuit qu'on a passée ensemble. Il ne m'a même pas remerciée pour le dîner. S'il s'intéressait à moi, il aurait cherché à reprendre contact.

Valerie devait admettre que sa fille marquait un point. April y avait réfléchi toute la semaine. Comme elle n'avait pas eu de nouvelles de Mike Steinman après la parution de sa mauvaise critique, elle avait conclu qu'il était gêné, ou qu'il s'en fichait éperdument. C'était d'autant plus difficile de l'appeler, à présent. Devait-elle le prévenir maintenant ou attendre que le bébé soit né ? Ou ne pas le prévenir du tout ? Elle n'avait pas voulu connaître l'avis de Mike avant de prendre sa décision. April ne comptait que sur elle-même. En cela, sa mère l'admirait, même si à sa place elle n'aurait pas choisi cette voie. Elle n'en aurait pas eu le courage.

— D'accord, ma chérie, soupira-t-elle. Quand vas-tu l'annoncer à ton père ?

L'inquiétude transparaissait clairement dans sa voix. Son ex-mari risquait de ne pas apprécier la nouvelle. Très conservateur, très attaché aux valeurs traditionnelles, Pat, qui adorait April, avait sans nul doute d'autres attentes pour sa fille aînée qu'un enfant né hors mariage.

— Je ne sais pas encore quand je vais lui en parler, répondit celle-ci, tout en jetant un coup d'œil à sa montre.

Elle avait rendez-vous avec son boucher dans la matinée pour passer sa commande du mois à venir, et elle devait rencontrer son fournisseur de volailles pour Thanksgiving. Ces derniers jours, elle avait un peu négligé le restaurant, occupée à résoudre son dilemme. Il fallait qu'elle se recentre sur son travail. Bientôt, son existence s'apparenterait à un jeu de ping-pong permanent entre son enfant et le restaurant, mais il lui restait encore quelques mois pour se dévouer à plein temps à son établissement.

— Je dois aller travailler, maman. Tu viens pour Thanksgiving ?

— Bien sûr.

Depuis trois ans, April organisait la fête au restaurant, pour le plus grand bonheur de toute sa famille.

Maddie n'était plus obligée de cuisiner une année sur deux, et Valerie de faire appel à un traiteur lorsque c'était son tour. Ce soir-là, comme à Noël, April servait uniquement le repas traditionnel. Si elle ouvrait même les jours fériés, c'était pour accueillir les gens seuls ou qui n'avaient nulle part où aller ; le restaurant faisait généralement salle comble. Cette année ne dérogeait pas à la règle : à trois semaines de Thanksgiving, presque toutes les tables étaient déjà réservées. L'espace d'un fol instant, April songea à inviter Mike Steinman, séduite par l'idée d'annoncer sa grossesse à tout le monde en même temps. Mais le convier à un repas de famille était stupide, et il ne comprendrait pas cette invitation. Si elle décidait de révéler la vérité à Mike, April n'échapperait pas à un tête-à-tête avec lui.

— Je te rappelle bientôt, maman, promit-elle. Le boulot m'attend.

— Moi aussi. Aujourd'hui, on enregistre l'émission de Noël, et j'ai mille choses à faire. On va parler des décorations, des menus, du sapin et des cadeaux originaux. On aura même un chiot sur le plateau ! C'est mon cadeau de Noël pour Marilyn, mais elle n'est pas au courant. Je vais le lui offrir pendant l'émission.

April connaissait et appréciait Marilyn. Au service de sa mère depuis quatre ans, elle assumait à la fois le rôle d'assistante de production et de coursier personnel. Toujours célibataire à quarante-deux ans, elle était mariée à son travail. April trouvait l'idée du chien excellente.

À l'autre bout du fil, Valerie, assise à son bureau, en robe rouge, boucles d'oreilles en or et collier de perles, était prête à passer à l'antenne. Un peu plus tard dans la semaine, elle enregistrait un sujet sur les mariages à Noël, pour lequel elle avait sélectionné quelques robes de velours magnifiques.

— C'est un chien de quelle race ? demanda April avec intérêt.

Les téléspectateurs de sa mère seraient sans aucun doute conquis par un geste aussi touchant. Valerie avait un don pour apporter un soupçon d'humour, d'inattendu et d'émotion à son émission. Celle-ci ne se réduisait pas à l'élégance et au décor, elle avait une âme et un style propres qui expliquaient son succès.

— Un yorkshire toy. Il est vraiment craquant ! Je l'ai choisi la semaine dernière.

— Les gens vont adorer, maman. Tu vas faire exploser les ventes en animalerie et chez les éleveurs, sans compter les adoptions à SPA !

L'idée fit sourire Valerie. Elle avait hâte d'offrir son cadeau à Marilyn.

Quelques instants plus tard, les deux femmes raccrochèrent. Valerie soupira en songeant à la situation de sa fille : un bébé, pas de père, pas d'homme pour l'aider et partager avec elle ce moment important... Cela n'allait pas être facile, même si elle la savait très courageuse. Elle espérait qu'April ne passerait pas le restant de ses jours à regretter sa décision.

5

Le jour de Thanksgiving, April se levait à l'aube pour préparer l'essentiel du dîner. Ses employés la rejoignaient plus tard et s'occupaient des détails. Ce soir-là, les familles mangeaient tôt, si bien qu'April donnait rendez-vous à la sienne à vingt heures, une fois le calme à peu près revenu en cuisine.
Valerie arrivait toujours avec une demi-heure d'avance, chargée de deux sacs remplis de décorations ; pendant que les clients dégustaient la dinde, la farce, la gelée de canneberge maison et la purée de châtaignes, elle transformait en œuvre d'art la table de la famille Wyatt. Autour d'elle, on admirait le déroulement des opérations tandis qu'elle installait une nappe et des serviettes égayées de dindes brodées, des chandeliers en argent, et d'autres ornements incroyables. Presque tout le monde reconnaissait Valerie, qui signait des autographes tout en travaillant, pendant qu'April accueillait les nouveaux venus. Aux enfants, nombreux ce soir-là, April offrait des dindes en chocolat qu'elle préparait elle-même. L'atmosphère amicale et festive faisait d'April in New York l'endroit rêvé pour passer Thanksgiving, et beaucoup de clients revenaient chaque

année. April agençait la salle pour recevoir le plus de convives possible.

April, sa mère et son père, sa belle-mère et ses deux demi-sœurs s'installaient autour d'une table ronde au fond du restaurant. Ellen, l'acupunctrice, venait avec son mari et ses trois garçons à dix-huit heures et repartait au moment où les Wyatt arrivaient. April les avait déjà fait se rencontrer plusieurs fois. Cette année, en embrassant les enfants Puccinelli (qui serreraient leur dinde en chocolat, repus), elle eut de la peine à croire qu'elle serait bientôt maman à son tour ; que dans un an, à Thanksgiving, elle tiendrait un bébé dans ses bras.

Les deux amies échangèrent un regard complice. La même pensée venait de traverser l'esprit d'Ellen, qui se réjouissait pour April. Elle se sentait concernée de près par cette grossesse, ayant été la première à la deviner. Elles se chuchotèrent quelques mots à l'oreille, puis April regarda Ellen et sa famille partir, un sourire aux lèvres.

Ces trois dernières semaines, sa mère ne lui avait pas reparlé une seule fois du bébé. Bien trop débordée pour y penser, Valerie préférait rester dans le déni plutôt que se concentrer sur l'arrivée d'un petit-fils ou d'une petite-fille. Chaque chose en son temps, se disait-elle. April avait eu d'autres préoccupations également. Elle n'arrivait pas à concevoir que son ventre s'arrondirait bientôt, à tel point qu'elle ne pourrait plus attacher son tablier. Pour le moment, à treize semaines, sa grossesse restait invisible.

Lorsque Pat arriva en famille, April et Valerie regardaient les photos de l'émission au cours de laquelle celle-ci avait offert l'adorable petit yorkie à son assistante. Sur le plateau, Marilyn, en larmes, avait aussitôt baptisé le chiot Napoleon. L'audimat avait crevé le plafond.

April était ravie de retrouver sa sœur Annie, qu'elle n'avait pas vue depuis sa rentrée universitaire à Boston fin août. Annie rêvait de décrocher un emploi au gouvernement pour mettre à profit ses compétences inouïes en mathématiques. Maddie disait souvent, pour plaisanter, qu'ils avaient dû se tromper de bébé à la maternité, car personne dans la famille n'était fichu de poser une addition ou une soustraction ni de tenir correctement ses comptes – même si April s'en sortait très bien avec ceux du restaurant. Annie avait été un as des maths dès l'âge de six ans. Physiquement, elle ressemblait beaucoup à April et aurait pu passer pour la fille de Valerie, qui avait de nombreux traits physiques en commun avec Maddie. Pour un observateur extérieur, tous les membres de ce groupe bavard et sympathique avaient un air de famille, si bien qu'il était difficile de deviner les véritables liens de parenté.

Tandis qu'ils s'attablaient, Maddie demanda conseil à Valerie au sujet du réveillon du Nouvel An : ils allaient inviter plusieurs collègues de Pat, et elle pensait servir une oie. Valerie l'aida à élaborer un menu original autour de la volaille. Elle la complimenta sur sa coiffure, même si elle pensait, en son for intérieur, que Maddie devrait teindre ses cheveux blancs. Par certains côtés, à cinquante-deux ans, Maddie paraissait plus âgée qu'elle. Elles avaient beau se ressembler, Valerie était infiniment plus glamour.

Les cinq représentantes de la gent féminine réunies autour de la table des Wyatt étaient grandes et minces, d'une beauté saisissante. Seul homme de la famille, Pat avait tout d'un gros nounours avec son imposante carrure, son regard bienveillant et son sourire chaleureux. Il se plaisait en compagnie de celles qu'il appelait « ses femmes ». Quant aux grands-parents d'April, ils avaient tous les quatre quitté ce monde alors qu'elle était encore enfant.

April s'installa entre son père et Heather, sa plus jeune sœur qui, en dernière année de lycée, souhaitait intégrer l'université Columbia. À soixante-cinq ans, Pat y enseignait depuis presque quarante ans.

— J'espère que tu y resteras plus longtemps que moi, la taquina-t-elle, tout en lançant un regard d'excuse à son père.

April savait qu'elle l'avait contrarié en abandonnant la fac pour s'inscrire à une école hôtelière en Europe. Les deux autres filles de Pat, élèves studieuses, semblaient plus à même de suivre ses traces. Sa seconde famille était en effet d'une nature plus intellectuelle que la première. Pour autant, Pat et Valerie restaient très proches : ils se comportaient davantage comme frère et sœur que comme des ex. Pat ne s'habituait toujours pas à l'ampleur de la réussite de Valerie. À l'époque de leur mariage, l'ambition et l'énergie de sa femme l'avaient dépassé. Il ne s'était pas senti à la hauteur. Aujourd'hui, il en riait, mais il leur avait fallu plusieurs années malheureuses pour reconnaître tous les deux qu'ils n'avaient rien à faire ensemble. Pat avait finalement retrouvé le bonheur au côté d'une femme plus zen qui avait d'autres priorités que son travail. Cela durait depuis vingt et un ans. Il n'en conservait pas moins un attachement très fort à Valerie et à April, et une grande admiration pour ce que son ex-épouse avait accompli.

Valerie avait l'allure d'une star même pour un

simple dîner de famille : pull angora beige pâle tissé de fils dorés, pantalon en daim assorti, bottes italiennes sexy à talons hauts, boucles d'oreilles en diamant, et coupe de cheveux parfaite. Maddie portait un tailleur de velours marron très classique – rien de tape-à-l'œil chez elle –, tandis que ses filles arboraient minijupes, talons et jolis pulls.

Lorsque April fit goûter à son père deux des nouveaux vins de sa cave pour qu'il choisisse celui qu'il préférait, il s'exécuta avec une étincelle de fierté dans le regard. Pat était impressionné par la qualité des bouteilles qu'elle importait d'Europe et du Chili, qu'elle vendait en plus à des prix abordables. Elle lui envoyait toujours une caisse de ce qu'il avait apprécié.

Ce soir-là, la conversation fut très animée. Heather annonça qu'elle avait un nouveau petit copain. Annie fréquentait le même garçon depuis quatre ans, un autre petit génie inscrit lui aussi au MIT. April se demandait s'ils n'allaient pas se fiancer et se marier bientôt, mais sa sœur lui assurait que non. De son côté, Pat s'étonnait que son ex-femme n'ait toujours pas retrouvé quelqu'un. Elle qui pourtant était si belle ! En donnant la priorité à sa carrière, elle avait fait de nombreux sacrifices. Voilà comment, à soixante ans, elle se retrouvait seule. Pat redoutait parfois que leur fille ne suive le même chemin. April se dévouait tellement pour son restaurant qu'elle semblait dépourvue de vie privée, comme sa mère. Elle ne parlait jamais de ses relations. Comment aurait-elle pu en avoir, en travaillant cent quarante heures par semaine ?

À onze heures, alors que le restaurant commençait à désemplir, la famille Wyatt se trouvait encore à table. Annie et Heather étaient parties en cuisine pour bavarder avec des employés qu'elles connaissaient, en particulier un jeune Français très mignon. April venait de servir à ses trois parents un excellent sauternes de Napa Valley, presque aussi bon qu'un château-yquem, selon Valerie. Pat partageait son avis. Les deux femmes se joignirent à lui tandis qu'il portait un toast à sa fille.

— Mille mercis pour ce dîner. Il était fantastique, comme d'habitude, dit-il en se penchant pour l'embrasser.

— C'est gentil, papa.

— Je crois que c'est le meilleur que tu aies jamais préparé. Tu t'es surpassée, cette année.

Pat éprouvait une profonde gratitude envers Valerie, qui avait aidé April à ouvrir le restaurant – il n'aurait pas eu les moyens d'en faire autant. Sa fille avait un talent indéniable. Chaque fois qu'il lisait une bonne critique sur April in New York, il se réjouissait pour elle. Il n'y en avait eu qu'une mauvaise en septembre, écrite par un snob qui, visiblement, ne savait pas reconnaître de la bonne cuisine quand il en mangeait. Hormis cette exception, April ne recevait que des éloges. Pat lui souhaitait maintenant de trouver un compagnon. Il n'avait pas envie qu'elle finisse seule comme sa mère, à force de se sacrifier pour son travail. Bien sûr, il n'était pas trop tard non plus pour Valerie, mais il n'imaginait pas son ex-femme, très ancrée dans ses habitudes, s'adaptant à une vie à deux. Elle ne l'avait pas fait pour lui, en tout cas. Valerie était tellement perfectionniste que peu de personnes devaient être capables de satisfaire aux exigences qu'elle se fixait pour elle-même. April se montrait plus détendue, moins difficile, mais elle n'avait pas le temps de faire de nouvelles connaissances. À moins qu'elle n'entame une relation avec un sous-chef, le sommelier, un serveur ou un fournisseur...

— Est-ce que tu trouves des moments pour t'amuser ? lui demanda-t-il tandis qu'ils finissaient le sauternes.

— Pas vraiment, admit April.

— Tu ne crois pas qu'il serait temps ? Le restaurant affiche complet chaque fois que nous venons ici. Les gens me disent qu'il faut réserver trois semaines à l'avance. Tu ne pourrais pas faire entrer plus de clients, même avec un chausse-pied !

Pat savait que les affaires d'April marchaient bien et qu'elle remboursait avec régularité sa dette auprès de sa mère.

— Pourquoi tu ne partirais pas en voyage, un de ces quatre ? Tu pourrais retourner en France, ou ailleurs. Tu ne peux pas travailler tout le temps, April, ce n'est pas bon pour ta santé.

C'était pourtant la nature du métier de restaurateur. Il le savait, l'établissement de sa fille jouissait d'un grand succès parce qu'elle était présente jour et nuit et supervisait chaque tâche jusqu'au moindre détail, parce qu'elle était toujours sur le pont et maîtrisait tout, à chaque instant. Cela ne laissait aucune place à un semblant de vie privée. Depuis l'ouverture trois ans plus tôt, April n'avait pas pris de vacances ni un seul jour de repos. Elle n'en ressentait même pas l'envie.

— Je le ferai, papa, c'est promis. Mais ma présence ici est indispensable. Je n'ai personne pour tenir la boutique si je m'absente.

Sa réponse fut suivie d'un long silence, pendant lequel April et Valerie échangèrent un regard qui n'échappa pas à Maddie. Pat, lui, ne sembla rien remarquer. Maddie savait qu'il détestait harceler sa fille en lui demandant à tout bout de champ si elle avait un petit copain – à l'évidence, ce n'était pas le cas. Aucun signe de mariage et de bébé à l'horizon, événements qu'il appelait pourtant de ses vœux. Comme il le disait en privé à sa femme, il craignait que cela n'arrive jamais.

— Il y a du nouveau dans ta vie ? demanda-t-il quand même.

April hésita à mentir. Elle ne savait pas comment lui révéler la vérité, sachant que celle-ci risquait de ne pas lui plaire. Elle aimait son père, il incarnait pour elle une existence simple, un mariage solide et heureux. Elle admirait aussi sa mère, bien sûr, notamment pour sa façon de travailler, mais April n'aspirait pas à connaître le même succès. Elle se satisfaisait amplement de tenir un restaurant où l'on venait déguster des mets rares et raffinés ou de la bonne cuisine toute simple, en profitant de l'atmosphère accueillante qu'elle savait créer. En résumé, le style de vie de Pat et Maddie lui correspondait davantage que celui de sa mère. Elle se sentait proche de son père, et son estime lui était essentielle.

— En fait, il y a du nouveau, avoua-t-elle enfin. Ç'a été une surprise. Une grosse surprise, de celles que la vie nous réserve parfois. J'espère que je ne vais pas te décevoir, papa, ajouta-t-elle en lui touchant la main, les larmes aux yeux.

Il passa un bras autour de ses épaules pour la rassurer. April savait que son père l'aimait. Elle n'en doutait pas.

— Tu ne m'as jamais déçu, ma chérie. Jamais. Je me suis fait du souci quand tu as abandonné la fac, mais tu t'en es très bien sortie. C'est tout ce qui m'importe : que tu sois heureuse. Alors, quelle est cette surprise ?

Pat se demandait si elle allait lui parler d'un amoureux, d'un deuxième restaurant ou d'une opportunité inattendue de faire fortune en vendant celui-ci. Il espérait qu'il s'agissait d'une rencontre, et non d'un nouveau projet chronophage. Elle n'avait déjà pas de temps pour elle...

Pendant quelques secondes qui lui parurent interminables, April resta muette. Elle lança un coup d'œil vers Maddie, qu'elle ne voulait pas exclure. Sa belle-mère l'avait toujours traitée comme sa fille avant même d'avoir elle-même des enfants.

— Je suis enceinte, annonça-t-elle à voix basse, en regardant son père dans les yeux.

Pat demeura silencieux un long moment. Il ne savait pas quoi répondre, et n'était pas sûr de comprendre toutes les implications de cette nouvelle.

— Tu es enceinte ? répéta-t-il. Je n'étais pas au courant que tu fréquentais quelqu'un. Tu vas te marier ?

Il semblait vexé qu'elle ne lui ait rien dit plus tôt. Pat se croyait en effet très proche de sa fille. Il se tourna vers Valerie, mais celle-ci garda le silence, tête baissée.

— Non, je ne vais pas me marier, et je ne vois personne. Je t'en aurais parlé, répondit April dans un soupir.

Elle se laissa aller contre lui, puisant dans son soutien la force de lui expliquer la suite. Elle comprendrait qu'il soit fâché – à sa place, elle le serait aussi. Elle espérait simplement qu'il lui pardonnerait sa négligence et n'en tiendrait pas rigueur à son enfant. Son père avait toujours été là pour elle, pourquoi l'abandonnerait-il maintenant ? Valerie, elle, avait très bien réagi.

April lui raconta donc son histoire, en n'omettant aucun détail sur les circonstances de cette grossesse imprévue. Elle termina en affirmant qu'elle souhaitait garder l'enfant malgré les difficultés qu'une telle décision risquait d'engendrer. Puis elle observa son père, attendant sa réaction. Visiblement choqué, Pat s'efforçait de digérer toutes ces informations. Il échangea un regard avec Maddie, inquiète elle aussi, avant de dévisager April de nouveau. Son bras, autour de ses épaules, s'était un peu relâché.

— C'est une sacrée nouvelle. Es-tu sûre de vouloir de ce bébé ? C'est une lourde charge à assumer toute seule. Une grande responsabilité, sans personne sur qui t'appuyer. Bien sûr, on sera là pour toi, ta mère, Maddie et moi. On fera notre possible pour t'aider. Mais ce n'est pas facile d'élever seule son enfant. Certaines de mes étudiantes sont mères célibataires, par choix ou par accident, et elles ont du mal à tout mener de front. Est-ce que tu vas laisser tomber le restaurant ?

April secoua la tête aussitôt.

— Bien sûr que non. Je ne vois pas pourquoi je devrais choisir entre les deux. Je peux continuer à travailler en ayant un enfant.

Sa mère l'avait fait, avec une carrière autrement plus prenante. La seule différence, c'était qu'April avait eu un père, alors que son bébé n'aurait qu'une maman, trois grands-parents et deux tantes. N'était-ce pas déjà un bon début ? De toute façon, April n'avait rien de mieux à offrir.

— Je sais que tu en es capable, murmura Pat.

Jamais il n'aurait imaginé sa fille enceinte après une aventure d'un soir et gardant le bébé par-dessus le marché. Cette attitude ne lui ressemblait pas du tout. Il se demandait si son âge avait pesé dans son choix, si elle avait senti l'horloge biologique tourner plus vite.

— Ce qui ne me plaît pas, c'est de te voir assumer seule une charge aussi difficile, expliqua-t-il. Tu devrais en parler au père. Il est peut-être mieux que tu ne le décris. Si ça se trouve, il aurait envie de s'impliquer. C'est son enfant aussi, après tout. Et tu vas avoir besoin de toute l'aide que tu pourras trouver, surtout si tu continues à travailler autant. Ça va vraiment être dur pour toi.

Beaucoup plus dur que ce qu'il souhaitait pour sa fille. Il avait toujours espéré qu'elle se marierait et aurait des enfants un jour, dans cet ordre-là... Quel parent n'en avait pas envie ?

De son côté, April appréciait qu'il ne condamne pas son attitude.

— J'hésite à prévenir le père, confia-t-elle. Je me sens un peu stupide, je ne sais pas quoi lui dire. « Merci pour la mauvaise critique. Tu te souviens de la nuit qu'on a passée ensemble ? Eh bien, on a fait un bébé, et je le garde. » S'il m'avait recontactée, ç'aurait été différent. Plus facile, en tout cas.

— Je crois que j'ai lu sa critique. Elle était haineuse et sarcastique, dit alors son père avec colère.

— Oui, on parle bien du même type.

Pat faisait preuve d'une loyauté farouche envers ses enfants, et il n'en attendait pas moins de la part des autres. De toute évidence, ce Mike Steinman n'avait pas aimé le restaurant, et il ne s'était pas gêné pour le faire savoir. Cela n'augurait rien de bon pour l'avenir, si jamais April lui annonçait sa grossesse. Comment pourrait-il accueillir favorablement une telle bombe ?

— Eh bien, c'est un grand événement, commenta-t-il avec un sourire qui se voulait rassurant. Je dois admettre que je suis surpris. J'aurais préféré que les choses se passent autrement pour toi, mais si tu es vraiment déterminée à poursuivre ta grossesse, Maddie et moi te soutiendrons.

Il échangea un regard avec Valerie, qui acquiesça, les larmes aux yeux.

— Et ta mère sera là aussi pour toi, ajouta-t-il. On va donc avoir un bébé !

Il fit signe au sommelier et lui commanda une bouteille de champagne.

— C'est pour quand ? demanda-t-il à April une fois l'employé reparti.

— Le mois de juin. Merci, papa, murmura-t-elle en l'enlaçant, le visage baigné de larmes. Merci à vous trois.

Maddie et sa mère pleuraient et souriaient tout à la fois.

— Je suis désolée d'avoir été aussi insouciante. Vous êtes vraiment super avec moi. Je vous promets de faire de mon mieux pour devenir une maman aussi bien que vous deux.

— Et tu y arriveras, ma chérie, je n'en doute pas, lui assura Maddie en lui prenant la main. Ce sera chouette d'avoir un bébé dans la famille. Sais-tu déjà si c'est une fille ou un garçon ?

— Je le saurai lors de la prochaine échographie, en février.

À son âge, April n'avait pas besoin de subir d'examens invasifs pour dépister d'éventuels problèmes génétiques ou des malformations. Pour son plus grand soulagement, elle n'aurait à se soumettre qu'à des contrôles de routine.

Alors qu'Annie et Heather revenaient de la cuisine, le sommelier reparut avec le champagne. Il leur servit une coupe à chacun et repartit aussitôt avec la bouteille vide, ne voulant pas se montrer indiscret à un moment qu'il sentait chargé d'émotion. Jean-Pierre, originaire de Bordeaux, avait quitté Daniel Boulud pour travailler avec April. Ayant tout appris sur les vins dès sa plus tendre enfance, il constituait un excellent apport pour le restaurant.

— Qu'est-ce qu'on fête ? s'enquirent Annie et Heather en s'asseyant à table.

April, gênée, hésita un instant. Mais il ne servait à rien de leur cacher la vérité : tôt ou tard, ses sœurs finiraient par l'apprendre.

— Je vais avoir un bébé.

Ses deux sœurs la dévisagèrent, stupéfaites.

— Tu as un petit copain ? demanda Heather, un peu vexée de n'avoir pas été informée plus tôt.

— Non. Juste un bébé, répondit April en souriant.

— Comment tu es tombée enceinte, alors ?

Cette fois-ci, April se mit à rire franchement.

— Je crois que c'est un coup de la cigogne. En tout cas, j'ai décidé de le garder. Vous allez avoir un neveu ou une nièce en juin.

Pat leva son verre.

— Je propose que l'on porte un toast au futur membre de la famille, qui sera avec nous autour de cette table à la prochaine fête de Thanksgiving. Et je voudrais remercier April de ne pas m'encombrer d'un gendre que je n'aurais peut-être pas apprécié, qui m'aurait traîné à des matchs de football en plein hiver ou demandé de jouer au softball alors que je déteste ce sport. Au moins, je n'aurai pas besoin de l'impressionner. Il nous suffit d'apporter tout notre amour à April et d'accueillir ce petit Wyatt parmi nous.

Tous levèrent leur coupe tandis qu'April pleurait de plus belle. Elle donna son verre à son père sans y avoir touché. Depuis qu'elle avait décidé de garder le bébé, elle n'avait plus bu une seule goutte d'alcool.

— Merci de votre soutien. Je vous aime, murmura-t-elle en posant sur chacun d'eux un regard reconnaissant.

Un peu plus tard, lorsqu'ils furent partis, elle alla jeter un coup d'œil en cuisine, où les plongeurs finissaient la vaisselle. Elle venait de vivre un très beau Thanksgiving. Son annonce pour le moins inattendue avait reçu un accueil incroyablement positif. Son père s'était montré formidable et sa belle-mère attentionnée, comme à son habitude. Valerie semblait s'habituer progressivement à l'idée d'avoir un petit-fils ou une petite-fille, du moment que personne ne l'appelait « grand-mère », et ses deux sœurs avaient promis de l'aider. Que demander de plus ? Avec un soupir, April retira son tablier et monta à l'étage, où elle s'effondra sur son lit, épuisée physiquement et émotionnellement. La journée avait été longue et décisive. Elle se savait chanceuse d'avoir sa famille, le restaurant, et maintenant ce bébé, avec tous les bons et mauvais côtés que présentait un tel événement. Aussitôt les yeux fermés, elle s'endormit, en espérant que tout finirait bien.

6

Le lendemain de Thanksgiving, tôt le matin, April buvait son café au lait dans la cuisine, profitant d'un des rares moments où elle avait le restaurant pour elle. La veille, le personnel avait tout laissé en ordre et les tables étaient déjà prêtes pour le déjeuner. Alors qu'elle songeait aux conseils de son père et à son soutien, elle prit enfin la décision qu'elle repoussait depuis des semaines. Elle alla chercher dans son bureau les numéros que Mike Steinman lui avait donnés, et l'appela sur son portable. Mike répondit à la deuxième sonnerie de sa voix grave et sexy, qui se fit plus froide sitôt qu'elle se présenta. Malgré ce mauvais départ, April ne se laissa pas démonter et l'invita à dîner le soir même au restaurant, ne voulant pas lui annoncer la nouvelle au téléphone.

— C'est trop tôt pour que j'écrive une deuxième critique, la prévint-il d'emblée. Désolé pour celle que j'ai publiée, mais je pense que tu vaux beaucoup mieux que ça.

Après avoir goûté à sa cuisine, Mike avait aisément décelé qu'April avait des talents dignes d'un restaurant étoilé. Son CV montrait d'ailleurs qu'elle avait travaillé dans quelques-uns des meilleurs établissements. Il ne voyait pas pourquoi, à côté d'une sélection de mets délicats, elle proposait des plats que n'importe qui pouvait préparer chez lui. En un mot, il n'avait rien compris au concept d'April in New York. Mais la jeune femme s'en fichait. Elle n'attendait pas de lui qu'il rédige une critique plus favorable, elle voulait simplement lui parler de leur enfant. S'ils ne se revoyaient plus jamais ensuite, tant pis. Elle ne se faisait aucune illusion quant à la possibilité d'entretenir une relation avec lui, dans la mesure où il ne l'avait pas rappelée depuis leur soirée. En outre, elle n'avait pas besoin de son aide : elle espérait se débrouiller seule, avec l'appui de sa famille. Rassurée sur ce point après le dîner de la veille, il lui avait été beaucoup plus facile d'appeler Mike, même s'il était à des années-lumière de deviner ses motivations.

— Le restaurant marche bien, répliqua-t-elle d'un ton détaché. Les gens l'apprécient. Il est exactement comme je l'imaginais dans mes rêves, mais je suppose qu'il ne peut pas plaire à tout le monde.

Elle n'avait pas l'intention de se disputer avec lui sur ce sujet, sachant que leurs points de vue divergeaient de manière radicale. D'après les autres critiques qu'elle avait lues de lui, Mike avait l'air d'être un vrai snob vis-à-vis de la nourriture.

— En fait, je n'appelais pas par rapport à ça. Tu as passé de bonnes fêtes de Thanksgiving ? demanda-t-elle aimablement.

— Je ne marque jamais les fêtes. De toute façon, je déteste la dinde.

Voilà qui commençait mal...

— Excuse-moi de n'avoir pas rappelé, ajouta-t-il

d'un ton gêné, abordant un sujet délicat pour lui comme pour elle. Je me suis dit que tu serais en colère après avoir lu ma critique. C'est un peu bizarre de publier un avis sévère sur un restaurant et d'inviter ensuite sa propriétaire à sortir. Pourtant, j'ai passé une très bonne soirée. Désolé si je t'ai paru impoli.

Au moins, il exprimait des remords et reconnaissait avoir été « sévère ». Il n'était donc pas complètement idiot ni dépourvu de bonnes manières, même si son ton glacial laissait penser qu'il n'avait pas de cœur.

— Ne t'en fais pas pour ça, le rassura April. Je voulais juste te proposer de venir dîner. Ce n'est pas un rendez-vous galant, je n'ai pas l'intention de te passer de la pommade, ni de te rendre soûl avec mes vins.

Son aveu les fit rire tous les deux.

— Ils étaient excellents, concéda-t-il.

C'était le seul point positif qu'il avait accordé au restaurant d'April : elle proposait une carte de vins superbes, peu connus et peu chers.

— Toi aussi, tu n'étais pas mal du tout, ajouta-t-il en se détendant un peu. Enfin, d'après les souvenirs que j'ai de cette soirée. Ça faisait des années que je n'avais pas bu autant. J'ai eu une gueule de bois pendant trois jours.

Il en riait maintenant, mais April soupçonnait qu'il aurait moins envie de rire lorsqu'il apprendrait ce qui était arrivé. Les conséquences de leur dérapage dureraient toute leur vie, pas seulement trois jours. Du moins, celle d'April, si Mike décidait de ne pas s'impliquer.

— Moi aussi j'ai beaucoup bu ce soir-là, reconnut-elle. Je n'agis jamais ainsi normalement. Je crois que le vin m'est monté à la tête.

— C'est ce qu'on dit toujours, la taquina-t-il.

Lorsqu'elle avait accueilli le critique culinaire, April ne s'était pas attendue à voir débarquer un célibataire de trente-quatre ans, hyper-sexy. Comment aurait-elle pu lui résister, après avoir en plus un peu forcé sur l'alcool ?

Malgré la gêne qui persistait entre eux, la conversation se déroulait plutôt bien. Elle ne regrettait pas de l'avoir appelé. Ses parents avaient eu raison de l'y inciter. Mike Steinman semblait être un type plutôt pas mal, pour un snob culinaire et un amant d'une nuit qui ne l'avait pas recontactée.

— Alors, ça te dit de venir manger ce soir ? insista-t-elle. On est complets, mais si tu viens vers neuf heures, je nous garderai une petite table au fond de la salle. Je te promets de ne pas te servir de dinde. Du homard, ça t'irait ?

— Ce serait parfait. J'essaierai d'assister à une réunion des Alcooliques anonymes avant de venir.

Au moins, il avait le sens de l'humour...

April s'était efforcée de parler d'une voix neutre pour qu'il ne se méprenne pas sur ses intentions. Elle cherchait uniquement à créer des rapports amicaux avec lui. C'était déjà beaucoup demander, mais cela se révélerait indispensable s'ils devaient élever un enfant.

— Merci de ton appel. On se voit à neuf heures alors, conclut-il.

Mike était flatté qu'une jolie fille comme April fasse l'effort de le recontacter malgré l'article négatif qu'il avait publié. En même temps, ils avaient couché ensemble. Il avait tellement apprécié leurs ébats – en dépit de leur état d'ébriété avancé – qu'il avait failli renoncer à écrire sa critique pour pouvoir la revoir.

Finalement, il avait choisi de rester fidèle à ses principes de journaliste et de respecter son engagement auprès de son journal, au détriment de la jeune femme. Cette décision lui avait coûté. Aussi était-il ravi qu'elle l'ait invité à dîner, même s'il n'imaginait pas la raison de ce rendez-vous. Elle avait sans doute, elle aussi, un souvenir inoubliable de leur nuit torride… Il avait hâte de la revoir.

Lorsque Mike arriva au restaurant quelques minutes après neuf heures, April l'aperçut de la porte à hublot de ses cuisines et sentit les battements de son cœur s'accélérer. Il était encore plus beau que lors de leur première rencontre. Il avait tout à la fois un air sérieux et un côté petit garçon très séduisant. Son jean, ses chaussures de marche et son vieux pull irlandais lui donnaient un style sexy et décontracté. Il avait expliqué à April qu'il avait fait ses études de journalisme à l'université Brown, dans l'idée d'embrasser la carrière de correspondant de guerre. Rapatrié dès son premier reportage pour une crise sévère de malaria, il lui avait fallu un an pour s'en remettre. En attendant sa guérison, le journal l'avait affecté à la rubrique gastronomique, et voilà comment il était devenu critique de restaurant. Son travail ne lui plaisait pas. Il aurait préféré des missions plus palpitantes. Cette frustration expliquait sans doute les commentaires acerbes dans ses articles, le mépris qu'il affichait parfois pour les restaurants et leurs chefs. Mais le journal, et les lecteurs, aimaient cette intransigeance, ces remarques mordantes qui faisaient son style et avaient bâti sa réputation. Il était donc prisonnier de son poste depuis dix ans, bon gré, mal gré.

Le maître d'hôtel le conduisit à une table au fond

de la salle, dans un coin tranquille. Un instant plus tard, April émergea de la cuisine en tablier, un torchon à la main. Elle tendit celui-ci à un commis et s'arrêta pour saluer certains de ses clients, avant de venir s'asseoir en face de Mike. Il nota qu'elle n'était pas habillée comme pour un rendez-vous galant : les cheveux relevés en chignon flou, sans maquillage, elle portait des sabots avec l'uniforme traditionnel du cuisinier, pantalon à carreaux noirs et blancs et veste de cuisine blanche. Celle-ci était maculée de taches.

Mike la trouva un peu plus ronde de visage, mais cela lui allait bien. Elle était encore plus jolie quand elle souriait. Il crut toutefois déceler une pointe d'inquiétude dans ses yeux noisette tandis qu'elle le remerciait d'être venu. Elle lui proposa des pâtes aux truffes blanches en entrée, avant le homard. Un repas parfait aux yeux de Mike, bien supérieur aux pains de viande, poulets rôtis ou steaks tartares qui faisaient la gloire d'April. Celle-ci savait à présent qu'il avait un palais difficile. Quant aux vins que Jean-Pierre leur suggéra pendant le dîner, ils se révélèrent encore meilleurs que ceux que Mike avait déjà goûtés avec elle.

— Tu vois ce que je veux dire ? observa-t-il tandis qu'il savourait une bouchée de homard, les yeux clos, après avoir dégusté les pâtes. Tu vaux bien mieux que ce que tu proposes à la carte. Pourquoi servir des hamburgers alors que tu pourrais être en train de gagner ta troisième étoile, à Paris ou ici ? Tu te sous-estimes, April. C'est ce que j'ai voulu dire dans mon article.

Il regrettait à présent d'avoir employé des mots aussi sévères, mais il restait persuadé qu'au fond il avait raison.

— Tu crois vraiment que les gens ont envie de

manger ce genre de plats tout le temps ? rétorqua April gentiment. Moi, je ne pourrais pas. C'est peut-être ton truc, mais je ne pense pas que beaucoup de monde partage ton avis. Nos habitués viennent ici une ou deux fois par semaine, parfois plus. Je veux leur offrir à la fois le meilleur de ce qu'ils ont envie de manger au quotidien – des plats de tous les jours, pour la vie de tous les jours –, et quelques petits plaisirs plus raffinés à l'occasion, comme les pâtes aux truffes blanches ou les escargots. Voilà l'idée que j'ai voulu mettre en œuvre.

Et cela marchait, à en juger par la salle bondée et les clients qui continuaient d'arriver à minuit en suppliant les serveurs de leur trouver une table. Mike avait bien été obligé de le constater, tout au long de la soirée, tandis qu'ils bavardaient de leurs restaurants favoris en France et en Italie.

— Je n'avais peut-être pas bien compris le concept, admit-il. Je me disais que tu étais paresseuse, que tu recherchais la facilité.

April ne put s'empêcher de rire. Paresseuse, elle ? Tous ceux qui la connaissaient pouvaient témoigner du contraire.

— Je veux servir aux gens ce qu'ils préfèrent, que ce soit des choses simples ou de la cuisine sophistiquée. Je veux les accueillir dans un établissement où ils seraient prêts à prendre tous leurs repas. Ma mère et moi, nous adorons le restaurant La Grenouille, mais je ne pourrais pas y manger tous les jours – même si ma mère le fait, quasiment. J'ai des goûts plus simples. J'ai besoin de petits plats réconfortants, de temps en temps. Pas toi ?

— Ça m'arrive, reconnut-il à contrecœur. Quand

j'ai envie de crêpes, je vais dans une crêperie, pas dans un restaurant chic. Et quand je sors dîner, j'attends un vrai repas.

Celui qu'il venait de terminer aurait obtenu une critique quatre étoiles de sa part s'il était venu ce soir dans cet objectif.

— C'est exactement ce que j'essaie de t'expliquer, insista April. Ici, tu peux déguster de très bonnes crêpes, et aussi des gaufres, de la purée ou des macaronis au fromage. Tu devrais goûter mes crêpes, un jour.

Elle l'avait dit avec tant de sérieux qu'il ne put s'empêcher de sourire. Lors de leur première rencontre, il n'avait pas compris à quel point elle croyait à ce qu'elle faisait. Peut-être parce qu'il avait été trop soûl... Elle avait tout fait pour, en lui versant, verre après verre, des vins délicieux auxquels il avait été incapable de résister. Ce soir, Mike se montrait plus prudent : il ne voulait pas passer encore pour un imbécile. April lui plaisait, tout comme la passion qu'elle manifestait pour son restaurant.

— D'accord, je viendrai avaler une crêpe la prochaine fois que je n'aurai pas le moral.

— Tu es le bienvenu quand tu veux. Ce sera sur le compte de la maison.

— C'est sympa de m'avoir invité. Je pensais que tu me haïrais, après ce que j'ai écrit.

— Je t'ai détesté un moment, admit-elle. Mais j'ai tourné la page.

— Tant mieux. Ton repas était fantastique, ce soir. Alors, pourquoi m'as-tu demandé de venir, puisqu'il n'est question ni d'une nouvelle critique ni de rendez-vous galant ? Tu voulais enterrer la hache de guerre dans du homard et des pâtes aux truffes blanches ?

April lui rendit son sourire, tout en se demandant à brûle-pourpoint à qui l'enfant ressemblerait.

— J'ai quelque chose à t'annoncer, répondit-elle, préférant aller droit au but. Je pense que tu as le droit de savoir.

Il avait aussi le droit de décider de ce qu'il ferait de cette information.

— Quand on a passé la nuit ensemble en septembre, j'étais sous antibiotiques à cause d'une angine. Je l'ignorais, mais cela peut diminuer l'efficacité de la pilule. Et pour être honnête, j'avais tellement bu ce soir-là que j'ai oublié de la prendre. Je suis enceinte de trois mois. Je m'en suis rendu compte il y a quatre semaines, et j'ai décidé de garder le bébé. Je n'ai pas envie d'avorter à trente ans. La naissance est prévue en juin. Je n'attends rien de toi, je n'ai besoin de rien.

Mike la dévisagea, médusé. Le brun de ses cheveux et de ses yeux contrastait avec la pâleur de son visage, blanc comme la nappe.

— C'est une blague ? Tu m'as invité à dîner pour m'annoncer *ça* ? Tu es complètement folle, ma parole ! Tu ne me connais même pas. Qui te dit que je ne suis pas un meurtrier psychopathe, un fou ou un pédophile ? Tu es prête à garder l'enfant d'un type avec qui tu as couché une fois ? Pourquoi tu ne t'es pas fait avorter ? Tu aurais quand même pu me demander mon avis avant que ce soit trop tard !

Il la fusillait du regard, hors de lui. L'espace d'un instant, April regretta de s'être montrée honnête avec lui.

— La décision de le garder ou d'avorter n'appartient qu'à moi, rétorqua-t-elle tout aussi sèchement. Il s'agit de mon corps, de mon bébé, et je ne te demande rien. Si ça te chante, on ne se revoit plus jamais – très franchement, je m'en fous. C'est à toi de choisir. Tout ce que je sais, c'est qu'à ta place j'aurais voulu être au courant, pour pouvoir décider moi-même de m'impliquer ou pas dans la vie de cet enfant. C'est la possibilité que je te donne, sans aucune obligation d'engagement. Je ne te demande pas de m'aider financièrement, ni d'aucune autre manière. Je peux me débrouiller seule, et si je n'y arrive pas, mes parents sont prêts à me soutenir, ce qui est très gentil de leur part. Ils ont pensé – et je suis d'accord avec eux – que la moindre des choses était de t'informer que tu serais père au mois de juin. C'est tout. Après, c'est à toi de voir.

Mike resta silencieux un moment, bouillonnant de colère. C'est sûr, April jouait franc jeu. Mais il ne voulait pas d'enfant, ni avec elle ni avec personne, jamais. Elle fichait la pagaille dans sa vie, en l'obligeant à choisir maintenant s'il voulait être père ! Sans même le consulter, elle allait avoir un enfant de lui, parce qu'ils avaient été assez stupides pour coucher ensemble après avoir trop bu, et parce que sa pilule n'avait pas rempli son office. Quel romantisme ! Mike regrettait amèrement d'être venu ce soir, et encore plus d'avoir fait l'amour avec elle trois mois plus tôt. Il avait du mal à imaginer que des parents puissent aider leur fille de trente ans : les siens ne l'auraient jamais fait. Il ne les avait pas vus depuis dix ans et n'avait aucune envie de les revoir.

— Qui sont tes parents, pour se montrer si nobles ? demanda-t-il brusquement.

April eut l'air surprise de sa question.

— Ce sont des gens très bien et tout à fait normaux. Mon père est professeur d'histoire médiévale à Columbia, ma belle-mère est orthophoniste et je l'adore, et ma mère, c'est Valerie Wyatt. Elle présente une émission sur les mariages et la décoration intérieure à la télé, précisa April, comme si cela n'avait rien d'exceptionnel.

— Tu te fiches de moi ? s'exclama Mike. Wyatt... bien sûr, pourquoi n'y ai-je pas pensé plus tôt ? Bon sang, ta mère est l'arbitre des élégances en matière de vie domestique et de mariage ! Que pensent-ils de tout ça ? Ils ne te trouvent pas insensée de garder ce bébé ? Comment vas-tu faire pour gérer un restaurant et un enfant toute seule ?

— C'est mon problème, pas le tien. Je ne te demande pas de venir changer les couches ni de donner le biberon. Tu pourras le voir si tu en as envie. Et si tu ne veux pas, ça m'est égal.

— Et si ça ne me suffisait pas ? rétorqua-t-il.

Mike était furieux contre elle, furieux contre le destin. Bien sûr, April était la première à en subir les conséquences, mais c'est elle qui avait choisi de garder le bébé. Il n'aurait jamais pris cette décision, qu'il trouvait aberrante et stupide. Cela lui semblait injuste de mettre au monde un enfant dont les parents ne se connaissaient pas, ne s'aimaient pas.

— Et si je voulais assumer mon rôle de père ? reprit-il. Et si je demandais la garde alternée ? Je n'en ai aucune envie, mais que ferais-tu, dans ce cas ? Tu accepterais de partager l'enfant avec moi ?

April le dévisagea, les yeux écarquillés. Elle n'avait pas envisagé le moins du monde cette possibilité.

— Je ne sais pas, répondit-elle doucement. J'imagine qu'on en discuterait et qu'on trouverait une solution.

L'idée ne lui plaisait pas du tout. Elle ne connaissait pas suffisamment Mike pour savoir si on pouvait lui confier un bébé. Mais il venait de lui rappeler, à juste titre, qu'il avait son mot à dire en tant que père.

— Tu peux dormir tranquille, je ne veux pas de gamins, dit-il alors. J'ai eu une enfance pourrie, avec des parents violents et alcooliques qui se détestaient et me détestaient tout autant. Mon frère s'est suicidé à quinze ans. Je ne veux ni femme ni gosse, parce que je refuse que quelqu'un souffre à cause de moi comme j'ai souffert à cause de mes parents. Tu sais quoi ? Un mois avant de te rencontrer, j'ai rompu avec une fille dont j'étais amoureux. Ça faisait cinq ans qu'on était ensemble. Quand elle m'a annoncé qu'elle voulait se marier et avoir des enfants, avec moi ou sinon avec un autre, je lui ai donné ma bénédiction, et je l'ai quittée. Je ne veux pas de bébé, April, avec personne. Je ne me sens pas capable d'être père. Mais je n'ai pas envie non plus d'abandonner qui que ce soit. Si je ne m'implique pas dans la vie de ce gosse, j'aurai toujours l'impression de l'avoir rejeté. Ce n'est pas juste, ce que tu m'imposes, et ce que tu imposes à cet enfant. Tu dis que tu t'en sortiras toute seule, que tes parents t'aideront. Mais comment lui expliqueras-tu que son père a pris la fuite ? Qu'est-ce qu'il va en penser, ton gamin ? Est-ce que tu as réfléchi à ça quand tu as décidé de le garder ? Ça peut te paraître terrible d'avorter, mais il n'y a rien entre nous, il n'y aura jamais rien. C'est cruel de mettre ce bébé au monde alors qu'il n'a qu'un seul parent qui le désire, et que l'autre ne l'a pas voulu.

— Imagine qu'on s'aime, qu'on soit mariés, et que tu meures, répliqua April. Je devrais aussi me débarrasser de l'enfant, sous prétexte que tu ne serais plus là ?

— Ça n'a rien à voir, marmonna-t-il en remuant sur sa chaise.

Elle n'avait pas tort. Néanmoins, Mike restait sur ses positions concernant la paternité. Il avait laissé partir son ex pour cette raison.

La soirée avait bien mal tourné, malgré l'excellent dîner. Mike ne voulait plus revoir April. Cette femme avait-elle donc toujours des intentions cachées ? Là, c'était le summum ! Après l'avoir fait boire dans l'espoir d'obtenir une bonne critique, elle le gavait de plats succulents pour lui annoncer qu'elle gardait leur bébé dont il ne voulait pas !

— Mike, les familles monoparentales, ça existe. Et aujourd'hui, beaucoup de femmes font des enfants seules. Elles ont recours à des banques de sperme, ou à des amis homosexuels. Les homos aussi adoptent des bébés, les hommes comme les femmes, en couple ou non. Je ne dis pas que c'est idéal, mais c'est la réalité. Et il arrive aussi qu'un enfant perde son papa ou sa maman. J'ai vu le fœtus à l'échographie, son cœur battait, il ressemblait à un bébé et c'est bien ce qu'il sera un jour. Ce n'était pas prévu dans mon planning d'avoir un enfant, et ce ne sera pas facile. Tu as raison, je ne te connais pas, je ne sais pas si tu es quelqu'un de bien. Mais je ne vais pas me séparer de mon bébé, notre bébé, parce que tes parents ont été nuls avec toi. Je suis désolée, cette grossesse n'aurait pas dû arriver, mais à présent je veux donner à cet enfant la chance de vivre, même si ce n'est pas pratique pour moi. Je ferai de mon mieux. Et j'ai trois parents et deux sœurs qui l'aimeront aussi. Si tu veux relever le défi et être un père pour lui, super. Sinon, tant pis. C'est un accident qui nous est arrivé à tous les deux. J'essaie de m'accommoder au mieux d'une situation difficile, c'est tout.

Mike secoua la tête tristement. Il avait eu la même conversation avec son ex avant son second avortement et avait réussi à la convaincre. Là, il voyait bien que la décision d'April était prise. Il avait l'impression de s'être fait piéger.

— Il y aurait une solution très simple à cette situation, si seulement tu voulais bien te montrer raisonnable. Tu veux des enfants ? Trouve quelqu'un qui en a envie aussi. Je ne suis pas cette personne, je ne le serai jamais.

— Je n'ai pas fait exprès de tomber enceinte, répliqua April. Et je ne cherche pas à te retenir. Je ne te demande rien. Simplement, je vais avoir ce bébé, et c'est à toi de décider du rôle que tu veux jouer dans sa vie. Je te rappellerai au mois de juin, quand il sera né.

April devinait que Mike était non seulement en colère contre elle, mais qu'il avait peur. Elle le confrontait à une situation qu'il avait toujours évitée à tout prix, allant jusqu'à rompre avec une femme dont il était amoureux. D'après Mike, celle-ci fréquentait déjà un autre homme qu'elle espérait épouser bientôt – à trente-quatre ans, elle n'avait plus de temps à perdre si elle voulait des enfants. En lui annonçant sa grossesse qu'elle comptait mener à terme, April le renvoyait face à ses démons. Voilà ce qu'il ne supportait pas.

— Merci pour le dîner, dit-il d'un ton glacial en se levant. Je ne suis pas sûr que ça valait le coup, vu l'indigestion à la fin du repas. Je t'appellerai quand j'aurai pris une décision.

— Il n'y a rien qui presse, répondit-elle doucement avant de se lever à son tour.

Elle était très belle, mais il s'en fichait, après ce qu'elle venait de lui annoncer.
— Merci d'être venu dîner. Je suis navrée pour cette mauvaise nouvelle.
Mike acquiesça, puis quitta le restaurant, tête baissée, sans même lui jeter un dernier regard. Leur dispute n'avait pas échappé aux serveurs et au sommelier. Ils avaient reconnu le journaliste gastronomique qui avait publié une mauvaise critique sur April in New York trois mois plus tôt. De toute évidence, il n'était pas près d'en écrire une meilleure...

7

Le lendemain, April raconta à ses parents son entrevue avec Mike Steinman. Si Valerie en fut désolée, son père se déclara furieux. Selon lui, Mike aurait pu réagir autrement.

— Il ne veut pas d'enfants, papa, expliqua April calmement, malgré son propre désarroi. Il a préféré quitter une femme dont il était amoureux plutôt que de devenir père.

Elle tentait de prendre du recul, bien que la réaction de Mike lui eût semblé brutale et excessive. Tout comme l'article qu'il avait écrit sur le restaurant, d'ailleurs. Visiblement, Mike était ainsi. Il avait beau être séduisant et intelligent, April n'appréciait pas particulièrement cet aspect de sa personnalité. Elle le plaignait très sincèrement d'avoir été maltraité dans son enfance, mais cela n'excusait pas son attitude.

— Toi non plus, tu ne voulais pas de bébé, lui rappela son père. Mais tu fais l'effort de t'adapter. Pourquoi pas lui ?

— Il n'en a pas envie, papa. Ne t'inquiète pas pour moi, je m'en sortirai.

— C'est un vrai salaud.

— Il a le droit d'être en colère.

April s'efforçait de réagir en adulte. Néanmoins, la veille, elle avait beaucoup pleuré. Mike s'était montré odieux.

Elle fut donc surprise de le voir arriver au restaurant le lendemain midi, alors que le dernier client venait de partir et qu'elle discutait des commandes de vins avec Jean-Pierre dans la cuisine. Le sommelier s'éclipsa sitôt qu'il aperçut Mike, tout en s'interrogeant sur cette visite. Visiblement, les relations de sa patronne avec le critique gastronomique sortaient du cadre professionnel.

— Je peux te parler une minute ? demanda Mike.
— Bien sûr.

Mal rasé, la mine tourmentée et malheureuse, il avait l'air de ne pas avoir dormi de la nuit mais semblait moins en colère contre April. Elle le conduisit à l'étage dans son bureau et lui fit signe de s'asseoir dans un des fauteuils hideux qu'elle avait achetés d'occasion. Mike préféra rester debout, le regard rivé sur elle.

— Écoute, je suis désolé de m'être emporté, l'autre soir. J'ai été abject avec toi. Je ne m'attendais vraiment pas à une telle nouvelle, c'est le pire cauchemar qui pouvait m'arriver. Tu veux relever le défi de la maternité, je respecte ta décision. Je suis navré de ne pas pouvoir en faire autant. En revanche, même si je ne veux pas de cet enfant, je n'ai pas envie de causer encore plus de dégâts en l'abandonnant. J'aurais vraiment préféré que tu fasses le choix d'une interruption de grossesse. Vu que ce n'est pas ton intention, il faut que je réfléchisse à tout ça. Laisse-moi un peu de temps, je te recontacterai. C'est tout ce que je peux t'offrir pour l'instant.

April lui était reconnaissante de prendre enfin le problème en considération. Elle voyait bien que cela lui coûtait. Mike n'était pas un sale type : il avait beaucoup souffert, petit, et craignait de reproduire le même schéma. Il devait regretter amèrement d'avoir mis les pieds dans ce restaurant...

— Merci d'y réfléchir, Mike. Je suis désolée que ce soit si dur, pour toi comme pour moi. Ça ne devrait pas se passer comme ça.

Aucun enfant ne méritait d'avoir des parents rongés par le regret. Pour sa part, April n'éprouvait plus ce sentiment. Elle se surprenait même par moments à s'enthousiasmer à l'idée de mettre au monde un bébé. Elle savait qu'elle serait heureuse de le tenir dans ses bras. Mike avait bien trop peur pour se réjouir de cette paternité, mais il essayait de prendre ses responsabilités. C'était tout à son honneur.

— Je t'appellerai, conclut-il tristement.

Après lui avoir lancé un dernier regard, il tourna les talons et disparut dans les escaliers. Lorsque April redescendit en cuisine, il était déjà loin. Elle ne savait pas quand elle aurait de ses nouvelles. Peut-être à la naissance du bébé. Peut-être jamais. Elle n'avait pas l'intention de lui courir après. Fort heureusement, elle n'était pas amoureuse de lui : Mike était « juste » le père de son bébé.

Plus tard dans l'après-midi, elle en parla au téléphone avec sa mère.

— Au moins, il fait un effort, dit-elle, magnanime.

— Il a de la chance que tu ne lui réclames pas de pension alimentaire. Tu pourrais, répliqua Valerie.

— Laisse tomber, je n'attends rien de lui. Ce sera peut-être même plus simple s'il reste à l'écart.

C'était ce qu'elle pensait depuis le début. Elle n'avait annoncé sa grossesse à Mike que par souci d'honnêteté, sans se faire aucune illusion. À présent, la balle était dans son camp.

Quatre jours après avoir rendu visite à April, Mike n'arrivait toujours pas à se concentrer sur son travail. Il avait trois critiques gastronomiques à rédiger mais aucun mot ne lui venait à l'esprit. Il ne se souvenait même pas de ce qu'il avait mangé dans les restaurants en question : il évoluait dans une sorte de brouillard. Alors qu'il regardait l'écran de son ordinateur sans le voir, son ami Jim s'arrêta devant lui, un sourire aux lèvres. Mike ne s'était pas rasé de la semaine et semblait accablé.

— Allons, ça ne peut pas être si terrible que ça !
— En fait, c'est pire, répliqua Mike d'un ton morose.

Il partageait avec Jim le même espace de travail depuis cinq ans et le considérait comme son meilleur ami depuis plus longtemps encore. Il avait songé à lui raconter le cauchemar qui venait de lui arriver, mais il se sentait trop bouleversé. Il craignait que le simple fait d'en parler ne rende l'événement plus réel et irréversible.

De son côté, Jim se demandait ce qui avait pu se passer pour que son ami semble plongé dans une telle dépression. Mike ne pouvait pas avoir été renvoyé – le rédacteur en chef adorait ses articles. Il ne s'agissait pas non plus d'un chagrin d'amour, puisque, à sa connaissance, Mike n'avait pas de petite amie en ce moment.

— On dirait que le ciel t'est tombé sur la tête, observa Jim en s'asseyant sur un coin du bureau.

— C'est exactement ce qui s'est passé le week-end dernier.

— Il est arrivé quelque chose à tes parents ?

Jim savait que Mike n'entretenait pas de bonnes relations avec eux.

— Ça, je n'en sais rien. Ils ne m'appellent jamais, et moi non plus. La dernière fois que j'ai eu ma mère au téléphone, elle était tellement ivre qu'elle ne m'a pas reconnu. Mes appels ne doivent pas trop leur manquer.

— Qu'est-ce qu'il y a, alors ?

D'habitude, Mike ne se montrait pas aussi réticent à se confier. Les deux amis partageaient tout.

— J'ai testé un restaurant le week-end de la fête du Travail, se décida-t-il à dire. J'ai détesté le repas. Enfin, ce n'est pas vrai. La nourriture était bonne, mais j'ai trouvé que la chef n'exploitait pas ses talents avec la carte qu'elle proposait. Des plats de gargote préparés par un chef trois étoiles, tu vois ce que je veux dire ? Je lui ai fait une sale critique.

Il semblait le regretter.

— Elle te colle un procès ? demanda Jim.

— Non. Pas encore, en tout cas. Mais elle pourrait... plus tard.

Jim esquissa un sourire. Il savait que son ami ne risquait rien de ce côté-là : s'il s'était contenté d'écrire que le menu ne lui plaisait pas, il n'y avait pas là matière à procès.

— Elle ne peut pas porter plainte pour ça. Bon sang, si c'était le cas, tu serais poursuivi trois fois par semaine ! dit-il en rigolant.

— Sauf qu'elle peut me traîner au tribunal pour obtenir une pension alimentaire, répliqua Mike.

Retrouvant soudain son sérieux, Jim dévisagea son ami, l'air interrogateur.

— Tu peux développer, s'il te plaît ? Quelque chose a dû m'échapper.

— Oui, à moi aussi : mon self-control. La chef en question a une super carte des vins, elle m'en a fait goûter au moins une demi-douzaine. Je dois préciser que cette femme est une bombe. Je ne me rappelle pas vraiment comment c'est arrivé, ni quand, mais au final, on s'est retrouvés au lit. D'après les vagues souvenirs qu'il me reste, c'était assez mémorable. Je l'aurais bien revue, sauf que j'ai décidé d'écrire mon article, et comme j'ai descendu son restaurant en flèche, je me suis dit que ce serait malvenu de la rappeler. Je n'ai pas eu de ses nouvelles pendant plusieurs mois, jusqu'à la semaine dernière, où elle m'a invité à dîner. Je croyais que c'était pour faire la paix. En fait, elle voulait m'annoncer qu'elle était enceinte.

Mike semblait écœuré. Quant à Jim, il n'en croyait pas ses oreilles.

— Et elle veut de l'argent ?

— Non, pas un centime. Sa mère est une star du petit écran et le restaurant marche bien, malgré ce que j'ai écrit. Elle n'attend rien de moi. Elle ne m'a même pas demandé mon avis quand elle a décidé de garder le bébé. Elle voulait juste m'en informer.

Mike leva un regard malheureux vers son ami, qui le dévisageait, consterné.

— Je suis coincé, quoi que je fasse, reprit-il. Soit je décide de rester loin de tout ça et je passe pour un abominable salaud qui va gâcher la vie d'un gamin innocent, soit je m'implique et je me retrouve jusqu'au cou dans une situation que j'ai toujours fuie. Je me suis promis il y a des années que jamais je n'aurais d'enfant, après ce que j'ai vécu. Et maintenant, cette nana que je ne connais même pas m'en fait un dans le dos ! Je n'arrive pas à y croire. En plus, rien ne la fera changer d'avis. Dieu sait que j'ai essayé, mais elle est bien décidée à avoir ce bébé, et elle se fiche complètement que je participe ou non à son éducation. Je crois qu'elle préférerait même que je m'abstienne.

April ne lui facilitait pas les choses : elle se montrait si correcte que la réaction de Mike paraissait d'autant plus violente et viscérale en comparaison.

— Est-ce que c'est une fille bien ? s'enquit Jim, qui ne se remettait toujours pas de cette nouvelle.

— Je crois, oui. Mais je n'arrive pas à penser à autre chose qu'à ce bébé qu'elle veut m'imposer.

— Si elle ne te demande rien, on ne peut pas vraiment dire qu'elle t'impose quoi que ce soit.

— Pas sur le plan financier, c'est vrai, mais elle me colle la responsabilité de la paternité pour le restant de mes jours, répliqua Mike avec colère.

— Ce n'est peut-être pas la pire des choses qui puisse t'arriver.

De deux ans son aîné, Jim était marié avec bonheur depuis quatorze ans et père de trois enfants qu'il adorait. Il ne cessait de tanner Mike pour qu'il suive son exemple et se heurtait chaque fois à un « non » définitif.

— Puisqu'elle va avoir ce bébé, pourquoi tu ne passerais pas un peu de temps avec elle pour mieux la connaître ? suggéra-t-il. Tu sais, c'est dur de ne pas tomber amoureux de ses propres enfants.

Jim avait été présent à chaque naissance, à chaque fois il en avait été bouleversé. Mais à la différence de Mike, il n'avait jamais été opposé à l'idée de devenir père, et il aimait sa femme.

— C'est drôle, parce que mes parents ont réussi à ne pas tomber amoureux de moi, observa Mike avec un sourire contrit. Je ne crois pas que tout le monde soit fait pour être parent. C'est peut-être la seule chose que j'aie en commun avec mon père et ma mère : ils n'ont jamais voulu d'enfants, comme ils le répètent à l'envi, et je suis assez futé pour ne pas m'y risquer.

— Le destin semble en avoir décidé autrement, remarqua Jim.

Il se leva pour rejoindre son bureau, à quelques pas seulement de celui de Mike. Principal critique d'art du journal, Jim avait des articles à rédiger sur les expositions du moment. Il invitait régulièrement son alter ego des pages gastronomie aux vernissages, de même que Mike l'emmenait tester les restaurants aussi souvent que possible. Il regrettait de ne pas l'avoir fait le premier soir où il avait dîné chez April in New York : cela lui aurait évité bien des soucis !

— Je crois que tu devrais réfléchir sérieusement, lui conseilla Jim. Si ça se trouve, ce qui est en train de t'arriver va se révéler bénéfique. Il n'y a rien de plus miraculeux dans la vie que d'avoir un enfant.

— De quel côté es-tu ? grommela Mike, qui s'efforçait de se concentrer sur son écran.

— Du tien. Tu sais, il y a peut-être une raison derrière tout ça. Les voies du Seigneur sont impénétrables.

Mike ne put s'empêcher de grogner.

— Le Seigneur n'a rien à voir avec ça. Dans cette histoire, il n'y a que deux personnes supposées être des adultes qui se sont mises dans le pétrin toutes seules après avoir bu beaucoup trop de vin.

Si Mike était prêt à assumer la responsabilité de ses erreurs, celle d'un enfant n'en faisait pas partie.

— N'en sois pas si sûr, répliqua Jim, avant de se plonger dans son travail.

Le reste de l'après-midi s'écoula sans qu'ils échangent un mot de plus.

Pendant trois semaines, April ne reçut aucune nouvelle de Mike. Ce silence ne la surprenait pas. Elle avait même confié à son amie Ellen qu'elle ne pensait pas entendre de nouveau sa voix un jour. Mike rejetait tellement l'idée d'avoir un enfant qu'il pouvait très bien choisir de faire comme si April et le bébé n'existaient pas. C'est pourquoi elle fut très étonnée lorsqu'il l'appela sur son téléphone portable une semaine avant Noël, alors qu'elle se préparait à accueillir la foule du déjeuner. Le restaurant affichait complet pour les quatre semaines à venir. Elle avait décidé d'ouvrir le 25 décembre et le 1er janvier, pour ses habitués qui cherchaient un point de chute.

— April ? fit Mike, d'une voix grave et tendue.

— Salut ! Comment ça va ?

— Bien. Écoute, j'ai une mauvaise nouvelle à t'annoncer. Je suis allé remettre un article à la rédaction et c'est la panique, ici. L'info va être diffusée dans quelques minutes, mais j'ai préféré t'avertir avant. Il y a eu une prise d'otages au siège de la chaîne où travaille ta mère. Une demi-douzaine d'hommes semblent s'être emparés du bâtiment. On ne sait pas encore comment c'est arrivé ni qui ils sont. Les écrans se sont éteints, et ta mère était à l'antenne quand ça s'est produit.

Valerie présentait un programme matinal plusieurs fois par semaine en plus de son émission en soirée. April jeta un coup d'œil à sa montre : à cette heure-ci, sa mère était en effet en plateau.

— Elle va bien ? Il lui est arrivé quelque chose ? s'enquit-elle, paniquée.

— Je ne sais pas.

Mike était navré pour April. Il avait deviné au fil de leurs conversations qu'elle était très proche de sa famille – une situation qu'il avait lui-même du mal à comprendre.

— Je crois qu'ils occupent deux étages, et il y a des hommes des forces spéciales un peu partout. Ils n'ont pas encore donné l'assaut. Pendant la dernière demi-heure, les autorités ont réussi à empêcher les médias de diffuser la nouvelle, mais celle-ci va bientôt tomber. Je ne voulais pas que tu l'apprennes par un étranger, expliqua-t-il avec compassion.

— Merci, Mike, murmura-t-elle en retenant ses larmes. Qu'est-ce que je dois faire ? Tu penses que je peux y aller ?

— Non, reste chez toi, ils ne te laisseront pas approcher. Je t'appellerai si j'ai du nouveau. Regarde les infos, ils vont en parler.

— Merci, répéta-t-elle, avant de raccrocher.

À la télévision, les nouvelles étaient alarmantes. Six hommes lourdement armés de mitrailleuses et de pistolets automatiques étaient parvenus à envahir l'immeuble de la chaîne une heure auparavant. De nationalité inconnue, ils avaient rassemblé leurs otages sur deux étages, dont celui où travaillait la mère d'April.

Les yeux rivés sur l'écran, April contacta sa belle-mère pour l'informer de ce qui se passait. Cinq minutes plus tard, son père l'appela, en larmes, rongé par l'inquiétude. Comment ne pas penser aux attentats du 11 septembre ? La situation n'était pas aussi dramatique, mais le risque n'en demeurait pas moins important. Ces hommes pouvaient faire sauter une partie de l'immeuble et entraîner dans la mort une centaine d'innocents avec eux. Ou peut-être voulaient-ils simplement utiliser la chaîne pour diffuser un message ? Personne n'en savait rien pour l'instant. Une chose semblait sûre : pour commettre un acte aussi désespéré, il devait s'agir d'extrémistes.

Très vite, plusieurs gouvernements du Moyen-Orient et différents groupes religieux nièrent toute implication dans cet attentat. Selon eux, les auteurs appartenaient peut-être à une faction fondamentaliste dissidente.

Assise dans la cuisine, April regardait les bulletins d'informations, le cœur battant. Soudain, elle sentit une main sur son épaule. En se retournant, elle eut la surprise de découvrir Mike, venu la soutenir. Toute la journée, ils suivirent le fil des événements tandis que les cellules de crise tentaient d'entrer en contact avec les preneurs d'otages. À dix-huit heures, l'immeuble était toujours assiégé. Quelques personnes avaient réussi à s'échapper lorsque les terroristes avaient regroupé les prisonniers sur un seul niveau pour mieux les contrôler. Les commandos des forces spéciales s'étaient installés à l'étage abandonné, juste en dessous de celui où les otages étaient rassemblés. D'après les rescapés, il y avait des morts. Deux corps gisaient dans un couloir, mais leur identité n'avait pas été dévoilée. April implorait le ciel pour que sa mère ne fasse pas partie des victimes.

Des tireurs d'élite s'étaient également déployés sur le toit et dans le hall de l'immeuble, prêts à intervenir dès qu'ils seraient assurés de ne pas mettre en danger les civils. Les terroristes avaient fait part de leur intention de les supprimer si les forces de l'ordre tentaient quelque chose. Les bâtiments voisins avaient été évacués et la rue grouillait de policiers et de pompiers sur le qui-vive.

Durant tout ce temps, Mike resta auprès d'April et lui tint la main tandis qu'elle priait silencieusement pour sa mère. Le restaurant accueillait les clients, mais elle ne quitta pas les cuisines. Mike lui proposait régulièrement à boire ou à manger. Il la plaignait de tout son cœur. À la voir pâle comme un linge, il se demandait si elle ne risquait pas de perdre le bébé à cause du choc, mais il préférait ne pas y penser. Il voulait être présent à ses côtés. Leur désaccord au sujet de la grossesse semblait bien anodin par rapport au drame qui se jouait sous leurs yeux.

April espérait que sa mère tenait le coup, et surtout qu'elle était encore en vie. Aucune communication n'avait été possible jusqu'à présent avec les prisonniers. Des hélicoptères vrombissaient au-dessus de l'immeuble, et plusieurs avaient déjà atterri sur le toit.

Les preneurs d'otages adressèrent leur premier message clair peu après dix-neuf heures : se présentant comme un groupe d'extrémistes palestiniens, ils voulaient protester contre de récentes attaques israéliennes et attirer l'attention du monde entier sur la situation désespérée de leur peuple, en tuant le plus d'Américains possible dans un attentat-suicide « pour leur montrer ce que ça faisait ». Leur détermination à mourir et à massacrer des innocents rendait délicate toute tentative de négociation. Le gouvernement palestinien affirma aussitôt n'avoir aucun lien avec ces inconnus. D'autres Etats de la région exprimèrent leur indignation face à de tels actes et se dirent prêts à apporter leur aide. Plusieurs représentants des Nations unies prouvèrent leur bonne foi en se rendant sur les lieux pour épauler les négociateurs ou servir d'interprètes. Quant aux terroristes, il semblait impossible de les raisonner. Leur attaque contre la chaîne de télévision, quoique désorganisée, s'avérait terriblement efficace.

April pleurait en suivant, minute par minute, les bulletins télévisés. Régulièrement, elle échangeait quelques mots avec son père et Maddie au téléphone. Mike, silencieux, restait à ses côtés.

Autour du siège de la chaîne régnait une extrême tension : les preneurs d'otages prétendaient avoir suffisamment d'explosifs pour faire sauter tout l'immeuble et menaçaient de passer à l'acte. Véritable scène de chaos organisé, la rue était envahie de véhicules et d'uniformes de toutes sortes, membres des forces spéciales, cellules de crise, services d'urgence, pompiers, policiers et leurs chefs ; le bruit courait qu'une unité de la Garde nationale était en route. Des diplomates des Nations unies, sombres, désemparés, se mêlaient à la foule. Les commandos se tenaient prêts à intervenir, l'attaque devant être menée avec rapidité et précision pour limiter au minimum le nombre de victimes parmi les otages. Une petite unité de l'armée israélienne, qui protégeait en temps normal l'ambassadeur d'Israël, les avait rejoints pour les conseiller, mais cette information était gardée secrète car leur présence n'aurait fait qu'exacerber la rage des extrémistes palestiniens. La moitié du service de sécurité du Moyen-Orient à l'ONU semblait être venue apporter son aide. Personne ne voulait être associé à cette prise d'otages, ni assister à un nouveau 11 septembre. Un poste de commandement avait été installé à une rue de là, réunissant des experts de la CIA et du FBI. Cet attentat les avait pris par surprise et aucun n'osait faire le moindre geste pour l'instant, de peur d'envenimer la situation.

Pure coïncidence, au moment de la prise d'otages, Jack Adams venait de sortir de l'immeuble pour récupérer son téléphone portable oublié dans sa voiture. En revenant cinq minutes plus tard, il avait trouvé le bâtiment bouclé. Au grand étonnement des membres des forces de l'ordre, qui avaient tous reconnu le grand sportif, il avait décidé de rester pour aider. Ainsi, il étudia avec eux les plans de l'immeuble et discuta avec les agents de sécurité de la chaîne.

À dix-huit heures, les chefs des différentes unités élaborèrent une stratégie pour surprendre les preneurs d'otages à partir de l'étage inférieur, en utilisant les conduits d'aération. Selon les estimations, près d'une centaine de personnes étaient retenues prisonnières. Les terroristes n'en avaient laissé sortir aucune au cours des neuf dernières heures ; au regard du ton désespéré de leurs messages, il devenait clair que tous les otages risquaient de mourir. À seize heures, le capitaine des forces spéciales avait enfin réussi à établir un contact radio avec eux – les interprètes de l'ONU assuraient la traduction –, mais ils se contentaient de proférer des menaces et de se lancer dans de longues diatribes sur la situation dans leur pays. Plusieurs négociateurs de l'ONU originaires du Moyen-Orient tentèrent de les ramener à la raison, sans succès.

À vingt heures, il semblait évident que la seule solution pour libérer les otages était d'utiliser la force. Les membres des commandos d'élite, le chef de la police de New York et l'architecte du bâtiment, penchés sur les plans, avaient examiné en détail les bouches d'aération et les vides sanitaires. La décision fut prise de donner l'assaut à vingt et une heures. Le gouverneur de l'État de New York et le président des États-Unis étaient tenus informés des événements minute après minute. Le maire de la ville se trouvait quant à lui sur les lieux. Tout le pays retenait son souffle, ayant à l'esprit le souvenir douloureux des attentats des tours jumelles.

À vingt heures quinze, les terroristes passèrent un message à l'antenne. Ils assuraient qu'ils allaient faire sauter l'immeuble. On ne les voyait pas très bien, l'image bougeait sans arrêt, mais on distinguait des otages en arrière-plan, serrés les uns contre les autres. Les six hommes semblaient disposer d'un véritable arsenal.

April scrutait l'écran, mais elle ne vit pas sa mère. Valerie était-elle toujours en vie ? April était rongée par l'inquiétude. Debout derrière elle, Mike lui massa doucement les épaules, sans dire un mot. Elle leva les yeux et le remercia, très touchée qu'il l'ait prévenue dès qu'il avait appris la nouvelle et qu'il soit resté avec elle toute la journée. Les employés du restaurant, eux, ne comprenaient pas bien ce qui se passait entre leur chef et le célèbre critique culinaire.

À vingt heures trente, le plan d'attaque était en place. Dans l'après-midi, tous les immeubles alentour avaient été évacués et la circulation interrompue au cas où les terroristes mettraient à exécution leur menace de faire sauter le bâtiment. Seuls les véhicules d'urgence, les cellules de crise, les conseillers et, plus tard, l'armée étaient autorisés à pénétrer dans le périmètre de sécurité. Jack Adams s'entretenait avec les forces de l'ordre dès qu'il en avait l'occasion. Personne ne savait s'il était là en qualité de journaliste ou simplement parce qu'il se faisait du souci pour ses amis et collègues enfermés dans le bâtiment, mais on lui avait permis de rester du fait de sa notoriété.

Enfin, les forces d'intervention se préparèrent à donner l'assaut. L'électricité avait été coupée quelques instants auparavant. À vingt et une heures, un groupe de quarante hommes surentraînés, équipés de bouteilles d'oxygène, de lunettes de vision nocturne et de gilets pare-balles, et armés de pistolets automatiques et de mitrailleuses, pénétrèrent dans le bâtiment par le sous-sol. D'autres hommes avaient été déposés sur le toit, et quelques-uns se faufilèrent par les conduits d'aération, dans le noir total, au moyen de ventouses fixées sur leurs gants et leurs bottes.

Il était vingt et une heures neuf lorsque l'équipe de tête atteignit l'étage où les otages étaient retenus. Les témoignages des personnes qui avaient réussi à s'échapper par les escaliers de secours s'étaient révélés précieux pour organiser l'assaut. En débouchant dans un couloir désert, les hommes des unités spéciales entendirent des voix qui s'exprimaient en anglais non loin de là, et ils découvrirent une soixantaine de femmes regroupées dans une pièce gardée par deux hommes. Ils abattirent discrètement ces derniers, sous le regard ébahi des prisonnières. Par miracle, aucune ne cria. Puis ils leur signalèrent par gestes de les suivre en silence et les aidèrent à franchir trois doubles portes et à descendre deux volées de marches. Beaucoup étaient pieds nus, toutes semblaient terrorisées, mais elles obtempérèrent sans faiblir.

Jack se tenait dans le hall avec un des commandos, attendant des nouvelles de l'équipe d'assaut, lorsque les soixante femmes surgirent d'une porte coupe-feu et se mirent à courir, en pleurs. Personne n'avait été prévenu de leur libération, les forces d'intervention étant restées à l'étage pour chercher les otages de sexe masculin. Près de Jack, une femme trébucha, manquant s'évanouir, et il la souleva dans ses bras pour la transporter à l'extérieur. Un journaliste le prit en photo tandis qu'il la confiait au pompier le plus proche, avant de retourner aussitôt dans le bâtiment.

Les otages continuaient d'affluer. Jack reconnut soudain Valerie Wyatt, qui eut l'air surprise de le voir. Alors qu'il s'avançait vers elle, un coup de feu retentit, semant la panique dans le hall.

L'un des terroristes, ayant découvert la disparition des prisonnières, était descendu par un autre escalier et venait d'ouvrir le feu. Deux femmes s'écroulèrent et un membre des forces spéciales fut blessé au bras avant que quiconque ait eu le temps de réagir. Visage masqué, le tireur se précipita à travers la foule. Les policiers n'osèrent le prendre en joue, de peur de blesser les otages qui se ruaient vers les portes en hurlant.

Entre-temps, Jack avait rejoint Valerie, agenouillée près d'une femme touchée en pleine tête. Il l'aida à se relever et l'entraîna vers la sortie en la protégeant de son corps. Alors qu'il la confiait à un policier, quatre tireurs d'élite visèrent le terroriste, qui s'effondra sur le sol dans une mare de sang, près des deux femmes qu'il avait assassinées.

Tandis que Jack assistait à la scène, incrédule, les visages se mirent à tournoyer autour de lui. Il entendit qu'on lui parlait, mais ne comprit pas. Puis il perdit connaissance.

Les secouristes accoururent vers Jack. Juste avant d'être abattu, le terroriste avait eu le temps de tirer une dernière fois, atteignant le journaliste à la jambe. Une artère avait été touchée. On l'installa sur un brancard pour le transporter d'urgence à l'hôpital, tandis que les unités médicales, sur le qui-vive depuis des heures, prenaient soin des femmes et les enveloppaient dans des couvertures. Valerie regarda l'ambulance partir en trombe sans savoir qui était à l'intérieur. Elle n'avait pas vu Jack tomber.

Pendant ce temps, dans le hall, les pompiers et les policiers recouvraient les corps de bâches. Le sol de marbre blanc était maculé de sang.

Les agents à l'extérieur attendaient impatiemment des nouvelles de l'équipe d'assaut. Soudain, leurs radios se mirent à grésiller : les otages masculins avaient été libérés. Trois d'entre eux avaient trouvé la mort dans l'opération, et quatre autres avaient été tués avant l'arrivée des forces d'intervention. Au total, onze personnes avaient péri. C'était onze victimes de trop, mais le nombre de morts aurait pu se révéler bien plus élevé. Les terroristes avaient tenté de faire exploser une petite bombe artisanale, qui fut désactivée à temps. Tous avaient été abattus.

Les hommes libérés furent escortés dans les escaliers et passèrent devant la scène macabre du hall, avant d'être confiés à leur tour aux unités médicales.

Valerie quitta les lieux à bord d'une voiture de police, toutes sirènes hurlantes. Elle emprunta le téléphone portable d'un policier et appela sa fille.

En entendant la voix de sa mère, April fut tellement soulagée qu'elle éclata en sanglots. Valerie lui expliqua que la police allait recueillir son témoignage et qu'elle serait conduite à l'hôpital pour être examinée. Elle préviendrait April dès qu'elle pourrait rentrer chez elle, ce qui risquait de prendre encore plusieurs heures. Lorsqu'elle raccrocha, April s'effondra dans les bras de Mike.

— Ma mère va bien, murmura-t-elle. Elle n'a pas eu le temps de m'en dire plus, mais elle me rappellera plus tard. Tu peux t'en aller, si tu veux.

Mike refusa tout net.

Quand April appela son père pour lui annoncer la bonne nouvelle, Pat fondit en larmes lui aussi. Quelle journée éprouvante ! Le siège avait duré douze heures sans que jamais la tension se relâche, sous les yeux effarés du monde entier.

À vingt-trois heures, les bulletins d'informations confirmèrent la mort de onze otages, tous employés de la chaîne. Leurs noms seraient communiqués ultérieurement, le temps de prévenir les familles. Valerie savait que son assistante Marilyn faisait partie des victimes. Elle avait été fauchée par une balle du terroriste dans le hall.

Pendant qu'April discutait avec son père, Valerie subissait des examens à l'hôpital Bellevue. Quant à Jack Adams, il se trouvait au service de traumatologie du New York-Presbyterian Hospital, dans un état sérieux. Le journal télévisé en fit mention : l'ancien footballeur de la NFL devenu commentateur sportif avait été blessé à la jambe à la fin de la prise d'otages, alors qu'il aidait les femmes à sortir de l'immeuble.

Une fois le restaurant fermé, April quitta son poste de veille devant la télévision. Elle et Mike étaient épuisés après l'angoisse qu'ils avaient vécue tout au long de la journée. Simple spectatrice, April n'en imaginait que mieux le cauchemar de sa mère, au cœur du drame. Elle aurait voulu la rejoindre à l'hôpital, mais Valerie l'en avait dissuadée, arguant qu'il y régnait un trop grand chaos.

À deux heures quinze du matin, April reçut enfin un coup de téléphone de sa mère : la police la raccompagnait chez elle. Tout était fini, l'immeuble avait été sécurisé et les terroristes étaient morts.

La chaîne avait transféré ses studios d'enregistrement aux autres étages, pour être en mesure de reprendre le programme habituel dès le lendemain matin et retrouver ainsi un semblant de normalité.

April promit à sa mère de la rejoindre au plus vite. Elle avait décidé de passer la nuit avec elle, trop heureuse d'en avoir la possibilité : Valerie aurait très bien pu faire partie des victimes.

— Je ne sais pas comment te remercier, dit-elle à Mike tandis qu'elle fermait le restaurant et inspirait une grande bouffée d'air frais. Je viens de vivre le plus mauvais jour de ma vie... et le plus beau, puisque ma mère est saine et sauve. Merci d'être resté tout le temps avec moi, Mike.

Elle venait de découvrir un aspect de sa personnalité qu'elle n'aurait jamais soupçonné autrement. Une part d'humanité, de tendresse et de compassion qui contrastait singulièrement avec son attitude parfois froide et distante.

— C'est tout à fait normal, ça m'a fait plaisir d'être là pour toi, répondit Mike gentiment tout en hélant un taxi.

Ils avaient prévu de repartir ensemble. Mike la déposerait chez sa mère avant de rentrer chez lui.

— C'est horrible, pour Jack Adams, observa-t-il tandis qu'ils roulaient vers les quartiers chics. C'était mon héros quand j'étais gamin. Je rêvais de devenir comme lui. J'espère qu'il s'en sortira. J'ai toujours entendu dire que c'était un type bien, et il semble l'avoir prouvé aujourd'hui, en aidant tous ces gens. Il n'était pas obligé de le faire.

April acquiesça. Pour l'instant, toutes ses pensées allaient vers sa mère, même si elle était désolée pour le commentateur sportif. Arrivés devant l'appartement de Valerie, dans la Cinquième Avenue, elle proposa à Mike de régler la course, mais il lui rit au nez.

— Je devrais pouvoir y arriver. Tu paies les études de notre gamin, je me charge du taxi.

— Ça marche, répondit April avec un sourire timide.

Pour la première fois de la journée, ils évoquaient leur futur enfant – ils avaient eu autre chose en tête avant. April se demanda si Mike l'aurait rappelée sans cette prise d'otages. Lui-même n'en était pas certain. Il avait besoin de temps pour réfléchir, il ne savait toujours pas s'il voulait participer à cette aventure. Quoi qu'il en soit, il avait immédiatement senti qu'il était de son devoir de soutenir April. Impossible de la laisser seule face à une telle angoisse, une telle terreur.

— Merci, Mike, murmura-t-elle en le serrant dans ses bras. Pour moi, tu as été un héros aujourd'hui, et je t'en serai éternellement reconnaissante. Sans toi, j'aurais craqué.

— Prends le temps de te reposer. Je sais que tu ne m'écouteras pas, mais tu ne devrais pas travailler demain. Tu viens de vivre une dure journée.

— C'est vrai.

April lui fit un signe de la main tandis que le taxi s'éloignait. Mike appuya la tête contre le dossier de la banquette et ferma les yeux, épuisé. La jeune femme avait fait preuve d'un sang-froid admirable au cours de cette terrible épreuve.

April pénétra dans l'appartement de sa mère quelques instants après l'arrivée de celle-ci. Enveloppée dans une couverture, Valerie portait le pantalon et le pull rouges qu'elle avait revêtus pour son émission du jour, ainsi que les chaussons qu'on lui avait donnés à l'hôpital, où elle était arrivée pieds nus. Elle tremblait lorsque sa fille la serra dans ses bras. April ne l'avait jamais vue dans cet état, décoiffée, apeurée, profondément bouleversée.

— Je t'aime, maman, murmura-t-elle, les larmes aux yeux.

Valerie acquiesça en sanglotant contre l'épaule de sa fille. L'angoisse d'être exécutée à tout moment ou tuée dans explosion avait été effroyable. Elle avait été certaine que personne ne s'en sortirait vivant. Une crainte partagée sur place par de nombreux experts, même s'ils ne l'avaient pas exprimée devant les médias.

— Viens te coucher, lui enjoignit April.

Secouée de frissons, Valerie ne cessait de penser à la mort de Marilyn. April la conduisit dans sa chambre comme une enfant. Après l'avoir déshabillée, elle la borda dans son lit, éteignit la lumière et s'allongea à côté d'elle au-dessus de la couette, en la tenant serrée contre elle. Valerie finit par s'assoupir, aidée par les tranquillisants qu'on lui avait fait prendre à l'hôpital. April resta éveillée longtemps, se contentant de regarder sa mère en lui caressant les cheveux, infiniment soulagée. Elle songea aussi à Mike, à leur enfant à naître. Elle savait à présent que le père du bébé était quelqu'un de bien, d'attentif, empli de compassion. Après avoir failli perdre sa mère aujourd'hui, April considérait d'autant plus sa grossesse comme un cadeau. Le destin réservait d'étranges surprises : Valerie avait été épargnée quand d'autres avaient succombé, et elle-même allait avoir un enfant d'un parfait étranger... Tandis que le ciel se teintait des premières lueurs de l'aube en ce matin glacial de décembre, elle s'endormit paisiblement à côté de sa mère.

8

Le lendemain matin, grâce au sédatif qu'on lui avait prescrit à l'hôpital, Valerie dormit jusqu'à onze heures. April avait prévenu sa brigade qu'elle arriverait plus tard dans la journée. Elle avait aussi eu Pat et Maddie au téléphone, venus aux nouvelles, et leur avait promis que Valerie les rappellerait une fois réveillée. Alors qu'elle buvait tranquillement un thé en lisant le journal, sa mère entra dans la cuisine en chemise de nuit, le teint blême et marqué.

— Comment te sens-tu, maman ?
— J'ai l'impression d'avoir vécu un cauchemar.

Valerie jeta un coup d'œil sur le journal tandis qu'elle s'asseyait à table. En première page s'étalaient les images des femmes fuyant le bâtiment. D'autres photos montraient l'évacuation des hommes, paniqués, entourés des forces d'intervention. En reconnaissant Jack Adams, Valerie se souvint de la façon dont il l'avait protégée lorsqu'il l'avait escortée à l'extérieur. L'article donnait des détails sur sa blessure ; son état était stationnaire.

— C'était un cauchemar, confirma April. Cette journée m'a paru interminable. Je ne savais pas si tu étais morte ou vivante.

— Ma pauvre chérie, tu as dû vivre un enfer toi aussi. Où étais-tu ?

— Au restaurant. Je suis restée plantée devant la télé de la cuisine. Mike Steinman m'avait appelée pour m'annoncer la prise d'otages avant même qu'on en parle aux informations – il l'avait appris à son journal. Il est venu me tenir compagnie jusqu'à ce qu'on sache que tu allais bien, et il m'a déposée ici en taxi cette nuit.

— Voilà qui est intéressant, observa Valerie, les sourcils levés. Je ne pensais pas que tu aurais de ses nouvelles avant longtemps.

— Moi non plus. J'imagine que, malgré son refus obsessionnel d'avoir des enfants et son aversion pour mon restaurant, c'est un chic type. Il a été exemplaire, hier. Ça me rassure de savoir que c'est un être humain, même si je n'entends plus jamais parler de lui.

— Je suis sûre que tu le reverras, répondit sa mère en soupirant.

Le stress et le traumatisme de la veille l'avaient épuisée. Elle avait mal partout, et l'impression d'avoir mille ans.

— As-tu du nouveau concernant Jack Adams ? demanda-t-elle d'une voix inquiète.

— Je n'ai pas écouté les informations. Je ne voulais pas te réveiller. Au fait, papa et Maddie ont téléphoné. Je leur ai dit que tu les rappellerais.

Quelques instants plus tard, le directeur de la chaîne, Bob Lattimer, téléphona pour prendre des nouvelles de son animatrice vedette. Il lui expliqua qu'ils pensaient rétablir la programmation habituelle le lendemain, si elle s'en sentait capable. Cette journée serait presque exclusivement consacrée à l'actualité, ce qui leur permettrait de nettoyer le hall et les deux étages que les terroristes avaient occupés.

Après avoir raccroché, Valerie alluma la télévision dans le salon. Toutes les chaînes présentaient des émissions spéciales sur la prise d'otages. En zappant de l'une à l'autre, elle tomba sur une séquence d'images montrant le départ de Jack Adams en ambulance. Puis elle le vit en direct de son lit d'hôpital, faible mais souriant. Il refusait d'être qualifié de héros, affirmant qu'il avait simplement fait ce qu'il avait pu, c'est-à-dire pas grand-chose. Sa jambe n'allait pas trop mal, même si une vilaine rumeur prétendait qu'il ne pourrait pas jouer cette saison. Il assura que c'était faux, ce qui fit rire le journaliste qui l'interviewait. De retour en studio, le présentateur soutint que Jack avait fait preuve d'un courage héroïque. Il ajouta, en guise de plaisanterie, qu'il n'y avait rien d'étonnant à ce que l'ancien quarterback ait porté secours à ces dames, vu sa réputation de coureur de jupons. Ce commentaire amusa toutes les personnes présentes sur le plateau. Pour sa part, Valerie était ravie que la blessure de Jack ne soit pas critique. Elle le considérait bel et bien comme un héros. Voulant lui envoyer des fleurs ou du champagne pour le remercier, elle se renseigna auprès de la chaîne pour savoir dans quel hôpital il était soigné. Lorsqu'elle mentionna son projet à April, celle-ci eut une meilleure idée :

— Pourquoi tu ne lui ferais pas livrer un bon repas ? Il est venu plusieurs fois au restaurant, je pourrais retrouver ses plats préférés. Si je me souviens bien, il adore mon pain de viande. On peut aussi lui envoyer du poulet croustillant et un accompagnement. Ils lui réchaufferont tout ça au micro-ondes, à l'hôpital.

Avec le feu vert enthousiaste de sa mère, April appela son équipe en cuisine pour organiser le tout.

Valerie contacta ensuite la famille de Marilyn pour lui présenter ses condoléances. Les parents de son assistante étaient effondrés. Leur douleur rendait encore plus réelle l'horreur de la veille, et encore plus miraculeuse la propre survie de Valerie. La mère de Marilyn expliqua avec des larmes dans la voix qu'elle avait récupéré le petit yorkshire offert pendant l'enregistrement de l'émission de Noël. Après la mort tragique de la jeune femme, cette séquence prenait un tour particulièrement poignant.

Valerie avait prévu de passer le reste de la journée à se reposer chez elle en robe de chambre, et reprendrait le travail le lendemain. Elle n'avait aucune raison de ne pas y retourner, puisqu'elle n'avait pas été blessée. Au moment de regagner son restaurant, April la trouva toujours très ébranlée par la mort de Marilyn. Elle lui promit de lui apporter à manger. Un serveur était déjà parti en taxi livrer le repas pour Jack à l'hôpital, accompagné d'un message de Valerie. Sur le seuil de l'appartement, April serra une dernière fois sa mère dans ses bras. Elle n'avait pas envie de la laisser, mais elle devait vérifier que tout se passait bien dans son établissement.

En route, elle téléphona à Mike, qui semblait distrait.

— J'appelle au mauvais moment ?

— Non, mais je dois rendre un papier bientôt. Comme tu peux l'imaginer, c'est l'effervescence en salle de rédaction.

— Je voulais te remercier une nouvelle fois d'être resté avec moi.

— C'était bien normal, répondit Mike avec un sourire dans la voix. Comment va ta maman ?
— Elle est très choquée. Je le suis aussi, alors que j'ai vécu ça de loin. Son assistante fait partie des victimes et ça la bouleverse.
— Et toi, tout va bien ?
Sans qu'il ait besoin de le préciser, April comprit qu'il parlait du bébé.
— Ça va.
Mike compatissait sincèrement à leur peine. Même pour lui, cette journée avait été chargée en émotions, alors qu'il ne connaissait personne parmi les otages. On ne pouvait pas rester insensible à la mort de onze innocents.
— Écoute, Mike, je viens de penser à quelque chose. Avec ma famille, on fête le réveillon de Noël au restaurant. Tu es le bienvenu parmi nous, si tu veux.
Elle n'avait pas l'intention d'exercer la moindre pression, mais elle se sentait plus proche de lui depuis qu'ils avaient supporté ensemble l'attente interminable de la veille.
— Je t'ai dit que je ne marquais pas les fêtes. C'était un vrai cauchemar pour moi, quand j'étais petit, avec mes parents qui buvaient et se tapaient dessus. J'aime autant faire comme si elles n'existaient pas. Mais c'est gentil de me le proposer.
— Je comprends.
April n'aurait jamais pu grandir dans une famille comme celle de Mike. Pas étonnant qu'il refuse la paternité, avec l'enfance qu'il avait eue...
— Je te rappellerai après les vacances, lui promit-il. Ou avant, si j'ai besoin de petits plats réconfortants ! ajouta-t-il en riant.

Il commençait à saisir le concept de son restaurant, à comprendre les raisons de son succès. April ne cherchait pas à imiter Alain Ducasse ou Taillevent – même si elle en aurait été capable. Dans un sens, elle faisait mieux, en répondant aux vrais besoins de sa clientèle. Comme elle le disait elle-même, elle proposait des plats de tous les jours pour la vie de tous les jours, avec la qualité en prime.

— N'hésite pas à m'appeler si une envie de crêpes te prend, répondit April. En cas d'urgence, on peut livrer. C'est ce qu'on vient de faire pour Jack Adams de la part de ma mère. Il l'a aidée à sortir de l'immeuble, hier. C'est à ce moment-là qu'il s'est fait tirer dessus.

— D'après ce que j'ai compris, il a été blessé grièvement, commenta Mike.

Valerie avait une chance inouïe de s'en être tirée sans la moindre égratignure, mais les otages avaient été prévenus qu'ils risquaient de souffrir d'un syndrome de stress post-traumatique.

— Je suis content que ta mère aille bien. Il faut que je te laisse, sinon je ne rendrai jamais mon papier à temps. Je te rappelle bientôt.

April ne savait pas s'il le ferait vraiment, mais au moins, ils semblaient amis à présent. Difficile de croire qu'ils avaient été amants, même le temps d'une nuit.

Elle fut heureuse de retrouver le restaurant et son univers. En cuisine, tout le monde s'enquit de la santé de sa mère. On lui confirma que les plats avaient bien été livrés à Jack Adams. Selon le serveur qui s'était chargé de la course, l'ancien quarterback, entouré de médecins, d'infirmières et d'une équipe de télévision, semblait bien fatigué. Le cadeau de Valerie l'avait enchanté. Venant tout juste de recevoir une transfusion, il avait dit en riant que le pain de viande et la purée d'April valaient bien dix injections de sang. Valerie allait être ravie. April demanda à ses employés de lui livrer la même chose le lendemain.

Elle se mit ensuite au travail, organisant son planning. Les fruits et légumes commençaient à manquer. Il fallait retourner au marché aux poissons le lendemain matin et penser à la préparation des bûches et puddings de Noël dans quelques jours. La semaine s'annonçait chargée. Tandis qu'elle courait d'un endroit à l'autre dans la cuisine, April oublia Mike, le bébé et même la prise d'otages de la veille. Un peu plus tard, elle appela sa mère mais tomba sur le répondeur. Elle ne s'en inquiéta pas : Valerie dormait certainement, c'était d'ailleurs le mieux qu'elle avait à faire. Après avoir raccroché, April se plongea dans la préparation du dîner. Le restaurant tournait à plein régime.

Dans l'après-midi, Valerie enfila un jean, un pull et une grosse doudoune et descendit prendre un taxi, les jambes encore un peu flageolantes. Elle avait initialement prévu de rester chez elle, mais plus elle y pensait, plus elle avait envie de remercier Jack Adams en personne. Sans savoir précisément à quel moment il avait été blessé, elle se souvenait qu'il l'avait protégée le temps de lui faire traverser le hall.

Alan Starr l'avait appelée pour s'excuser de n'avoir pas prédit l'attentat terroriste. Comme toutes les personnes de son entourage, il était soulagé qu'elle ait survécu.

En sortant du taxi devant le New York-Presbyterian

Hospital, Valerie était très pâle. Contrairement à ses habitudes, elle ne s'était pas beaucoup maquillée, mais elle n'en restait pas moins magnifique. Jack avait été installé dans une suite, à l'étage de l'hôpital réservé aux VIP. Par mesure de précaution, et bien qu'il n'ait reçu aucune menace, des policiers gardaient l'entrée de sa chambre sur ordre du chef de la police. Celui-ci lui avait rendu visite en personne le matin même. Jack avait signé des autographes pour ses enfants et petits-enfants, tout en le remerciant de lui avoir sauvé la vie.

Quand Valerie se présenta à sa porte, l'un des agents la reconnut immédiatement – son épouse était une fidèle des émissions de Valerie et possédait tous ses livres. Il n'osa pas lui demander un autographe : elle ne semblait pas encore remise de la terrible épreuve qu'elle avait traversée la veille.

— Bonjour, dit-elle doucement, en passant la tête par l'entrebâillement.

Seul dans sa chambre, Jack regardait la télévision, à moitié assoupi sous l'effet des antalgiques. Néanmoins, il la reconnut sans peine et lui adressa un sourire.

— Je ne vous dérange pas ?
— Pas du tout. Merci pour le repas.

Alors qu'il commençait à se redresser péniblement, Valerie le pria de rester allongé et lui promit de ne pas s'éterniser.

— Je ne savais pas qu'April était votre fille. J'adore son restaurant, confia-t-il, sincère.

— Moi aussi. Comment vous sentez-vous ?

— Pas trop mal. La douleur était bien pire quand je m'étais fait mal au dos. Je suis juste sonné à cause des médicaments. Et vous ?

— Ça va. Un peu remuée, c'est tout. Cette journée

a été un véritable enfer. Je voulais vous remercier de m'avoir aidée, c'était très courageux de votre part, dit-elle avec ferveur. Je suis désolée que vous ayez été blessé.

— Ne vous en faites pas pour moi, je m'en remettrai, répondit-il d'un ton léger.

Toute la journée, Jack avait été félicité pour sa bravoure. À l'hôpital, il était entre de bonnes mains : les infirmières se battaient pour s'occuper de lui.

— Au fait, ajouta-t-il, lorsqu'on s'est croisés dans l'ascenseur, il y a deux mois, je ne savais pas que c'était aussi votre anniversaire. Je l'ai appris en regardant le journal. Dieu, que j'étais déprimé, ce jour-là... Souffrir d'une hernie discale le jour de ses cinquante ans !

— C'est vrai que vous aviez l'air mal en point. Comment va votre dos, maintenant ?

— Beaucoup mieux, mais je vais devoir marcher avec des béquilles à cause de ma jambe. Bon sang, depuis que je fais partie des quinquas, c'est la déliquescence ! s'exclama-t-il en riant.

Jack savait que Valerie était plus âgée que lui, il avait entendu son âge aux informations. Mais elle faisait si jeune ! À la voir, on ne pouvait pas deviner qu'elle avait une fille de trente ans. Malgré le traumatisme qu'elle venait de vivre, et bien qu'elle ne fût que très légèrement maquillée, il la trouvait resplendissante.

— Ne me parlez pas d'anniversaire, répliqua-t-elle. Je suis toujours restée discrète concernant mon âge, et voilà que cette année on l'a annoncé partout dans les médias. J'ai failli avoir une crise cardiaque la première fois que j'ai entendu ça.

Elle poussa un soupir.

— À vrai dire, après ce qui s'est passé hier, ça ne me paraît plus vraiment important. On est vivants, d'autres n'ont pas eu cette chance. Je me fiche de mon âge, maintenant.

Valerie le pensait réellement.

— Moi aussi, répondit Jack. J'ai survécu à une fusillade, je me dis qu'il ne peut plus rien m'arriver de grave. Pourtant, le soir de mon anniversaire, je me sentais vraiment sur la fin.

— Et moi donc, répliqua-t-elle en souriant. Bon, je ne veux pas vous fatiguer... Je souhaitais juste vous remercier de vive voix.

— C'est très gentil à vous d'être venue, ça m'a fait très plaisir, Valerie, murmura-t-il, prononçant son prénom pour la première fois.

Les yeux creusés de cernes sombres, une perfusion dans chaque bras, Jack avait l'air épuisé. À côté de lui, un appareil lui permettait de s'administrer lui-même des analgésiques. Bien que hors de danger, il était loin d'être guéri.

Tandis qu'elle se levait, Valerie fut frappée par la longueur des jambes de Jack, dans le lit. L'ancien sportif était vraiment très grand, et bâti tout en muscles.

— Merci encore pour le repas, répéta-t-il. Ça vous dirait d'aller dîner chez April, un de ces quatre ? Les médecins prévoient de me laisser sortir dans quelques jours, pour Noël.

— Je vous proposerais bien de cuisiner, répondit Valerie en s'approchant du lit, mais j'ai plus de talent pour dresser une table que pour préparer un repas. Dans la famille, c'est ma fille le cordon-bleu.

— Je ne suis pas un mauvais chef, quand je peux tenir debout sur mes deux jambes, mais je crois que c'est plus prudent d'aller chez April. Je vous appelle dans quelques jours. Merci d'être passée.

— Merci de m'avoir sauvé la vie, répliqua-t-elle, émue. J'ai bien cru qu'on allait mourir.

Jack lui prit doucement la main.

— J'aurais tout fait pour que cela n'arrive pas, ni à vous ni aux autres. Vous êtes en sécurité, maintenant.

Elle acquiesça, tout en essuyant les larmes qui perlaient à ses paupières. La prise d'otages et la mort de Marilyn l'avaient sérieusement ébranlée. Jack, lui, portait le deuil de Norman, le jeune assistant producteur de son émission. Pour lui comme pour elle, les victimes n'étaient pas seulement des noms, mais des personnes qu'ils avaient connues et aimées.

— Excusez-moi, je suis encore bouleversée par ce qui s'est passé hier, dit-elle d'une voix tremblante.

— Ça m'a secoué, moi aussi.

Jack lui souriait avec beaucoup de gentillesse. Il y avait quelque chose de très rassurant chez lui.

— Prenez soin de vous, Valerie.

— Vous de même. Que diriez-vous que je vous fasse livrer d'autres plats demain ?

C'était tout ce qu'elle pouvait lui offrir. La pièce était déjà envahie de fleurs, et des dizaines de bouquets avaient dû être répartis dans d'autres chambres.

— Avec grand plaisir. Je suis accro à la tarte aux pommes d'April, si elle en a. J'adore aussi ses gaufres et son poulet frit, confia-t-il avec gourmandise. Merci encore d'être venue, Valerie. Prenez le temps de vous reposer, ne retournez pas aux studios trop tôt.

— Vous plaisantez ? J'y serai dès demain ! s'exclama-t-elle en riant. J'enregistre un autre sujet sur Noël pour mon émission du soir.

— Moi, je suis en congé jusqu'au Super Bowl. Mort ou vif, ils me veulent à l'antenne en direct de Miami pour l'événement.

Dans son métier de journaliste sportif, la finale du Super Bowl représentait le clou de l'année, exactement comme lorsqu'il était footballeur professionnel.

— Dans ce cas, reposez-vous bien jusque-là ! lança Valerie.

Puis elle sortit de la chambre, le sourire aux lèvres.

Elle avait l'impression de partager avec lui un lien particulier – il lui avait sauvé la vie. L'impression d'avoir un nouvel ami. D'une compagnie agréable, il se montrait sympathique et chaleureux sans chercher à la séduire, si bien qu'elle se sentait à l'aise en sa présence.

De son côté, Jack resta songeur un long moment. D'après ce qu'il avait vu d'elle à la télévision et entendu à son propos, il s'attendait à trouver une femme prude, guindée. Elle l'avait surpris. Amusante, pleine d'esprit, elle n'était pas du tout prétentieuse malgré sa renommée. Elle se révélait bien plus jolie, et bien moins évaporée, qu'il n'aurait pu le penser.

Valerie elle aussi avait révisé l'image qu'elle se faisait de lui, celle d'un coureur de jupons invétéré. En réalité, il tenait plus du gros nounours doté d'un solide sens de l'humour et d'un courage sans bornes. Tandis qu'elle rentrait chez elle et qu'il se rendormait, tous deux se réjouirent, chacun de son côté, de cette amitié naissante et inattendue. D'avoir survécu au pire les avait incontestablement rapprochés.

Dans le taxi, Valerie appela April pour lui indiquer ce qu'elle devait livrer à Jack le lendemain. Sa fille fut surprise d'apprendre qu'elle était sortie, mais elle ne fut pas étonnée de la prévenance de sa mère. Valerie se demandait si Jack l'inviterait vraiment à dîner. Il aurait sans doute mieux à faire, sans compter que les femmes devaient être nombreuses à le solliciter. Mais elle l'appréciait, et l'idée de passer une soirée en sa compagnie lui plaisait. Elle lui serait éternellement reconnaissante de lui avoir sauvé la vie, de même qu'elle remerciait du fond du cœur les forces d'intervention qui les avaient libérés, elle et les autres otages. À présent, chaque seconde lui semblait précieuse. Le monde ne lui avait jamais paru aussi beau. Après avoir offert un généreux pourboire au chauffeur du taxi, elle sourit au portier de son immeuble et entra dans son appartement, qu'elle trouva plus ravissant que jamais. Ayant frôlé la mort, elle portait un regard neuf sur la vie. Son âge n'avait plus guère d'importance à présent, car elle avait l'impression d'avoir quinze ans. Elle était en vie !

9

Le matin du réveillon de Noël, Valerie assista à une messe du souvenir en l'honneur de son assistante. Plusieurs cérémonies avaient déjà eu lieu à la mémoire de celles et ceux qui n'avaient pas eu la chance de s'en sortir comme Jack et Valerie. D'autres étaient prévues tout au long de la semaine. Les événements tragiques survenus quelques jours plus tôt n'en paraissaient que plus réels.

Jack n'avait pas pu participer au service donné pour Norman Waterman, son jeune assistant. Il avait néanmoins envoyé à sa famille une longue et belle lettre évoquant le souvenir du garçon, qu'il avait tant apprécié et que tous regretteraient.

En rentrant chez elle après l'office, Valerie ne cessait de songer à sa collaboratrice exceptionnelle. Marilyn allait tellement lui manquer ! L'injustice de sa mort pesa sur son cœur toute la journée.

À sa grande surprise, Jack Adams l'appela dans l'après-midi – il était sorti de l'hôpital le matin même – pour lui souhaiter un joyeux Noël et la remercier de lui avoir fait livrer autant de bons petits plats. Son fils, de retour de l'université pour les vacances, allait rester quelque temps avec lui, et Jack bénéficierait également d'une aide à domicile. Il devait encore se déplacer avec des béquilles mais assurait qu'il s'en sortait bien. Il invita Valerie à dîner chez April le lendemain de Noël, tout en lui laissant la possibilité de choisir un autre restaurant selon ses goûts. Valerie n'en voyait pas l'utilité, dans la mesure où ils pensaient tous les deux que sa fille servait la meilleure cuisine de New York, dans une atmosphère sympathique et détendue. Quand ils s'aperçurent qu'ils habitaient seulement à quelques rues l'un de l'autre, Jack lui proposa de passer la chercher à vingt heures. Valerie était enchantée.

Trois heures avant que sa famille n'arrive pour le repas du réveillon de Noël, April eut la surprise de recevoir un coup de téléphone de Mike.

— Ça va te paraître un peu dingue, et surtout très malpoli, commença-t-il, gêné, mais je suis un peu déprimé pendant les fêtes, et je crois que j'ai besoin d'un petit plat réconfortant.

Le soutien qu'il lui avait apporté pendant l'attentat avait ouvert entre eux la voie de l'amitié. Sans savoir comment l'expliquer à la jeune femme, Mike avait envie d'apprendre à la connaître, plus que de goûter à sa cuisine anti-déprime.

— Tu veux que je te fasse livrer quelque chose ? demanda-t-elle en souriant. Qu'est-ce qui te ferait plaisir ?

— En fait, j'ai repensé à ton invitation... J'aimerais bien me joindre à votre dîner de famille. À condition que je puisse avoir des crêpes.

April éclata de rire et lui assura qu'elle serait ravie de le compter à leur table.

— J'ai envie de rencontrer ta mère, après avoir

passé une journée entière à m'inquiéter pour elle, plaisanta-t-il. Tu crois que ça dérangerait tes parents que je vienne ?

— Pas du tout, s'empressa-t-elle de répondre.

Mieux valait garder pour elle qu'ils brûlaient tous de découvrir celui qui était le père de son bébé sans être son petit copain. Il fallait qu'elle prévienne Pat et Valerie de ne pas faire de réflexions désobligeantes. Mike faisait preuve de courage en venant, petits plats ou non : qu'y avait-il de réconfortant, en effet, à rencontrer la famille d'une femme qu'on a mise enceinte mais qu'on n'aime pas, et dont on ne veut pas l'enfant ?

— Tu es sérieux, pour les crêpes ?

— Absolument. D'habitude, je me couche en position fœtale la veille de Noël, et je reste comme ça jusqu'au Nouvel An. Pour moi, c'est une grosse rupture avec la tradition. Je ne veux pas imposer un choc trop violent à mon organisme en mangeant un repas de réveillon ! Ne perds pas ton temps avec moi, je suis le petit frère du Grinch, tu sais, celui qui gâche le réveillon. Les crêpes, ce sera très bien.

— Vos désirs sont des ordres, monsieur Steinman. Une pile de mes meilleures crêpes vous sera donc servie dans votre assiette. Pas de pudding de Noël pour vous !

— Parfait. À quelle heure dois-je venir ?

— Vingt heures.

— C'est gentil de me laisser m'incruster dans votre dîner familial. J'ai hâte de rencontrer tes parents. J'imagine qu'ils ont entendu parler de moi ? demanda-t-il, un peu nerveux.

— Oui. Ils ont plutôt bien réagi. Personne ne va te voler dans les plumes.

— À leur place, je ne me gênerais pas...

— Je crois qu'ils nous voient comme un couple d'alcooliques éhontés qui n'ont que ce qu'ils méritent, plaisanta-t-elle.

Mike se mit à rire. Il conservait de très bons souvenirs – quoique rares – de la nuit qu'il avait passée avec elle. Il avait peut-être été ivre, mais certainement pas aveugle ni stupide : April était une belle fille, intelligente et sexy. Plus que cela, il la trouvait sympa, même s'il ne lui pardonnait toujours pas d'être tombée enceinte. Il espérait qu'ils pourraient devenir amis. C'était tout ce qu'elle semblait rechercher, d'ailleurs, et tout ce qu'il était prêt à offrir. Pour l'instant, il ne voulait pas penser au bébé. D'abord April, ensuite le reste. Il appréciait qu'elle ne lui demande rien, qu'elle se montre à ce point indépendante et courageuse malgré les circonstances. C'étaient deux qualités qu'il admirait. En outre, il commençait à trouver intéressant le principe d'intégrer des plats familiaux à la carte : aujourd'hui, c'était exactement ce qui lui faisait envie, plus qu'un dîner dans un établissement trois étoiles. L'idée de déguster des crêpes le soir du réveillon de Noël lui plaisait, comme à beaucoup de clients pour qui cette fête n'était pas un moment facile. Il avait enfin compris le concept du restaurant... Mieux vaut tard que jamais.

April appela son père et sa mère pour les prévenir de la venue de Mike, et leur demander de n'évoquer ni le bébé ni leur situation. Aux yeux de Valerie et Pat, sa présence au dîner était un signe encourageant d'une possible implication de sa part, mais ils n'osèrent pas lui en faire la remarque de peur de la froisser. Quoi qu'il en soit, ils avaient hâte de le rencontrer.

Pat informa Maddie et ses filles en chemin, et toutes trois promirent de tenir leur langue.

Ils furent les premiers à arriver, suivis peu après par Valerie. Celle-ci avait meilleure mine mais montrait encore des signes de son expérience traumatisante. Ils la serrèrent fort dans leurs bras, exprimant leur bonheur de la voir. Ils avaient tant de choses à célébrer cette année ! Quel Noël auraient-ils passé, si elle n'avait pas eu la vie sauve ?

L'ambiance était à la fête tandis qu'ils s'installaient à table. C'est à cet instant que Mike fit son entrée, l'air sérieux et respectable en blazer et cravate. Valerie fut la première à lui tendre la main, un grand sourire aux lèvres.

— Merci d'avoir tenu compagnie à April pendant cette affreuse journée, lui dit-elle.

Mike lui rendit son sourire, frappé de la découvrir encore plus belle et plus jeune qu'à la télévision. La ressemblance entre la mère et la fille était saisissante, malgré leurs styles différents. Mike préférait l'allure plus naturelle d'April, mais Valerie n'en restait pas moins magnifique.

— Je suis rassuré que vous alliez bien. Vous avez dû vivre un véritable enfer.

Mike serra ensuite la main à Pat et à Maddie, qui le saluèrent avec chaleur, puis il dit bonjour aux filles. April l'avait installé entre Annie et elle, ne voulant pas le placer à côté de ses parents de peur qu'ils ne soient tentés de lui poser des questions embarrassantes. Mike semblait toutefois parfaitement à l'aise et tous firent en sorte qu'il se sente en confiance.

Il parla du MIT avec Annie et, avec Heather, des différentes universités pour lesquelles elle avait postulé ;

il entama une discussion passionnée avec Pat sur l'histoire médiévale, sujet qu'il semblait très bien maîtriser, et bavarda sans retenue avec Valerie et Maddie. On le taquina lorsqu'il mangea ses crêpes à la place du rôti de bœuf et du Yorkshire pudding traditionnels. Elles lui plurent tellement qu'il en commanda une deuxième fournée et les dévora jusqu'à la dernière. Une fois de plus, les vins que Jean-Pierre avait choisis se révélèrent excellents, et à la fin du repas la tablée était d'humeur joyeuse. L'ambiance était si détendue que le père d'April se permit même de gronder Mike pour la mauvaise critique qu'il avait rédigée sur le restaurant.

— J'ai été un vrai crétin sur ce coup-là, admit-il volontiers. Je n'avais pas compris le concept. J'ai vu sur le CV de votre fille qu'elle avait une belle expérience, qu'elle était une vraie chef, et j'ai pensé qu'elle n'exploitait pas assez ses compétences. Je m'aperçois maintenant qu'elle a eu une idée de génie. Il n'y a qu'à voir ce que je viens d'engloutir ! dit-il en montrant son assiette où ne subsistait qu'un peu de sirop d'érable.

Il reconnut également qu'April cuisinait les meilleures purées et pâtes aux truffes blanches du monde.

— Je me rattraperai un jour, promit-il à Pat, qui eut l'air satisfait de sa réponse.

Ils prirent le dessert en buvant du champagne. Certains d'entre eux avaient commandé de la bûche, d'autres du Christmas pudding délicatement flambé. Les deux jeunes filles avaient opté pour des marshmallows grillés. Mike décida de goûter à la bûche : il ne laissa pas une miette de sa part. Il avait mangé comme quatre, entouré des gens les plus charmants qu'il eût jamais rencontrés.

Jean-Pierre offrit un cognac à Pat et à Mike. Les

deux hommes s'entendaient beaucoup mieux qu'April ne l'avait espéré.

— Je l'aime bien, lui chuchota sa mère en passant un bras autour de ses épaules.

— Moi aussi, répondit April.

Annie et Heather profitèrent de ce que Mike était parti aux toilettes pour déclarer qu'elles le trouvaient mignon. Tous ces commentaires positifs rassurèrent April : certes, cela ne signifiait pas qu'elle et Mike finiraient par former un vrai couple, mais au moins son jugement n'avait-il pas été complètement altéré lorsqu'elle l'avait invité dans son lit. Juste un peu prématuré.

Lorsque le petit groupe quitta le restaurant, il était plus de minuit. Mike les remercia de l'avoir accueilli parmi eux. Il ne l'avoua pas, mais il venait de passer le meilleur réveillon de Noël de toute son existence.

April installa sa mère dans un taxi.

— Au fait, lui dit-elle, Jack Adams doit être guéri, parce qu'il a réservé une table pour le 26.

— Je sais, répondit Valerie, un sourire aux lèvres. Il m'a appelée aujourd'hui pour m'inviter à dîner. Malgré les béquilles, il dit qu'il se sent beaucoup mieux, et que c'est grâce à ta purée et à ton pain de viande.

— Il t'a invitée à dîner ? répéta April, surprise. C'est gentil de sa part.

Elle se garda bien de préciser qu'il venait généralement accompagné de filles deux fois plus jeunes que lui.

Puis April retourna dans la salle, où les derniers clients finissaient leur repas. Comme on n'avait pas besoin d'elle en cuisine, elle monta se coucher, épuisée. Mike l'appela sur son téléphone portable au moment où elle se glissait dans son lit. Il semblait heureux et détendu, bien loin du Grinch auquel il s'était comparé.

— Merci pour cette merveilleuse soirée. Ta famille a été super avec moi, alors qu'elle aurait eu toutes les raisons de m'en vouloir.

— Tu leur as fait très bonne impression. Heather te trouve « sexy ».

Mike éclata de rire.

— C'est ta mère qui est « sexy ». Elle est magnifique.

Il soupçonnait Valerie d'avoir aidé un peu la nature, mais le résultat n'en restait pas moins époustouflant : on lui donnait quinze ans de moins. Mike avait apprécié tous les membres de la famille d'April, les trouvant intelligents, chaleureux, affectueux. On voyait bien qu'ils adoraient passer du temps ensemble. Mike comprenait pourquoi April les aimait tant – et, visiblement, c'était réciproque.

— Ça te dirait d'aller dîner, un de ces jours ? demanda-t-il de but en blanc. L'ennui, c'est que ton restaurant est devenu mon préféré, donc je ne sais pas quoi te proposer d'autre. Tu aimes manger chinois ?

— Oui, beaucoup, répondit April, étonnée et enchantée par cette proposition.

— Je vais voir ce que je peux trouver. Ce sera peut-être de la cuisine thaïe… La semaine prochaine, tu es libre ?

— Quand tu veux.

— Parfait. Bonne nuit, April. Et joyeux Noël !

Pour la première fois depuis des années, il le souhaitait sincèrement.

— Joyeux Noël à toi aussi, Mike.

En raccrochant, April souriait. Cela l'amusait de

penser qu'elle portait son enfant depuis presque quatre mois et que Mike venait seulement de l'inviter à leur premier rendez-vous galant. Elle était aux anges.

Le lendemain de Noël, à l'heure convenue, Jack se présenta devant l'immeuble de Valerie à l'arrière d'une Cadillac Escalade. Tous deux avaient opté pour une tenue décontractée : jean, pull à col roulé et gros manteau en peau lainée pour Jack (qui avait encore du mal à s'habiller), jean et veste courte en fourrure pour Valerie. C'était l'un des avantages d'April in New York : nul besoin de s'y rendre sur son trente et un.

En chemin, ils bavardèrent à bâtons rompus. Jack avait passé Noël en compagnie de son fils, parti skier avec des amis le matin même. Il lui dit être resté en bons termes avec son ex-femme, qui s'était remariée peu de temps après leur divorce seize ans plus tôt et avait eu trois autres garçons. Valerie confia qu'elle s'entendait bien avec son ex, elle aussi, et qu'elle appréciait beaucoup sa seconde femme, avec qui il avait eu deux filles.

— J'ai été un mauvais mari, avoua Jack d'un air penaud. Je me demande comment Debbie a pu rester dix ans avec moi. J'étais immature, et soumis à de grandes tentations. Il y a un côté grisant à faire partie des meilleurs quarterbacks de son temps. À l'époque, je ne me prenais pas pour rien et j'avais peut-être de bonnes raisons. Je reconnais que je me suis beaucoup amusé jusqu'à très récemment. Mon dernier anniversaire m'a fait réfléchir. Il est temps pour moi d'arrêter de vivre à cent à l'heure.

— Vous étiez dans un sale état ce jour-là, c'est vrai, lui rappela Valerie en souriant.

— J'ai dû garder le lit pendant deux semaines à cause de cette hernie discale. Ça ne m'était jamais arrivé. Du coup, je me dis que c'était un message.

— Ah oui ? Quel genre ? le taquina-t-elle.

Jack semblait d'excellente humeur pour quelqu'un qui avait été grièvement blessé, et il ne donnait pas vraiment l'impression de lever le pied : à peine sorti de l'hôpital, il dînait au restaurant !

— Je ne suis pas sûr, répondit-il en souriant. Entrer au monastère, peut-être. Ou ralentir, au moins. Je fais n'importe quoi depuis trop longtemps. J'ai eu tout le loisir d'y réfléchir à l'hôpital ; quand je vois qu'on aurait pu y passer, je crois que j'ai envie de vivre ma vie un peu plus intelligemment et d'être plus sélectif quant aux personnes avec qui je la partage.

Les top-modèles qu'il fréquentait étaient certes très belles, mais il savait mieux que personne qu'elles ne représentaient qu'une longue succession d'histoires sans lendemain. Voilà des années qu'il n'avait pas eu de relation sérieuse. Or il commençait à croire, depuis l'attentat, qu'il était enfin prêt pour ça. Restait à savoir avec qui.

Quand ils arrivèrent au restaurant, April sortit dans la rue pour les accueillir et conduisit Jack jusqu'à leur table, qu'elle avait choisie pour son intimité autant que pour sa facilité d'accès. Aidée de sa mère, elle l'installa confortablement sur la banquette, la jambe relevée sur une chaise ; Valerie s'assit à côté de lui. Les autres clients n'avaient pas manqué de les reconnaître lorsqu'ils avaient traversé la salle. Malgré les béquilles, Jack restait impressionnant avec son mètre quatre-vingt-dix et ses cent vingt kilos. Valerie, pourtant très grande, paraissait minuscule à côté de lui, tout comme April.

Celle-ci avait un peu grossi ces derniers temps ; sa taille était moins marquée. Cependant, grâce au tablier qu'elle portait en permanence, personne n'y avait fait attention. Elle disposait encore de quelques semaines de répit avant que sa grossesse devienne flagrante et qu'elle soit obligée de s'en expliquer. Cela allait sans nul doute en surprendre plus d'un.

Ce soir-là, Jack commanda ses plats préférés : salade de crabe et homard fraîchement pêché. Valerie opta pour un cheeseburger, dont elle rêvait depuis plusieurs jours, et ils dévorèrent une double ration des délicieuses frites d'April. Après un long débat portant sur le choix du dessert – soufflé au chocolat ou bûche de Noël ? –, ils décidèrent finalement de partager un sundae nappé de chocolat chaud. April leur apporta également une assiette de truffes et de petits-beurre qu'elle avait appris à confectionner en France.

— Alors, parlez-moi de votre émission, demanda Jack tandis qu'ils attaquaient la crème glacée. Comment en êtes-vous arrivée à incarner la référence suprême en matière de vie domestique ?

— Allez savoir ! J'ai été décoratrice pendant quelques années. J'ai toujours eu plein d'idées pour dresser une belle table et agencer élégamment un intérieur. Au début de mon mariage, nous ne roulions pas sur l'or. Je me suis donc creusé la cervelle pour embellir notre maison avec un budget limité – je confectionnais beaucoup de choses moi-même. Des amis ont commencé à me demander conseil. J'ai organisé deux ou trois mariages. J'ai écrit quelques livres, signé un contrat avec la chaîne, puis, du jour au lendemain, je suis devenue le gourou du style et du raffinement.

En réalité, cela n'avait pas été aussi simple. Au fil des années, Valerie avait longuement mûri son projet professionnel, et elle continuait aujourd'hui encore d'innover et de prospecter. Elle était bien décidée à travailler plus dur, plus longtemps que les autres, quitte à faire des sacrifices. Cette discipline rigoureuse avait joué un grand rôle dans son succès.

— Bien sûr, et moi je me suis retrouvé dans le Hall of Fame juste en tapant dans un ballon et en marquant quelques *touchdowns*, répliqua Jack en riant. Valerie, je sais très bien que ce n'est pas si facile. Tout le monde dit que vous êtes un bourreau de travail. Votre fille est comme vous. Regardez-la, elle ne s'est pas assise de la soirée. On n'obtient rien sans efforts.

Jack avait mis la même énergie dans sa carrière de journaliste sportif, et il en récoltait les fruits à travers ses bons résultats d'audience. Valerie avait pu observer à plusieurs reprises sa maîtrise de l'art de l'interview.

— Dites-moi, à combien de matchs de football avez-vous assisté dans votre vie ? s'enquit-il.

Valerie sembla gênée. Elle n'y connaissait rien en sport.

— Répondez-moi honnêtement. Je m'en rendrai compte si vous mentez.

— Honnêtement ? J'ai assisté à deux matchs.

Et elle n'avait jamais vu jouer Jack Adams, même si elle savait qu'il était une légende.

— Matchs universitaires ou professionnels ?

— Universitaires. À l'époque, j'étais étudiante.

— Va falloir qu'on y remédie, alors.

Jack réfléchit un instant. C'était un tournant pour

lui, mais pourquoi pas ? Autant profiter de ce nouveau départ que la vie leur offrait.

— Ça vous dirait de m'accompagner à Miami ? Vous aurez votre propre chambre, bien sûr. Je travaillerai, mais vous ne vous ennuierez pas : le Super Bowl, c'est génial. Je pars dans quatre semaines. J'espère d'ailleurs que je serai en meilleure forme... De toute façon, quel que soit mon état, je suis attendu là-bas pour l'événement.

Valerie n'hésita qu'une fraction de seconde.

— Ça me plairait beaucoup ! s'exclama-t-elle gaiement. Mais il faudra que je prenne des cours intensifs avant de partir.

— Ce n'est pas la peine. Je vous expliquerai tout sur place.

Elle se mit à rire.

— Ça fait des années que je donne des conseils aux gens sur la façon d'organiser la soirée du Super Bowl. Vous allez enfin faire de moi une honnête femme.

— Il est grand temps. Mon fils vient tous les ans, j'espère que cela ne vous ennuie pas. C'est un gamin super. Il déteste le sport – je n'y suis sans doute pas pour rien –, il ne s'y connaît pas plus que vous en football, mais il aime bien assister au Super Bowl. Il venait déjà à l'époque où je jouais. Je crois que c'était un peu trop brutal pour lui. Ça l'est toujours, d'ailleurs. Pour ma part, ça me manque de ne pas être sur le terrain. Ç'a été dur de renoncer à tout ça. J'ai quand même gagné quatre Super Bowls ! Je ne regrette pas d'avoir pris ma retraite et j'aime mon métier de journaliste, mais ce n'est pas pareil.

— Moi aussi, j'ai parfois l'impression d'être sur la

touche quand je vois de jeunes femmes en début de carrière, confia Valerie. Ce n'est pas facile de vieillir.

Leurs regards se tournèrent vers April. Pour eux, elle n'était qu'une enfant.

— Avant, je me répétais que j'étais encore jeune, mais ce dernier anniversaire m'a fait déchanter, avoua Jack.

— Et moi donc ! répliqua-t-elle. Surtout quand ils ont annoncé mon âge à la radio. J'étais prête à tuer quelqu'un quand je vous ai croisé dans l'ascenseur ce jour-là. Mais j'ai eu pitié de vous, à vous voir plié en deux.

Jack en riait, aujourd'hui, quand il repensait à sa nuit avec Catwoman et à ses conséquences désastreuses.

— Je crois que c'était ma dernière aventure avec une jeunette. Maintenant, il est temps de grandir. Les événements au siège de la chaîne m'ont ouvert les yeux sur ce qui est important et ce qui ne l'est pas. J'ai fait des bêtises. À force de vouloir frimer, j'ai détruit mon mariage.

Les regrets qu'il exprimait trouvaient un écho chez Valerie. L'attentat et la mort de victimes innocentes avaient provoqué en elle une prise de conscience. Elle se rendait compte qu'à l'époque de sa relation avec Pat nombre de ses décisions avaient été pensées en fonction de sa carrière, et non au bénéfice de son couple. Elle ne pouvait s'empêcher de se demander si elle n'avait pas eu tort.

— Moi aussi, j'ai mis mon mariage en péril, mais c'était pour me faire un nom, concéda-t-elle avec sa bonne foi caractéristique. Il faut dire que je n'avais pas épousé le bon bonhomme. Ça n'a jamais vraiment marché entre nous. Pat est un type formidable, mais nous sommes trop différents. Il dit lui-même que je lui faisais peur. Il aurait voulu d'autres enfants, et maintenant je regrette de n'avoir qu'une fille unique. Mais je voulais bâtir un empire, et j'ai réussi. Ce qui demande des sacrifices. Je ne sais pas si ça en vaut la peine, finalement. J'aime mon travail, j'y prends toujours plaisir, mais il n'y a pas que ça dans la vie. Il m'a fallu tout ce temps pour m'en rendre compte !

Jack était impressionné par sa franchise.

— C'est pareil pour moi, répondit-il. J'ai compris bien tardivement que l'existence n'était pas seulement faite pour s'amuser. Sinon, on se retrouve tout seul au milieu d'une bande d'idiots et d'une flopée de jolies filles sans cervelle qui ne cherchent qu'à profiter de vous. Ça lasse, à force. Je finis par me dire que j'ai peut-être bien fait de me coincer le dos le jour de mon anniversaire. Les deux semaines que j'ai passées couché, à m'apitoyer sur mon sort, m'auront au moins permis de réfléchir.

— Cela fait quelques années que je pense à tout ça, mais que faire ? Je suis divorcée depuis vingt-trois ans. April est une grande fille, elle n'a plus besoin de moi. Tout ce qui me reste, c'est le travail, et c'est ce que je fais le mieux.

Jack l'écoutait, pensif. Il comprenait tout à fait ce qu'elle voulait dire.

— Je sais ce qu'il vous faut, Valerie : du football. Je vais vous organiser un stage en immersion totale le mois prochain, à Miami. En échange, vous pourrez m'apprendre à dresser une table.

Il la taquinait, mais il n'en éprouvait pas moins un immense respect pour ce qu'elle avait accompli. Son nom était connu partout. Pas une seule jeune femme aux États-Unis n'organisait son mariage sans l'aide d'un de ses livres. On pouvait trouver futile son domaine de compétences, mais Valerie était indéniablement une industrie à elle toute seule, une star, une icône, une légende. Tout comme Jack. Chacun à leur façon, cependant, ils avaient fini par s'apercevoir que la célébrité, pour excitante qu'elle fût, ne suffisait pas.

Pat avait tout compris lorsqu'il avait épousé Maddie, qui lui avait donné d'autres enfants et ne connaissait pas de plus grand bonheur que sa famille et son couple. Il partageait avec elle des sujets de conversation qu'il n'avait jamais eus avec Valerie. Celle-ci ne pouvait plus revenir sur les choix qu'elle avait faits à l'époque de son mariage avec Pat. Elle ne regrettait rien. Mais certaines décisions, certains sacrifices ne lui semblaient plus aussi judicieux aujourd'hui.

Jack était confronté à une situation similaire. Après avoir choisi une vie de plaisirs dont il avait certes bien profité, il se retrouvait à cinquante ans sans personne dans son existence en dehors de son fils. Il n'avait jamais pris le temps d'approfondir suffisamment une relation pour se remarier et faire d'autres enfants, alors qu'il l'avait envisagé et qu'il en aurait eu la possibilité – les femmes qu'il fréquentait étaient assez jeunes. Beaucoup d'hommes, en particulier parmi les célébrités, fondaient une nouvelle famille à son âge, et même au-delà. Jack regrettait de ne pas l'avoir fait. Lorsqu'il voyait les trois garçons de son ex-femme, il se disait qu'il avait raté quelque chose. Difficile de rattraper le temps perdu à cinquante ans, a fortiori à soixante. Un jour, on se réveille seul, et on se demande comment c'est arrivé. Valerie et Jack commençaient à comprendre.

— Est-ce que vous vous y prendriez différemment si c'était à refaire ? demanda Jack.

Valerie réfléchit un instant avant de répondre.

— Je ne sais pas. J'aurais dû sans doute me battre un peu plus pour sauver mon mariage. Mais Pat et moi n'avions pas les mêmes rêves. Je ne voulais pas de la vie universitaire qu'il me proposait. L'histoire médiévale, sa titularisation à la faculté, ses étudiants, tout ça ne m'intéressait pas. J'étais bien trop captivée par ma propre carrière. Je fonçais à bord d'un train à grande vitesse, sans voir qu'il n'y avait personne à côté de moi. À l'époque, ça m'était égal. Maintenant, j'ai envie d'un compagnon de voyage. Mon train va un peu moins vite, quelqu'un peut embarquer avec moi. Ce que je regrette peut-être le plus aujourd'hui, c'est de n'avoir pas consacré le temps et l'énergie nécessaires pour rencontrer un autre homme après mon divorce. J'étais trop occupée. Puis je me suis rendu compte que jamais personne ne montait dans le train avec moi. Je ne voudrais pas finir ma vie toute seule, quand je serai vraiment âgée. C'est peut-être déjà trop tard. Bien sûr, tout le monde envie mon existence, ma carrière, mon émission, mais je ne suis pas sûre que ces réussites servent à grand-chose si je n'ai personne avec qui les partager.

— Il n'est pas trop tard pour accueillir quelqu'un à bord, lui assura Jack avec sincérité. Vous êtes une belle femme, Valerie. Vous devez juste ralentir suffisamment pour laisser le temps à un passager de monter.

Elle acquiesça. Jack comprenait ce qu'elle ressentait : à sa manière, il en était au même point.

— J'essaie, répondit-elle. Certains disent qu'on ne peut pas tout avoir, une brillante carrière *et* une relation amoureuse. J'ai toujours pensé que c'était possible, même si je n'ai pas fait beaucoup d'efforts de ce côté-là.

— Oui, on m'a souvent dit ça, à moi aussi. Si vous voulez mon avis, ce sont des âneries. Les gens qui vous font ce genre de réflexions sont jaloux, ils ne supportent pas l'idée qu'on puisse être heureux sur tous les plans. Bien sûr que c'est possible ! Il suffit juste d'être raisonnable dans ses attentes. Ces vingt-cinq dernières années, j'ai dû sortir avec toutes les filles superficielles du pays. C'est très bien, si l'on ne recherche que ça. Si on veut mieux, il faut descendre de ce train-là. Or, j'ai oublié de descendre. C'est le train qui m'a éjecté récemment, et je commence à croire que c'est une bonne chose. Ça m'a réveillé.

À cet instant, April s'approcha de leur table avec un grand sourire. Elle avait passé la soirée à faire des allées et venues entre les cuisines et la salle pour accueillir les clients. Valerie craignait que sa fille ne reste trop longtemps à bord du train de la carrière, elle aussi. Ce bébé allait lui faire du bien : il apporterait du réel dans son existence, de l'humain. Elle n'aurait plus seulement un restaurant à aimer, mais aussi un enfant. S'il y avait bien une chose que Valerie ne regrettait pas dans sa vie, c'était la naissance d'April. Sa fille avait été son plus beau cadeau.

— Tout va bien ? leur demanda-t-elle, en jetant un coup d'œil sur l'assiette du dessert – les truffes et les petits-beurre avaient eu un franc succès.

— Tout va très bien, répondit Jack. On a passé une super soirée. Votre maman m'a donné les secrets d'une table bien mise, et je lui ai expliqué tout ce qu'il faut savoir sur les bottés de placement et les passes incomplètes.

April se mit à rire.

— Evitez juste d'écouter ses conseils en matière de cuisine.

— Ne vous en faites pas. Pour ça, vous êtes là. Le homard était délicieux.

April fut ravie du compliment.

Alors que Jack payait l'addition, Valerie remarqua qu'il avait les traits tirés. Sa jambe lui faisait probablement plus mal qu'il ne voulait bien l'admettre – il n'aurait peut-être pas dû sortir aussi tôt après sa blessure. Quand ils quittèrent le restaurant, elle fut certaine qu'il avançait plus lentement sur ses béquilles, mais il prétendit que c'était à cause du repas copieux qu'il venait d'engloutir.

Il la déposa chez elle, et elle le remercia pour le dîner. Ils avaient passé un merveilleux moment.

— Ma secrétaire vous rappellera, pour Miami, lui dit-il. Elle vous donnera le nom de l'hôtel et les dates, et vous me direz si cela vous convient. Pas la peine de réserver un vol, nous prendrons l'avion de la chaîne.

Voilà une façon agréable de voyager... Jack était une vraie star – à ce niveau-là, ils étaient sur un pied d'égalité. Valerie se réjouissait à l'idée de l'avoir comme ami.

— Essayez de vous reposer un peu pendant la coupure des fêtes, lui conseilla-t-elle.

— Et c'est vous qui me dites ça ? Combien de jours avez-vous pris, déjà, après avoir été retenue en otage ? Un, deux ?

Elle se mit à rire. Il marquait un point. Tous deux avaient passé leur vie à se donner à fond, à en faire toujours plus. C'était grâce à cet acharnement qu'ils en étaient arrivés là aujourd'hui. À quel prix ? se demandaient-ils à présent. Pour des raisons différentes, ils ressentaient le besoin de ralentir leur rythme effréné. Suffisamment pour permettre à quelqu'un d'autre d'entrer en piste avec eux. Restait à voir s'ils en seraient capables.

Valerie avait hâte d'assister au Super Bowl avec Jack : cela lui plaisait d'entreprendre quelque chose qui rompait à ce point avec ses habitudes.

Avant qu'elle descende de voiture, Jack l'embrassa sur la joue. Elle lui fit signe de la main en entrant dans son immeuble. Elle venait de passer une excellente soirée. Qui aurait pu deviner qu'ils deviendraient amis ?

10

Pour son premier rendez-vous avec April, Mike avait choisi un petit restaurant du quartier de Chinatown, près de Canal Street. L'établissement ne payait pas de mine, mais la cuisine chinoise y était délicate, exquise. April fut fascinée par les associations de mets proposées par la carte, notamment autour du requin et du homard. Mike, qui connaissait l'endroit, avait commandé du canard laqué lorsqu'il avait réservé leur table. La cuisson était parfaite. Le restaurant servait également du poulet mariné, des ailerons de requin sautés, et différents plats de légumes auxquels Mike et April goûtèrent en tentant de deviner les épices utilisées. April aurait voulu intégrer à sa propre carte une de leurs spécialités de viande, mais le propriétaire lui rit au nez lorsqu'elle lui demanda la recette.

— Si tu crois qu'ils vont te donner leurs secrets, plaisanta Mike, heureux qu'elle ait apprécié le repas.

— Réponds-moi sincèrement, dit-elle tandis qu'ils savouraient une délicieuse glace au thé vert. N'est-ce pas plus amusant de tester des restaurants que de faire des reportages dans les pays en guerre ?

— Parfois, oui. Quand la nourriture est bonne,

comme ici. Tu ne peux pas imaginer le nombre de repas quelconques que je suis obligé d'avaler dans mon travail. Beaucoup de chefs n'ont aucune imagination.

— C'est ce que tu t'es dit quand tu es venu chez moi la première fois ?

— Non, j'ai trouvé la nourriture excellente. J'ai juste pensé que tu ne faisais pas beaucoup d'efforts pour ta carte. Mais je me rattraperai, je te le promets. Tu m'as converti avec les crêpes à Noël. Maintenant, je rêve même de ta purée, et de ton gratin de macaronis au fromage !

Elle lui avait fait goûter les deux le soir du réveillon.

— Je dois reconnaître que ce qu'on vient de manger est encore meilleur, reprit-elle. J'ai toujours eu envie d'aller en Chine pour y prendre des leçons sur la préparation de leurs recettes traditionnelles.

Elle avait encore tant de projets à réaliser ! Mais tout risquait de se compliquer en juin. Elle ne pourrait pas voyager de sitôt…

Alors qu'ils sortaient du restaurant, April se risqua à poser une question à Mike, tout en se demandant si elle ne faisait pas une grossière erreur.

— Je vais chez le médecin demain pour la visite de contrôle du quatrième mois. Ça te dirait de voir le bébé à l'échographie, ou d'écouter son cœur ? Je ne serai pas vexée si tu refuses.

Ils savaient l'un comme l'autre qu'il n'en avait pas envie, mais elle le lui avait demandé si gentiment qu'il se sentit obligé d'accepter. Pour lui, c'était le bébé d'April, pas le sien. Il avait encore du mal à accepter la réalité de cette grossesse. Le ventre d'April commençait tout juste à s'arrondir – et encore, il restait caché sous les pulls amples qu'elle portait en dehors du travail, ou sous sa veste et son tablier de chef au restaurant. Néanmoins, Mike savait pertinemment qu'un petit être était là, prêt à lui gâcher la vie pour toujours.

— Pourquoi pas ? répondit-il, embarrassé. C'est à quelle heure ?

— Seize heures.

— Je te rejoindrai sur place.

April lui donna l'adresse de sa gynécologue. Mike songea qu'il pouvait bien faire ça, ce n'était pas grand-chose. Quel mal y avait-il à l'accompagner à un rendez-vous ?

Quand elle leva les yeux vers lui, son sourire lui serra le cœur. Il ne savait pas comment lui dire qu'il avait peur de ce qu'il allait découvrir, peur que le bébé ne devienne soudain trop réel. Et si l'enfant finissait comme lui, accusé de tous les maux par ses parents ? Ou comme son frère, qui n'avait pas supporté leurs bagarres et leurs reproches incessants, et avait préféré se tuer à quinze ans ? Invisible à l'échographie, ce genre de choses était pourtant bien plus dévastateur qu'une anomalie ou une malformation. S'il accueillait ce bébé et April dans sa vie, lui briseraient-ils le cœur ? Le trouveraient-ils un jour incompétent ? Il ne pouvait pas prendre ce risque. April, avec une famille comme la sienne, n'avait aucune idée de l'enfance qu'il avait vécue. Et s'il s'avérait aussi destructeur que ses parents ? Qui sait ? C'était peut-être héréditaire... April pouvait s'inspirer de trois modèles ; lui n'en avait aucun.

Lorsqu'il la raccompagna chez elle, le souvenir de leur nuit, quatre mois plus tôt, lui revint en mémoire. Par moments, comme ce soir, il avait envie de retenter sa chance avec elle, en faisant les choses bien cette fois-ci. Parce qu'il tenait à elle et qu'il la respectait, pas parce qu'il avait bu. Mais il était trop tard pour prendre un nouveau départ. Il avait fait assez de dégâts. Le fruit de leur erreur grandissait dans le ventre d'April. Il se contenta donc de l'embrasser sur le front et la quitta dans l'escalier qui menait à son appartement. En le voyant partir, April eut l'impression qu'il était accablé de tristesse, et elle se demanda s'il viendrait à la consultation médicale. Au moins, ils tissaient lentement des liens d'amitié. Elle avait adoré cette soirée en sa compagnie.

Le lendemain matin, April avait rendez-vous avec Ellen pour une séance d'acupuncture. Son amie lui assura que le bébé grossissait bien. On ne pouvait pas encore connaître le sexe, mais elle serait peut-être en mesure de le deviner plus tard en étudiant le pouls d'April. Celle-ci espérait une fille, partant du principe que ce serait plus simple si elle devait s'en occuper seule.

Ce jour-là, le restaurant fit salle comble à l'heure du déjeuner, et April faillit être en retard à son rendez-vous à la suite d'un problème de réfrigérateur. Lorsqu'elle se présenta chez sa gynécologue à seize heures cinq, Mike n'était pas arrivé. Elle craignit qu'il ne vienne pas du tout. Mais alors qu'on la pesait, elle l'entendit qui la demandait à l'accueil, et elle le rejoignit dans la salle d'attente avec le sourire. Elle lui annonça qu'elle avait déjà pris cinq kilos. Il lui serait bientôt impossible de cacher sa grossesse.

Mike semblait ailleurs tandis qu'ils attendaient dans la salle avec d'autres femmes, enceintes jusqu'aux yeux. Lorsque ce fut leur tour, il blêmit et parut prêt à s'enfuir en courant. April le présenta à son médecin, qui l'accueillit avec beaucoup d'amabilité. April n'avait pas encore senti le bébé bouger, mais la gynécologue la rassura : cela ne tarderait pas. La jeune femme se fit la réflexion que Mike n'avait jamais posé la main sur son ventre. Elle doutait qu'il le fasse un jour.

La gynécologue les laissa avec son assistante dans la salle d'échographie. April enfila une chemise de coton après avoir enlevé son haut. Alors qu'elle s'allongeait sur la table d'examen, elle vit que Mike détournait le regard. Pourtant, seuls ses longues jambes et son ventre à peine arrondi étaient exposés. Quand le fœtus apparut à l'écran, Mike l'observa, fasciné, écoutant les battements rythmés de son cœur, clairement perceptibles grâce au Doppler. Puis il regarda April, médusé, avant de reporter son attention sur la machine. April souriait tandis que l'assistante déplaçait la sonde sur son ventre. Le bébé qu'ils avaient conçu ensemble par accident n'avait jamais été aussi réel.

Mike resta muet lorsque l'assistante lui donna un cliché de l'échographie en guise de souvenir. Il ne posa aucune question, se contentant d'observer l'image pendant qu'ils sortaient de la pièce. April était heureuse de sa présence. En son for intérieur, elle espérait qu'il serait moins en colère et moins terrorisé à l'idée d'avoir un enfant.

Cependant, de retour dans la salle d'examen, Mike jeta la photo dans la corbeille et regarda tour à tour le médecin et April. Une fine couche de transpiration luisait sur son visage livide.

— Je suis désolé, dit-il d'une voix rauque. Je ne peux pas faire ça. Je ne peux pas. C'est une terrible erreur.

Sur ces mots, il fit volte-face. April lui emboîta le pas, mais il avait déjà traversé la salle d'attente. La porte se referma derrière lui et elle resta plantée là, dans sa chemise de coton, avant de retourner en courant dans le cabinet du médecin, où elle éclata en sanglots tout en se confondant en excuses. La gynécologue lui assura que ce genre de comportement arrivait. Certains hommes étaient trop chamboulés par la responsabilité qui les attendait pour accepter facilement la réalité d'un bébé. Mais April savait que dans le cas de Mike le problème était plus profond. Il s'agissait d'une terreur à l'état pur, d'un refus absolu de s'engager dans la paternité et dans la vie de cet enfant. C'était au-dessus de ses forces.

Après l'avoir examinée, le médecin déclara que sa grossesse se déroulait à merveille. Dix minutes plus tard, April se retrouva dans la rue en pleurs. Elle prit un taxi pour retourner au restaurant. Elle avait eu tort de demander à Mike de l'accompagner. Elle pleurait encore lorsqu'elle reçut un texto : *Excuse-moi. Je ne peux pas.* Il voulait lui dire qu'elle n'aurait pas dû garder ce bébé, mais cela ne servait à rien. C'était trop tard. Il se sentait trahi par elle, trahi par le destin. April eut le sentiment écrasant qu'elle ne le reverrait plus.

Elle rentra chez elle abattue, déprimée, et plus inquiète que jamais. À l'évidence, Mike ne voulait pas s'impliquer. Certes, elle n'avait pas compté sur son aide au départ, mais... elle commençait à éprouver des sentiments pour lui, qui dépassaient la simple amitié. Peut-être en partie à cause du bébé. L'idée de ne plus le revoir lui parut soudain insupportable, d'autant plus qu'elle ne pouvait rien y faire.

11

Le lendemain de leur dîner chez April, Jack appela Valerie pour lui proposer de venir passer le réveillon du Nouvel An chez lui. Il ne se sentait pas assez en forme pour sortir, mais ils pourraient visionner un film sur son home cinéma. Valerie fut enchantée de l'invitation, n'ayant rien de prévu ce soir-là : April travaillerait, comme d'habitude, et Valerie n'aimait pas sortir pour marquer la nouvelle année. Une soirée vidéo avec un ami, voilà qui semblait parfait. Ravi qu'elle accepte, Jack lui expliqua qu'il se ferait livrer des plats un peu plus élaborés que ce qu'ils avaient mangé chez April, histoire d'apporter une touche festive à leur réveillon. Il s'empressa de préciser qu'elle n'avait pas besoin de s'habiller sur son trente et un, qu'un jean ferait l'affaire. Valerie ne parla pas de ses projets à April : il n'y avait pas de quoi en faire tout un plat !

Lorsqu'elle se présenta chez Jack, elle fut accueillie par la garde qu'il employait à domicile ; celle-ci s'éclipsa aussitôt. Jack s'occupait du dîner dans la cuisine, se déplaçant avec une aisance remarquable sur ses béquilles.

Quand il la vit, son visage s'éclaira. Il avait finalement décidé de préparer des pâtes et une grosse salade pour accompagner le caviar, les huîtres et les pinces de crabes qu'il avait commandés. Un vrai festin. Il avait encore le teint un peu pâle mais paraissait en pleine forme.

— Eh bien, vous n'avez pas chômé ! observa-t-elle en souriant, tandis qu'il lui servait une coupe de champagne Cristal. Je peux vous aider ?

Une question de pure forme : tout semblait déjà prêt. La nourriture avait même été disposée dans des plats.

— Si j'en crois votre fille, vous êtes un vrai danger en cuisine, la taquina-t-il. Vous feriez peut-être mieux simplement de vous asseoir.

Jack continua d'aller et venir, sautillant par moments à cloche-pied pour soulager sa jambe blessée.

— Je pourrais au moins vous passer ce dont vous avez besoin, si vous n'avez pas confiance. Vous allez vous blesser.

Son inquiétude fit sourire Jack. Il n'avait pas l'habitude que les femmes prennent soin de lui. D'ordinaire, c'était plutôt l'inverse. L'attitude maternelle de Valerie lui plaisait.

— Ne vous en faites pas pour moi. Mettez la table, si ça vous dit.

— Ah, voilà une chose que je sais faire !

Jack lui montra le placard où était rangée la vaisselle. Valerie sélectionna des sets de table gris en lin et des serviettes cousues de fils d'argent, qu'elle disposa sur la table ronde en verre placée à une extrémité de la cuisine, devant la fenêtre qui donnait sur Central Park. La vue était magnifique, encore plus saisissante que de chez elle. L'appartement de Jack se situait un peu plus au nord que le sien, mais à un étage bien plus élevé qui permettait de voir à la fois l'East River et l'Hudson, et toute l'étendue du parc.

Jack conduisit Valerie dans un bureau lambrissé et lui présenta ses trophées et ses distinctions. Ceux-ci occupaient tout un mur d'étagères. Impressionnée, elle étudia les inscriptions avec intérêt ; il y avait là les points culminants de la carrière sportive de Jack.

— Et j'en ai encore plein d'autres au coffre, précisa-t-il fièrement.

On eût dit un gamin montrant ses exploits à sa mère, et Valerie en fut tout attendrie. Voilà qui résumait la personnalité de Jack : un homme de grandes réussites, avec un cœur de petit garçon. Il y avait chez lui une innocence qui la touchait, même s'ils savaient tous les deux qu'il aimait faire impression.

— Vous êtes quelqu'un de très important, dit-elle en souriant.

— Et comment ! Mais vous aussi, madame Wyatt. Vous l'êtes autant que moi.

À bien des égards, ils se trouvaient sur un pied d'égalité. Jack avait toujours fréquenté des femmes qui l'admiraient, mais qui étaient trop jeunes pour avoir accompli beaucoup de choses elles-mêmes – à part des défilés de mode, pour certaines. C'était bien le problème avec ce genre de filles : elles n'avaient presque rien à offrir en dehors de leur beauté physique. Valerie se révélait bien plus intéressante. Leur différence d'âge ne le gênait pas le moins du monde, surtout qu'elle ne paraissait pas plus âgée que lui. Jack n'aimait pas l'avouer, mais lui aussi avait subi une opération des paupières et avait recours à des injections de Botox. Rester jeune était primordial pour sa carrière de journaliste sportif, tout autant que pour sa vie amoureuse.

De retour dans la cuisine, Valerie plaça des chandeliers en argent sur la table, alluma les bougies et disposa des assiettes à large bord argenté. Chez Jack, tout était élégant, masculin et de la plus haute qualité. En faisant le tour des placards, Valerie avait noté que les bougeoirs et les couverts venaient de chez Cartier ; quant aux assiettes, elles avaient été fabriquées spécialement pour lui chez Tiffany, à Paris, et gravées à son nom. En homme de goût, Jack appréciait ce que la vie avait à offrir de plus cher et de meilleur. Avec sa réussite sociale, il avait acquis une certaine sophistication, mais il n'en restait pas moins simple et naturel. C'était ce que les femmes aimaient chez lui : son authenticité raffinée.

Il s'approcha de la table en clopinant et hocha la tête.

— C'est vrai que vous êtes douée. Tout le monde n'a pas la chance d'avoir sa table préparée par Valerie Wyatt. Je suis flatté.

Valerie se mit à rire, puis elle but une gorgée de champagne. Elle se plaisait en compagnie de Jack, et la réciproque semblait vraie.

Pendant qu'elle apportait les plats, il tamisa les lumières et mit de la musique. Valerie constatait avec étonnement qu'elle se sentait parfaitement à l'aise avec lui, alors qu'ils se connaissaient à peine. Jack était un homme de contrastes, intéressant et charmant. Loin de le gâter, le succès avait élargi ses horizons en lui ouvrant les yeux sur les petits luxes de la vie. S'il aimait profiter de sa richesse, il se souciait aussi des autres. Il évoquait souvent son fils étudiant, avec qui il passait le plus de temps possible. De toute évidence, il en était très fier.

Au cours du dîner, ils en vinrent à parler d'art. Dans

ce domaine aussi, Jack avait du goût : en entrant, Valerie avait remarqué une toile impressionnante de Diebenkorn, qui devait coûter une fortune. Elle aimait aussi les deux Ellsworth Kelly de la cuisine, l'un d'un bleu profond, l'autre rouge.

Ce fut un dîner agréable, animé de conversations détendues, dans une ambiance plus amicale que romantique. Valerie appréciait que Jack cherche à la connaître et non à la séduire. Elle savait qu'il n'avait qu'à claquer des doigts pour obtenir les femmes qu'il voulait : il n'avait pas besoin de l'ajouter à sa collection. De toute façon, elle n'avait aucune envie de figurer à son tableau de chasse.

Les pâtes qu'il avait cuisinées étaient délicieuses, tout autant que les fruits de mer et le caviar dégustés en entrée. Jack avait même préparé la sauce vinaigrette pour la salade. Valerie peinait à croire qu'après l'épreuve qu'ils venaient de traverser ils prenaient du bon temps et profitaient des petits plaisirs de la vie.

— C'est bizarre, vous ne trouvez pas ? fit alors remarquer Jack comme s'il lisait dans ses pensées. Il y a dix jours, un terroriste me tirait dessus, et nous voici, à manger des huîtres et des pâtes en bavardant comme si rien ne s'était passé.

Valerie jeta un coup d'œil vers les béquilles et haussa les sourcils. Une blessure par balle, cela ne lui semblait pas « rien ».

— L'homme a une capacité étonnante à se remettre des pires tragédies, ajouta-t-il. Un jour c'est le chaos, le lendemain tout est redevenu normal.

Il souriait, détendu. Ses yeux ne révélaient aucune trace du traumatisme qu'il avait vécu.

— Je ne peux pas dire que je me sente tout à fait

normale, confia Valerie à la lumière des chandelles. Je fais des cauchemars toutes les nuits. J'ai eu une chance inouïe.

— Nous avons eu de la chance tous les deux, répliqua-t-il d'une voix douce.

Ils songèrent à leurs assistants disparus, aux onze personnes qui avaient péri. Tous les survivants avaient été profondément marqués, y compris Jack, bien qu'il n'en laissât rien paraître.

Et dire que leur amitié était née de ce drame horrible ! Valerie le revoyait, aidant les femmes à sortir de l'immeuble. Les bruits et les odeurs de ce hall continuaient de la hanter. Ils ne s'effaceraient probablement jamais de sa mémoire, même si elle savait qu'avec le temps ils finiraient par s'estomper. Jack n'avait sans doute pas oublié non plus, quoi qu'il en dise.

Pour lui changer les idées, il lui raconta des anecdotes amusantes de l'époque où il était footballeur. Il devinait à son regard qu'elle était toujours tourmentée par cette affreuse journée. Lui, au moins, n'avait aucun souvenir à partir du moment où il avait été blessé ; la suite était un trou noir. Valerie avait entendu dire dans les couloirs de la chaîne que Jack serait décoré pour acte héroïque. Quelques jours plus tôt, le maire de New York l'avait appelé en personne pour le remercier.

Jack évoqua ensuite son mariage, les erreurs qu'il regrettait, les moments qu'il avait aimés. Il confia à Valerie que le plus beau jour de sa vie avait été celui où son fils, Greg, était né. Ainsi, la naissance de son garçon passait avant sa première victoire au Super Bowl, par exemple, ou son entrée dans le Hall of Fame. Valerie en fut touchée. Cela révélait un aspect de sa personnalité qui lui plaisait.

— Pour moi aussi, April a été mon plus beau cadeau, répondit-elle.

C'eût été le moment idéal pour lui annoncer que sa fille allait avoir un bébé, mais elle garda cette information pour elle. Elle supportait déjà assez mal d'avoir soixante ans et d'être célibataire, elle n'avait pas le courage d'avouer qu'elle allait, en plus, devenir grand-mère. Elle n'arrivait pas à se faire à cette idée. Pat semblait réagir bien mieux, mais c'était un homme heureux dans sa vie de couple et totalement indifférent à son âge. Jack et Valerie partageaient la même angoisse du passage des ans et de son impact sur leur existence. Ce n'était pas évident pour eux de vieillir dans un milieu professionnel qui glorifiait la jeunesse, entourés de jeunes gens pressés de prendre leur place, à l'affût du moindre faux pas de leur part. En cela, Valerie et Jack vivaient des expériences similaires. De son côté, Jack n'avait aucun point commun avec les filles qu'il fréquentait. La plupart du temps, il ne pouvait même pas discuter avec elles. Leur seul lien était le sexe. Et que se passerait-il lorsqu'il se mettrait à décliner sur ce plan-là ? La question de l'impuissance commençait à le préoccuper.

— Avant, je me fichais de mon âge, confia-t-il tandis qu'ils dégustaient de la glace dans des coupes en cristal. Je n'y pensais pas. J'étais toujours le plus jeune, de toute façon. Et puis un jour je me suis rendu compte que ce n'était plus vrai, que j'étais le plus vieux, même si j'essayais de me convaincre du contraire. Et maintenant, voilà que j'ai cinquante ans. Cinquante ans ! Je suis en concurrence avec des types qui ont vingt ans de moins que moi, aussi bien au boulot qu'au lit. J'ai beau avoir été une star du football américain, posséder une pièce remplie de trophées et paraître encore jeune, ça ne compte pas. J'ai l'âge que j'ai, et tout le monde le sait. Ça fait peur, Valerie, vous ne trouvez pas ?

— Pour être franche, Jack, j'aimerais bien avoir cinquante ans, ces temps-ci ! rétorqua-t-elle avec un petit sourire de regret.

— J'imagine que c'est une question de perspective, répondit-il en riant.

Il se sentait à l'aise avec elle, détendu. Jamais il n'avait confié ses états d'âme avec autant d'honnêteté. Nul besoin de l'impressionner comme il le faisait avec les filles plus jeunes. Ils pouvaient dîner tranquillement dans la cuisine, en jean, et se dire la vérité. Jack n'avait pas l'habitude de fréquenter des femmes aussi célèbres que lui, et il appréciait de pouvoir enfin parler d'égal à égal. D'autant plus qu'ils partageaient les mêmes priorités – leurs enfants – et avaient commis sensiblement les mêmes erreurs étant jeunes, dans leur empressement à lancer leur carrière. Sans le vouloir, ils étaient devenus d'immenses vedettes, alors qu'ils cherchaient simplement à réussir et à bien faire leur travail. Le succès était difficile à contenir, tout comme la gloire.

— Vous êtes bien plus connu que moi, observa Valerie sans aucune amertume.

Au contraire, cela lui plaisait...

— C'est faux, contesta-t-il avec véhémence. Il y a plein de gens qui ne savent pas qui je suis, alors que votre nom est passé dans le vocabulaire courant. Il est synonyme d'élégance, il évoque tous les aspects de la vie quotidienne. Mon nom à moi ne se rattache qu'au football.

— Vous voulez vraiment qu'on se batte pour savoir qui est le plus connu ? demanda-t-elle en riant.

Valerie avait un rire de petite fille. Voilà longtemps que Jack n'avait pas passé un réveillon aussi agréable.

Elle lui apprit alors qu'il allait recevoir une distinction de la part du maire en récompense de son courage. Jack sembla gêné. Il affirma que les services de police et les forces d'intervention la méritaient bien plus que lui.

Lorsqu'ils eurent fini le dessert, Valerie transporta les assiettes et les couverts jusqu'à l'évier. Elle proposa de les mettre dans le lave-vaisselle, mais Jack lui assura que quelqu'un s'en occuperait le lendemain matin. Après avoir rangé les restes de nourriture au réfrigérateur, ils montèrent dans le bureau de Jack, d'où la vue était encore plus spectaculaire. Ils restèrent un moment debout, à regarder les lumières de la ville briller à l'horizon. Puis Jack occulta toutes les fenêtres grâce à des stores électriques. L'appartement était équipé d'une salle de projection, mais il trouvait cette pièce plus confortable, plus intime. Pendant qu'il préparait du pop-corn au micro-ondes, il invita Valerie à s'installer dans l'un des deux gros fauteuils placés côte à côte et à choisir un film. Elle avoua qu'elle n'était pas allée au cinéma depuis des mois, par manque de temps : le soir, elle se plongeait souvent dans la rédaction de ses livres ou la préparation de ses émissions.

— Vous travaillez trop. Je m'amuse plus que vous. Du moins, je m'amusais. Je ne suis pas sorti depuis Halloween.

Sans qu'il ait besoin d'entrer dans les détails – il n'en avait pas envie –, elle devinait que ce qui lui était arrivé deux mois plus tôt l'avait transformé, même s'il avait prétendu qu'il s'agissait d'un simple accident lorsqu'elle l'avait croisé dans l'ascenseur le jour de leur anniversaire. Jack n'était pas près de l'admettre en face de Valerie, mais il n'avait eu qu'une seule relation sexuelle depuis, avec une jeune femme moins fougueuse que la précédente. Il avait eu tellement peur de se faire mal au dos qu'il avait à peine osé bouger, si bien qu'ils n'en avaient profité ni l'un ni l'autre. Il craignait que ses acrobaties avec Catwoman n'aient bouleversé définitivement le cours de sa vie. Bizarrement, malgré leurs situations opposées, Jack et Valerie finissaient au même point : Jack avait beau être entouré d'une horde de femmes, il se retrouvait seul comme elle. Vus de l'extérieur, ils avaient une vie rêvée, mais ils souffraient de cette solitude et s'inquiétaient pour leur avenir.

Ils grignotèrent le pop-corn en regardant une comédie romantique mettant en scène un coureur de jupons qui tombe amoureux d'une bêcheuse. Celle-ci le déteste. Tout au long de l'histoire, il tente de la convaincre qu'il en vaut la peine, tandis que ses anciennes conquêtes ne cessent de surgir sur leur chemin, entrent nues par la fenêtre ou se présentent chez lui, faisant fuir encore plus la demoiselle courtisée. Valerie et Jack riaient aux éclats. Le film trouvait un écho particulier chez Jack, qui s'imaginait bien dans le rôle du personnage principal pour peu qu'il tombe amoureux un jour. Bien sûr, l'histoire finissait bien, et tant mieux : cela donnait le ton à leur soirée de réveillon, qu'ils voulaient détendue et amicale après le traumatisme de la prise d'otages.

— J'ai adoré ! s'exclama Valerie tandis que Jack rallumait quelques lumières douces.

Installée dans un fauteuil confortable et pelotonnée sous la couverture en cachemire que Jack lui avait donnée (il faisait assez frais dans l'appartement), Valerie n'avait aucune envie de se lever.

— Je déteste les films tristes, violents, ou qui parlent de sport, déclara-t-elle avec franchise, avant d'éclater de rire. Excusez-moi, ce n'est pas ce que je voulais dire.

— Trop tard ! répliqua Jack.

Il n'était ni surpris ni blessé : beaucoup de femmes avaient les mêmes goûts que Valerie. Quand il voulait voir des films de guerre ou de sport, il les regardait seul.

— Et moi aussi, je suis fleur bleue, j'aime bien les films à l'eau de rose, avoua-t-il. La vie est assez dure sans qu'on ait besoin d'histoires qui nous dépriment pendant trois jours.

— Exactement. Ça me rassure de penser que tout peut bien finir.

— Ça veut dire quoi, « bien finir », pour vous ? demanda-t-il avec intérêt.

Il avait une idée assez précise de ce qu'il attendait de la vie, mais il cherchait encore, se posait des questions. À cinquante ans, il n'avait pas la même conception du bonheur qu'à trente ou à quarante. Pour Valerie, c'était pareil.

— Ça veut dire avoir une existence heureuse, tranquille, sans drame, répondit-elle, pensive. Partager ma vie avec quelqu'un, mais seulement si c'est la bonne personne. Autrement, ce n'est pas la peine, j'ai déjà donné. Avoir la santé, évidemment, mais c'est une réponse de vieux schnock. En gros, être heureuse et bien dans ma peau, avec un homme que j'aime et qui m'aime.

— C'est un beau programme !

Il eut un petit rire.

— Et vous oubliez de bons résultats d'audience pour nos émissions !

— C'est vrai, répondit-elle en riant à son tour. Mais je vous avoue que ce n'est pas à ça que je pense quand je fais une liste de vœux pour ma vie personnelle.

— Ça vous arrive souvent ? demanda-t-il, surpris.

— Pas tant que ça. La plupart du temps, je me contente de suivre mon petit bonhomme de chemin. J'écris ce genre de liste à l'occasion de mon anniversaire ou de la nouvelle année, parce que ces dates me remuent toujours. Je pense à ce que je devrais avoir, à ce que je devrais accomplir. Mais ça ne se réalise jamais. Alors, j'évite de le faire, maintenant. La vie se déroule rarement selon le scénario qu'on a prévu. De toute façon, je crois que ce n'est plus de mon âge, murmura-t-elle tristement.

— Qu'est-ce que vous racontez ?

Jack semblait abasourdi. Valerie inspira profondément avant de répondre. Elle n'avait pas peur de se montrer honnête avec lui : elle ne cherchait pas à le séduire, et elle savait qu'elle n'était pas son genre. Leur amitié lui suffisait.

— Soyons réalistes, les femmes de mon âge ne sont pas très prisées sur le marché des relations amoureuses. Aujourd'hui, les vieux de quatre-vingts ans prennent du Viagra et veulent sortir avec des jeunettes de vingt-cinq ans, comme vous. La plupart des hommes préféreraient fréquenter ma fille plutôt que moi. C'est un fait. Ajoutez à cela le succès et la notoriété, et ils s'enfuient en courant si tant est qu'ils aient fait l'effort de venir en premier lieu. Je n'ai plus beaucoup d'illusions à ce sujet.

Elle ne précisa pas que son dernier rendez-vous galant datait de trois ans et qu'elle avait oublié à quand remontait sa dernière relation sexuelle. Peut-être n'en aurait-elle plus jamais... C'était triste, mais elle ne pouvait pas non plus faire apparaître le prince charmant d'un coup de baguette magique. Par ailleurs, elle avait renoncé aux rendez-vous qu'on s'était obstiné à lui organiser avec des hommes sérieusement abîmés par la vie, très en colère, ou souffrant d'un complexe d'infériorité par rapport à elle, au point de se montrer parfois agressifs. Ces rencontres l'avaient toujours déçue et déprimée. Aucun candidat potentiel n'avait donc croisé son chemin depuis bien longtemps, malgré les injections de Botox, les longues séances chez le coiffeur, les entraînements avec son coach et la garde-robe hors de prix. Elle était vieille, un point c'est tout.

— Je consulte un cartomancien deux fois par an, confia-t-elle à Jack. Ça fait des années qu'il me répète que je vais rencontrer quelqu'un de formidable. Je crois qu'il me dit ça pour que je garde espoir. Je revenais de chez lui le matin où je vous ai vu dans l'ascenseur.

— Il doit mordre, alors, parce que vous aviez des traces de sang sur le visage, plaisanta Jack.

Il se souvenait parfaitement de leur première rencontre, malgré l'état dans lequel il se trouvait. Valerie n'était pas le genre de femme qu'on oubliait facilement.

Elle hésita un instant, avant de se mettre à rire.

— C'est mon dermatologue qui mord, précisa-t-elle. J'étais passée à son cabinet pour mes injections de Botox.

Jack fut touché par sa franchise, surprenante de la part d'une femme comme Valerie.

— Moi aussi j'ai recours au Botox, vous savez. Et alors, si ça nous donne bonne mine ? En général, je ne m'en vante pas, mais, merde, on gagne tous les deux notre vie en montrant notre tête à l'écran. Aujourd'hui, avec la haute définition, on a besoin de toute l'aide qu'on peut trouver.

— Parfaitement ! On ne peut pas mentir à la caméra. Pourtant, Dieu sait que j'essaie.

Ils rirent tous les deux de leur confession réciproque, qui ne semblait pas si choquante, à la réflexion : de nos jours, même les institutrices et les femmes plus jeunes que Valerie recouraient au Botox. Cette pratique n'était plus seulement réservée aux personnes fortunées ou aux stars de cinéma.

— J'ai un peu honte d'être obsédée par la beauté physique, continua Valerie, et je crois que ma fille me trouve bien bête. Elle ne se maquille même pas, sans doute par réaction. Mais l'apparence compte beaucoup dans notre travail. Et je me sens mieux si je parais un peu plus jeune. Ce n'est pas drôle de vieillir.

Chacun à leur façon, ils étaient confrontés à cette dure réalité depuis leur dernier anniversaire.

— Vous n'êtes pas vieille, Valerie, lui assura-t-il gentiment. On a tous cette impression, passé un certain âge. Moi aussi, je me sens décrépit. Je déteste qu'on me prenne en photo, et pourtant, quand je revois le cliché cinq ans plus tard, je me dis que j'avais l'air bien jeune à l'époque. Je ne sais pas pourquoi on est aussi obnubilés par l'âge dans notre pays. Je connais des femmes de trente ans qui se sentent vieilles. Et je suis d'accord avec votre voyant : vous rencontrerez bientôt quelqu'un de bien. Vous le méritez. Oubliez les nonagénaires, et même les octogénaires ! Ils me font concurrence à moi aussi, pour peu que leur compte en banque soit plus fourni que le mien. C'est quand même fou.

Voilà pourtant le genre de femmes qu'il fréquentait, des femmes qui ne s'intéressaient qu'à l'argent et au pouvoir. Il ne se faisait aucune illusion sur ce qui les attirait chez lui.

— Avez-vous déjà songé à sortir avec quelqu'un de plus jeune que vous ? Trente-cinq ans, par exemple. De nombreuses femmes le font. Je crois que c'est Demi Moore qui a lancé la mode. Je connais une quinquagénaire qui est avec un gars de vingt-deux ans, elle dit que c'est génial. En gros, je fais pareil avec les filles, et je peux vous assurer que la plupart du temps on s'amuse bien.

Valerie secoua la tête.

— Je me sentirais ridicule, et encore plus vieille. Les hommes jeunes ne m'attirent pas. Je les préfère mûrs. Je n'ai aucune envie de coucher avec quelqu'un qui pourrait être mon fils. Et puis, j'aimerais partager avec mon partenaire les mêmes expériences de vie, les mêmes points de vue, les mêmes soucis. Qu'aurais-je en commun avec un garçon de vingt-deux ans ? Vous ne sortez avec ces filles que pour le sexe, pas par amour. Je suis peut-être vieux jeu, mais je veux les deux. Et s'il faut renoncer à quelque chose, ce sera au sexe, pas à l'amour.

Même si pour le moment elle n'avait ni l'un ni l'autre...

Jack devinait qu'elle faisait partie de ces femmes qui savent exactement qui elles sont, ce qu'elles veulent et ce qu'elles sont prêtes à sacrifier. Mais trouver l'âme sœur n'était facile pour personne, lui compris. De son côté, il avait choisi le plaisir du sexe. Et il avait récolté une hernie discale en prime.

— Je crois que ce n'est pas seulement une question d'âge, observa-t-il. Regardez tous ces jeunes de vingt ou trente ans qui tentent de trouver l'amour par Internet. Cela démontre que c'est plus difficile de se caser aujourd'hui qu'auparavant. Les gens sont plus exigeants. Ils se connaissent mieux, grâce à la thérapie. Les femmes ne cherchent plus seulement un mari pour payer les factures – quitte à fermer les yeux sur tout le reste –, elles veulent un partenaire. Ça réduit considérablement l'éventail des possibilités. Et puis il y a les types comme moi qui déséquilibrent la balance en sortant avec des filles de vingt ans ; du coup, pour les femmes de cinquante ans, il ne reste plus que les hommes des cavernes, qui regardent la télé en buvant de la bière, ne sont jamais allés chez le psy et se fichent royalement de savoir qui ils sont.

— Quelle est la solution, alors ? demanda Valerie, perplexe.

Jack eut un large sourire tandis qu'il mettait une musique plus entraînante. Il était minuit moins cinq, et ils n'avaient pas vu passer la soirée.

— Sexe, drogue et rock and roll ! répondit-il. Non, je ne connais pas la solution. J'imagine qu'on rencontre l'âme sœur par hasard, et que ce n'est jamais la personne à laquelle on s'attendait ni que l'on pensait pouvoir aimer. C'est comme pour l'immobilier. Je cherchais une maison en grès rouge dans le quartier d'East Sixties, je ne voulais rien voir d'autre. Jusqu'au jour où mon agent m'a traîné ici de force pour visiter cet appartement. J'en suis tombé amoureux, et aujourd'hui vous ne pourriez pas m'en faire partir. Je crois qu'il faut rester ouvert. C'est ça, le vrai secret de la jeunesse, d'une vie heureuse : savoir s'émerveiller, apprendre à vivre, s'intéresser à des choses qu'on ne connaît pas et rencontrer des gens. Si l'on tombe sur la personne idéale, tant mieux. Sinon, on aura quand même passé du bon temps. Personnellement, j'ai envie de continuer jusqu'au bout d'ouvrir de nouvelles portes, que je meure demain ou dans quarante ans. Le jour où l'on commence à se replier sur soi-même, à renoncer aux opportunités qui se présentent, on est déjà mort.

— Je crois que vous avez raison, répondit Valerie avec espoir.

Elle aimait sa philosophie de vie. Jack vivait pleinement tout ce qu'il entreprenait. Il aurait pu passer son temps à se plaindre de l'expérience traumatisante qu'il venait de subir, mais il préférait aller de l'avant, profiter d'une soirée agréable avec elle, se faire une nouvelle amie. Son optimisme était communicatif.

À cet instant, Jack jeta un coup d'œil à sa montre et alluma la télévision pour voir descendre la boule de Times Square, où des milliers de personnes attendaient la nouvelle année. Il commença le compte à rebours. Dix... neuf... huit... sept... Ils souriaient tous les deux. Arrivé à « un ! », Jack la prit dans ses bras et plongea son regard dans le sien.

— Bonne année, Valerie ! J'espère que tous vos souhaits se réaliseront !

Il déposa un léger baiser sur ses lèvres et la serra contre lui.

— Bonne année à vous aussi, Jack, murmura-t-elle.

Et tandis qu'ils restaient là, enlacés, ils songèrent que cette année commençait merveilleusement bien. Ils étaient vivants !

12

Valerie déjeuna avec April peu après le Nouvel An. Elle avait fait livrer une bouteille de champagne Cristal à Jack avec un petit message : *Le plus beau réveillon de ma vie ! Merci ! Valerie.* Lorsqu'elle parla de sa soirée à sa fille, celle-ci reconnut que Jack était un type bien, même s'il fréquentait des « petites minettes tape-à-l'œil ». Les conquêtes qu'il ramenait au restaurant avaient tout l'air de croqueuses de diamants, mais cela ne semblait pas le déranger.

April fut stupéfaite lorsque sa mère lui annonça que Jack l'avait invitée au Super Bowl et qu'elle avait l'intention d'accepter.

— Mais tu détestes le sport, maman ! Tu t'y connais encore moins que moi en football américain, c'est peu dire !

— Tu as raison. Mais le soir du réveillon Jack a dit quelque chose qui me semble très vrai, sur l'importance de rester ouvert aux possibilités, de tenter des expériences nouvelles, de rencontrer d'autres personnes. C'est l'antidote contre le vieillissement. Je vais peut-être détester le Super Bowl, mais il se peut aussi que je trouve ça amusant. Jack m'a invitée en toute amitié, j'aurai ma propre chambre. Pourquoi ne pas essayer, pour changer ? Je n'ai pas envie de m'enliser dans la routine.

April était impressionnée par son attitude. Depuis l'attentat, sa mère se sentait plus réceptive, plus reconnaissante de ce que la vie lui offrait. Elle aurait pu faire partie des victimes, mais elle avait été épargnée. Cette expérience terrifiante avait eu sur elle un effet libérateur. Les petites contrariétés de l'existence lui semblaient insignifiantes, tout lui apparaissait comme un cadeau, en particulier cette amitié naissante avec Jack. Elle considérait comme une chance de pouvoir assister au Super Bowl avec une ancienne star du football. C'était peut-être ça, vieillir, expliqua Valerie à sa fille. Savoir se dire « Pourquoi pas ? ». Elle comprenait à présent que la vie devait être vécue à fond : cela ne servait à rien de rester dans son coin, trop effrayé, fatigué ou blasé pour avancer et faire des expériences. April aussi prenait un risque énorme en gardant un bébé qu'elle n'avait pas planifié. Valerie admirait son courage, même si elle s'inquiétait pour le futur et même si elle ne se sentait pas prête à devenir grand-mère.

— Ton bébé devra m'appeler Tante Valerie ou madame Wyatt, ordonna-t-elle d'un ton faussement sévère, ce qui les fit rire toutes les deux. S'il m'appelle mamie, je le renie immédiatement, et je ferai semblant de ne pas vous connaître. C'est une question d'amour-propre. À ce propos, comment te sens-tu ?

Valerie percevait une certaine mélancolie dans le regard d'April. Elle craignait que cette grossesse ne se révèle plus difficile que sa fille ne l'avait imaginé. Quelle tristesse de faire un bébé toute seule, sans père !

Valerie conservait de si bons souvenirs de l'époque où elle était enceinte et où Pat était aux petits soins pour elle... Elle aurait voulu qu'April connaisse la même joie, qu'elle ait un homme à aimer, un homme qui prenne soin d'elle. Au lieu de ça, elle travaillait autant que d'habitude, se rendait au marché aux poissons à cinq heures tous les matins pour rencontrer les pêcheurs, négociait avec les grossistes en viande pour obtenir de meilleurs prix et enchaînait les journées de vingt heures sans personne pour lui masser le dos le soir. Ce n'était pas une vie.

— Il y a quelques jours, j'ai senti le bébé bouger, répondit April, émue. Au début, j'ai cru à une indigestion avant de me rendre compte que c'était lui. On aurait dit la caresse d'un papillon. Il gigote beaucoup, maintenant.

— Comment va Mike ? Tu l'as revu ?

Valerie aimait bien le journaliste. Elle espérait qu'ils finiraient par trouver un arrangement, malgré leur mauvais départ. Mais April secoua la tête.

— Non, je n'ai pas de nouvelles. Il a disparu. Je crois que j'ai fait une bourde. On a passé une belle soirée ensemble dans un restaurant chinois, et le lendemain je l'ai fait venir chez le médecin pour voir le bébé à l'échographie. Il a paniqué. Il s'est enfui. Plus tard, il m'a envoyé un SMS pour me dire qu'il ne pouvait pas continuer. Si j'ai bien compris, il a eu une enfance terrible et il n'a pas envie de reproduire le schéma parental. Il a rompu avec sa copine il y a quelques mois uniquement parce qu'elle voulait avoir des enfants. Je pense qu'il fait partie de ces gens traumatisés à vie, à jamais incapables de s'engager dans une relation de couple.

— C'est bien joli de pleurer sur son enfance, mais ce bébé existe, et toi aussi, répliqua Valerie. Tu ne lui as pas fait un enfant dans le dos. Tu pensais être protégée, ce n'est pas comme si tu avais agi de façon déloyale. Il ne peut pas s'esquiver comme ça sous prétexte que ça le met mal à l'aise. Est-ce que tu es à l'aise, toi ? Je ne crois pas. Tu gères à la fois un restaurant et une grossesse toute seule. C'est un peu facile de s'enfuir, tu mérites mieux que ça. Il me déçoit.

Sans l'avouer, April était déçue, elle aussi. L'espace d'un fol instant, lorsque Mike avait accepté de l'accompagner chez la gynécologue, elle avait espéré qu'il participerait à l'aventure. Elle n'avait pas l'intention de le recontacter, ni de lui imposer sa présence ou celle du bébé, ni de tenter de le retenir. Ce serait une erreur. Elle devait juste se rendre à l'évidence : son enfant n'aurait pas de papa.

— C'est moi qui ai décidé de le garder, maman, rappela-t-elle. Je ne lui ai pas demandé son avis.

April se montrait réaliste : quels que soient les sentiments qu'elle éprouvait pour Mike, cela ne servait à rien de se cogner la tête contre les murs s'il ne ressentait pas la même chose pour elle ou pour leur enfant.

Lorsqu'elles se séparèrent après le déjeuner, Valerie se faisait toujours autant de souci pour April. Celle-ci se retira en cuisine, la mine sombre. Elle avait pris plaisir à voir sa mère, mais elle se sentait déprimée depuis le rendez-vous chez la gynécologue. Ils avaient passé une si bonne soirée la veille qu'elle s'était laissée aller à croire à un avenir avec lui. Or il n'y avait aucun espoir, car elle resterait toujours celle qui l'avait obligé à avoir un bébé, et il ne le lui pardonnerait pas. Leur relation était vouée à l'échec.

Jean-Pierre, le sommelier, l'observait tandis qu'elle épluchait une orange et s'asseyait à table pour vérifier des factures. Ces derniers temps, April avait remarqué des irrégularités dans celles du grossiste en viande. Il leur avait fait payer un gigot d'agneau et plusieurs rôtis de porc qui ne leur avaient jamais été livrés. Cela ne lui plaisait pas du tout.

— Voulez-vous un thé, April ? proposa Jean-Pierre.

— Avec plaisir, merci, répondit-elle, concentrée sur ses comptes.

Lorsqu'il lui tendit la tasse, elle releva la tête et sourit. Il lui avait préparé le thé à la vanille sans théine qu'elle importait de Paris et que leurs clients adoraient, accompagné d'un cookie.

— Comment vous sentez-vous ? demanda-t-il d'une voix douce.

Jusque-là, April avait tu sa grossesse, bien cachée sous son tablier. Certains avaient noté que son ventre et son visage s'étaient arrondis, mais ils pensaient simplement qu'elle avait pris un peu de poids.

— Je vais bien. Merci pour le thé, répondit-elle en mordant dans le biscuit.

— Si je peux me permettre, vous travaillez trop, April !

— Comme nous tous, répliqua-t-elle avec honnêteté. C'est ce qu'il faut pour faire tourner un bon restaurant. Une attention constante aux détails et une présence de chaque instant.

April appréciait le travail du sommelier auprès de la clientèle, ainsi que son esprit d'initiative. De son côté, Jean-Pierre éprouvait pour elle un profond respect qui frisait l'adoration. Il admirait sa capacité à dénicher d'excellents vins à des prix abordables, la passion qu'elle manifestait pour son établissement, l'atmosphère qu'elle avait su y créer. Jamais il n'avait eu autant d'estime pour un chef depuis son départ de France, alors qu'il avait travaillé avec quelques-uns des meilleurs. Âgé lui aussi de trente ans, Jean-Pierre avait été élevé et formé à Bordeaux, et il vivait à New York depuis cinq ans. Il parlait parfaitement l'anglais et possédait une carte de résident permanent. Cette dernière condition avait été essentielle aux yeux d'April pour pouvoir l'embaucher. Papa d'un petit garçon de trois ans, il venait de divorcer d'avec sa femme, une Américaine, qui l'avait quitté pour un serveur d'un restaurant français, originaire de Lyon.

— Je sais que vous gardez ça pour vous, mais j'ai remarqué les changements, ces derniers temps, dit-il tandis qu'April buvait son thé.

— Au restaurant ?

April eut un instant de panique. Elle n'avait rien noté de différent. Ce n'était pas bon signe quand le personnel voyait les problèmes avant vous. À quoi faisait-il référence ? À un vol dans la caisse ? À une baisse dans la qualité du service, de la nourriture ou de la présentation ?

— Non, non, je parle des changements en vous, répondit-il en désignant le ventre d'April. Vous avez l'air triste. Ça ne doit pas être facile pour vous.

Instantanément soulagée que le restaurant ne soit pas en cause, April ne sut quoi répondre. Elle n'avait pas envie d'admettre qu'elle était enceinte, même si tout le monde l'apprendrait bien un jour.

— Je ne pensais pas que ça se voyait, murmura-t-elle en soupirant. Disons que cette grossesse est un cadeau inattendu. N'en parlez pas aux autres employés, s'il vous plaît. Cette nouvelle risque de les inquiéter, ils vont penser que je m'occuperai moins du restaurant. Alors que ça ne sera pas le cas, rien ne changera ici, je vous l'affirme.

Jean-Pierre semblait surtout la plaindre, plus que d'avoir besoin d'être rassuré. C'était un homme sympathique et un bon sommelier, mais April ne ressentait aucune attirance pour lui. De toute façon, elle avait pour règle de ne jamais mêler vie privée et vie professionnelle. En revanche, elle avait bien compris que Jean-Pierre avait des vues sur elle, ce qu'elle trouvait déplacé.

— Et qui va s'occuper de vous ? demanda-t-il sans détour.

— Je n'ai besoin de personne. Je me suis toujours débrouillée seule, répondit-elle en souriant.

— Ce n'est pas si facile, avec un enfant. Surtout maintenant.

Elle acquiesça d'un signe de tête. Cette conversation la gênait.

— Et le père du bébé ?

— Il n'y aura pas de père.

— C'est bien ce que je me disais.

Jean-Pierre avait deviné qu'il s'agissait de Mike Steinman : la manière dont April le regardait ne lui avait pas échappé. Jean-Pierre savait aussi que Mike n'était pas revenu depuis qu'il avait été invité au réveillon de Noël, ce qui n'augurait rien de bon. La tristesse dans les yeux d'April disait le reste. Cela lui brisait le cœur de la savoir livrée à elle-même dans son état.

— Si je peux faire quelque chose pour vous, n'hésitez pas à me demander, dit-il gentiment. Je vous trouve formidable, vous êtes super avec tout le monde. On vous aime tous, ici.

Il ne précisa pas que son amour à lui dépassait le cadre strictement professionnel, même s'il aurait pu facilement l'avouer avec un peu d'encouragement de la part d'April. Elle se garda bien de lui en donner, ne voulant pas l'induire en erreur. Jean-Pierre était vulnérable depuis son divorce : il devait se sentir seul sans sa femme et son enfant.

— Merci, mais je n'ai pas besoin d'aide, répondit-elle simplement, en espérant clore la discussion une bonne fois pour toutes.

— Je suis là, au cas où, répéta-t-il avant de disparaître dans la cave à vin.

Jean-Pierre en avait dit assez. Il avait fait savoir à April qu'il l'appréciait en tant que personne et ne demandait qu'à l'aimer en tant que femme, si elle lui en laissait la possibilité. Il espérait qu'elle changerait d'avis un jour, peut-être quand le bébé serait né. Il était prêt à attendre le temps qu'il faudrait.

Pour April, c'était exclu : elle voulait Mike, sinon elle préférait rester seule. Elle ne s'imaginait pas entamant une relation de couple avec quelqu'un alors qu'elle portait l'enfant d'un autre. Sa vie lui semblait assez compliquée sans qu'elle y ajoute un deuxième homme.

Quand Jack téléphona à Valerie au bureau dans l'après-midi, elle était en plein entretien et lui dit qu'elle le rappellerait plus tard. Il en conclut qu'elle recevait un invité pour son émission, mais, en réalité, elle se trouvait en face d'une jeune femme prénommée

Dawn que le département des ressources humaines lui avait envoyée comme remplaçante éventuelle de Marilyn. Valerie ne savait pas si elle devait rire ou pleurer. Dawn, vingt-cinq ans, arborait un piercing dans le nez et un petit diamant juste au-dessus de la lèvre. Ses cheveux, teints en noir de jais avec des mèches bleu roi, tenaient tout droit sur sa tête grâce à du gel, et ses bras étaient recouverts de personnages de dessins animés colorés. Une rose rouge était également tatouée au dos des deux mains. Elle portait néanmoins une tenue impeccable – jean, talons hauts et pull noir à manches courtes – et elle semblait intelligente. Toujours est-il qu'elle n'avait rien de commun avec l'assistante que Valerie avait tant appréciée. Comme elle regrettait Marilyn !

Dawn expliqua qu'elle avait travaillé à Londres après l'obtention de son diplôme de journalisme à Stanford : d'abord à *Vogue* comme rédactrice, puis pour le magazine de décoration *The World of Interiors*. La vie en Angleterre étant devenue trop chère, elle avait décidé de revenir à New York. Elle n'avait pas d'expérience dans le milieu de la télévision, mais elle avait travaillé pour sa mère, architecte d'intérieur à Greenwich dans le Connecticut, durant tous les étés de ses années de lycée et d'université. Le monde de la décoration ne lui était donc pas étranger. Valerie s'efforçait d'oublier son look, mais le diamant au-dessus de sa lèvre ne cessait d'attirer son regard. La jeune femme n'avait vraiment rien d'une enfant de Greenwich, une des villes les plus riches du pays, très bon chic bon genre ! En revanche, elle répondit à ses questions avec franchise et perspicacité, et fit plusieurs commentaires pertinents sur l'émission, si bien qu'à la fin de l'entretien Valerie ne voyait aucune raison de ne pas l'embaucher, si ce n'est son apparence, ce qui n'était pas un argument recevable.

— Je suis désolée pour votre assistante, ajouta Dawn en se levant. Ça ne doit pas être facile pour vous de trouver quelqu'un d'autre après avoir travaillé si longtemps avec elle.

En plus d'être intelligente, elle avait de bonnes manières et dégageait une impression de sérénité. Sans les tatouages, les piercings et les cheveux bleus, Valerie l'aurait adorée.

— Oui, c'est dur. Cette prise d'otages a été un drame terrible. Nous avons perdu onze personnes.

Dawn acquiesça respectueusement. Lorsqu'elle lui serra la main, Valerie trouva son geste assuré, sans être présomptueux. Elle se demanda soudain si le style de la jeune femme, à l'opposé du sien, avait réellement de l'importance.

— Je voudrais ajouter que cela ne me dérange pas de travailler tard le soir, conclut Dawn. Je suis une bûcheuse. Je n'ai pas de petit ami, et je vis en ville. Je peux venir le week-end, s'il le faut.

Malgré son allure improbable, cette candidate possédait de nombreuses qualités : elle se montrait vive, intelligente, volontaire. Valerie était prête à parier que sa fille l'aurait appréciée. Mais April pouvait se permettre d'avoir quelqu'un d'aussi excentrique en cuisine, alors que Valerie cherchait une assistante qui serait amenée à rencontrer les invités de son émission. Valerie s'efforça de garder l'esprit ouvert. Elle expliqua à la jeune femme que le bureau des ressources humaines la contacterait prochainement pour lui donner une réponse. Elle avait besoin de temps pour réfléchir.

Une demi-heure plus tard, elle décrocha le téléphone en soupirant et appela la DRH.

— Alors, qu'en avez-vous pensé ?

Dawn était la première candidate que Valerie recevait. Outre son brillant CV, elle avait d'excellentes références.

— J'en pense qu'elle a la tête bien faite, mais un look pas possible. Je déteste ses piercings, ses cheveux et ses tatouages.

— Je m'en doutais. C'est l'antithèse de Marilyn, mais elle m'a plu. Elle a tout ce qu'il faut pour être une parfaite assistante, si on ne s'arrête pas à l'apparence ! J'ai voulu lui laisser une chance de vous convaincre de l'embaucher, même si je savais que vous ne la prendriez pas. Ne vous inquiétez pas, Valerie, je lui dirai que ce n'est pas possible. Elle n'y croyait pas vraiment de toute façon. Elle sait bien que tout le monde ne rêve pas d'une assistante aux bras couverts de personnages de dessins animés. Cela dit, j'ai trouvé Titi et la Fée Clochette assez mignons, plaisanta la DRH.

— Elle regrettera tout ça quand elle aura cinquante ans, observa Valerie. Mais je vais la prendre quand même. Je l'aime bien, elle est intelligente. Je peux m'accommoder de Titi et de la Fée Clochette. L'important, c'est qu'elle fasse bien son boulot, et je crois qu'elle en est capable. Elle ne connaît rien aux mariages et aux réceptions, mais elle a de l'expérience en décoration intérieure. Je lui apprendrai le reste.

Valerie se souvenait fort bien qu'elle avait agi de même avec Marilyn, qui travaillait dans l'enseignement avant de venir la rejoindre.

— Vous plaisantez ? demanda la DRH, tout à la

fois surprise et impressionnée par l'esprit d'ouverture de Valerie, un trait de caractère qu'elle ne lui connaissait pas.

— Je suis sérieuse. Quand peut-elle commencer ?

— Elle se dit prête à venir dès demain, mais si ça ne vous dérange pas, je préférerais attendre la semaine prochaine pour qu'on ait le temps de s'occuper des formalités d'embauche.

— Ça me va.

— Je crois que vous faites le bon choix.

— J'espère. On verra bien, répondit Valerie avec optimisme.

Dès qu'elle eut raccroché, elle rappela Jack, qui s'excusa de l'avoir dérangée.

— Pas de problème. Je faisais passer un entretien pour le poste d'assistante, expliqua-t-elle en poussant un soupir.

Elle se laissa aller en arrière dans son fauteuil en tentant de ne pas trop penser à Marilyn, qui lui manquait tellement.

— Ça doit être dur pour vous. On cherche aussi quelqu'un pour remplacer Norman, mais pour le moment on n'a trouvé personne. Ça me déprime rien que de penser à travailler avec un assistant qui ne soit pas Norman.

— Moi aussi. Mais j'ai pris la décision d'embaucher la jeune femme que j'ai vue. Avec ses piercings et ses cheveux bleus, elle semble tout droit sortie d'un film d'anticipation ou du *Meilleur des mondes*. Mais je me suis dit : pourquoi pas ? Diplômée de Stanford, avec de très bonnes références, elle est prête à travailler le soir et le week-end. Elle a des tatouages en nombre sur les bras et elle ne porte même pas de manches longues pour les cacher. Au moins, elle joue franc jeu !

Jack éclata de rire. Il n'imaginait pas Valerie avec une telle assistante.

— Si ça se trouve, elle sera super.

— J'espère bien !

Jack l'invita à venir chez lui visionner un film.

— Je suis en congé jusqu'au Super Bowl, et je m'ennuie à mourir, expliqua-t-il. Mais je suis censé reposer ma jambe pendant encore quelques semaines. J'ai l'impression d'être grabataire. Aujourd'hui, j'ai regardé des séries à l'eau de rose et des émissions de télé-réalité toute la journée.

— Dire que moi, je croule sous le boulot ! On prépare l'émission de la Saint-Valentin et je commence à me pencher sur les mariages dès à présent. On a un rythme de folie.

— Est-ce que ça veut dire non, pour ce soir ? demanda-t-il avec une touche de déception dans la voix.

Valerie n'hésita pas longtemps. Jack avait raison, il fallait profiter de la vie et savoir entretenir ses nouvelles amitiés. De plus, il s'agissait d'un film qu'elle avait raté au cinéma.

— Non, ça veut simplement dire que je me plains de tout le travail que j'ai à faire. Au fait, j'ai déjeuné avec April ce midi, elle m'a demandé de vous saluer.

Valerie se garda bien de répéter à Jack que sa fille avait évoqué les innombrables copines qu'il amenait au restaurant.

— C'est gentil de sa part. Vous lui direz bonjour pour moi, la prochaine fois ? Il faut que je retourne la voir pour qu'elle me prescrive un peu de sa purée miraculeuse. Je devrais peut-être en étaler directement sur ma jambe !

Jack ne se plaignait jamais de sa blessure. Valerie savait que sa carrière de footballeur l'avait habitué à supporter la douleur de manière stoïque.

— Je peux lui demander de vous en faire livrer, si vous voulez.

— Si je passe trois semaines à regarder la télé en mangeant de la purée et du gratin de pâtes, je vais peser deux cents kilos quand arrivera le Super Bowl. J'aurai l'air de quoi, à l'antenne ? Ça me rend dingue de ne pas pouvoir faire d'exercice, mais le médecin me l'interdit pour l'instant.

En temps normal, Jack était très actif, même si sa hernie discale avait ralenti ses activités sportives deux mois plus tôt. Il craignait de s'empâter.

— Alors, ça vous dit, un dîner et un film ?

— Avec grand plaisir. Pas trop tôt, en revanche. Vingt heures trente, cela serait possible ?

Valerie avait prévu de travailler chez elle ce soir-là, mais elle pouvait prendre un peu d'avance en restant plus tard au bureau. Elle songea qu'il n'était pas facile de concilier vie sociale et vie professionnelle... Jusque-là, elle avait toujours favorisé la seconde.

— Super, répondit Jack. C'est ce que j'allais vous proposer, de toute façon, car j'ai une séance de kiné à dix-neuf heures.

— Parfait. Voulez-vous que j'achète quelque chose à manger ?

— Ne vous tracassez pas, je nous ferai livrer le repas. Ça, je sais très bien faire, dit-il en riant. À tout à l'heure !

Ils raccrochèrent d'humeur joyeuse à l'idée de

passer du temps ensemble. Valerie avait de nombreuses connaissances, mais toutes étaient aussi prises qu'elle. Jack, qui sortait beaucoup habituellement, se retrouvait confiné chez lui et désœuvré. Valerie lui rendait visite pendant sa convalescence avec grand plaisir, c'était la moindre des choses après ce qu'il avait fait pour elle.

En quittant les studios, elle s'arrêta chez un libraire pour lui acheter un livre et un magazine. N'ayant pas eu le temps de faire un crochet par son appartement pour se changer, elle se présenta directement chez lui, un peu fatiguée et essoufflée, vêtue d'un pantalon décontracté, d'un pull, d'une parka et de chaussures plates (elle n'était pas passée à l'antenne ce jour-là). Depuis son déjeuner avec April, elle n'avait pas eu une minute à elle pour se recoiffer ou se remaquiller. Elle avait passé tout son temps à sa table de travail, à choisir les thèmes de ses futures émissions, à sélectionner des échantillons et à réfléchir à des invités potentiels. Le début de l'année correspondait à une intense période de planification. L'arrivée de Dawn la semaine suivante lui serait d'un grand secours. Il ne restait plus qu'à espérer que la jeune femme se révélerait aussi efficace qu'elle en avait donné l'impression lors de l'entretien.

Jack accueillit Valerie en survêtement et pieds nus, soutenu par ses béquilles. Un CD tournait sur la chaîne, de délicieuses odeurs s'échappaient de la cuisine. Il avait commandé de la nourriture indienne, épicée pour lui et plus douce pour elle, ne connaissant pas ses goûts.

— Mmm, ça sent bon ! s'exclama-t-elle en quittant sa veste.

Comme le soir du réveillon du Nouvel An, elle le

suivit à la cuisine et mit la table – elle savait à présent où était rangée la vaisselle.

— J'ai presque l'impression d'habiter ici ! plaisanta-t-elle.

Ils commencèrent à dîner, poursuivant une conversation animée sur ce qu'elle avait fait dans la journée, puis sur un scandale qui venait d'éclater dans le monde du football. Jack prévoyait d'y consacrer une émission une fois remis sur pied. Ils abordèrent aussi les histoires internes à la chaîne, toujours très compliquées. Selon certaines rumeurs, le directeur s'apprêtait à partir, et le personnel s'inquiétait des conséquences que cela pourrait avoir. Eux n'avaient a priori rien à craindre : les dirigeants de la chaîne n'avaient aucun intérêt à remercier Valerie Wyatt ou Jack Adams. Leurs audimats les mettaient à l'abri d'une mauvaise surprise... même si on ne pouvait jamais jurer de rien.

Ils évoquèrent plusieurs fois la prise d'otages, qui faisait encore la une des journaux. Partout au Moyen-Orient, les organisations officielles s'indignaient du tort que cet attentat avait causé à leur image et redoutaient l'impact négatif sur leurs relations avec les États-Unis. Toutes avaient exprimé leurs condoléances aux familles des victimes. Le président et le gouverneur de l'État tentaient de rassurer la population en affirmant qu'un tel acte n'avait aucune chance de se reproduire, mais Jack et Valerie n'étaient pas dupes. Le risque zéro n'existait pas. Pour ceux qui, comme eux, avaient survécu à cette tragédie, le pire avait été de perdre leurs amis et collaborateurs.

À la fin du repas, détendus, ils montèrent au salon. Ils avaient tant de choses à se dire qu'ils en oublièrent le film. À la place, ils regardèrent quelques minutes d'une émission de football que Jack avait enregistrée, et il lui expliqua certaines tactiques de jeu pour la préparer au Super Bowl.

— Vous venez toujours, hein ?

— Je ne manquerais ça pour rien au monde, Jack, répondit-elle en souriant. Ma fille était surprise que j'accepte. Mais j'aime votre idée d'explorer de nouvelles pistes. Je lui en ai parlé à midi. Elle est au four et au moulin en ce moment, ajouta-t-elle sans donner davantage de précisions.

Valerie était tentée de lui annoncer que sa fille était enceinte, mais elle n'en fit rien : elle n'acceptait pas l'idée qu'elle allait devenir grand-mère. Peut-être aurait-elle un déclic lorsqu'elle verrait le bébé, mais pour l'instant elle vivait cette grossesse comme une atteinte à l'image de jeunesse qu'elle voulait offrir aux autres et une nouvelle raison de s'inquiéter pour April.

— Comme d'habitude. Mais votre fille est extrêmement compétente, tout doit être réglé comme une pendule dans son restaurant. J'imagine qu'elle tient ça de vous.

Jack avait deviné que Valerie était une femme très méthodique. Lui-même abordait son travail avec un peu moins de rigueur, mais cela ne l'empêchait pas d'être efficace. Sauf en ce moment, bien sûr... Il allait devenir fou à force de rester enfermé. Avant l'arrivée de Valerie, il avait travaillé dur avec son kiné, dans la salle de sports de son appartement. La balle avait fait plus de dégâts qu'il ne le pensait ; sa jambe restait encore très faible et douloureuse.

Lorsqu'ils furent à court de sujets de conversation, ils s'aperçurent avec étonnement qu'il était déjà minuit. Valerie s'emmitoufla dans sa parka. Il faisait froid dehors, la neige s'était mise à tomber dans la soirée. Depuis les fenêtres du bureau, New York ressemblait à une carte de Noël. Jack eut l'air triste quand elle s'apprêta à partir, mais il semblait également épuisé.

— Je suis désolé de ne pas pouvoir vous raccompagner. Vous devriez rentrer en taxi, il est tard.

— Ne vous inquiétez pas pour moi. Ça me fait du bien de prendre l'air.

La ville était tellement jolie, sous la neige… Il fallait en profiter avant que tout ne devienne boueux le lendemain.

— Merci d'être venue me voir, dit Jack avec un air juvénile, tandis qu'il l'attirait vers lui en s'appuyant sur sa jambe valide. J'aime bien passer du temps avec vous, Valerie.

— Moi aussi.

Elle esquissa un sourire, tout en s'interrogeant sur les ondes nouvelles qui émanaient de lui. Probablement rien de plus que le plaisir d'être ensemble. Ils avaient de l'amitié l'un pour l'autre, ils se sentaient seuls tous les deux. Sans compter que la prise d'otages les avait profondément bouleversés. Valerie angoissait chaque fois qu'elle pénétrait dans l'immeuble de la chaîne. Jack, lui, n'était sorti qu'une seule fois pour dîner avec elle chez April ; il préférait visiblement rester en sécurité dans son cocon. Les médecins les avaient prévenus qu'ils risquaient de subir le contrecoup psychologique de ce traumatisme pendant plusieurs mois, voire une année entière.

— Voudriez-vous revenir demain ? demanda Jack sans lâcher la veste de Valerie, comme s'il craignait qu'elle ne s'enfuie.

Elle se mit à rire. L'expression de son regard la touchait.

— Vous allez vous lasser de moi si je viens tous les jours, gros bêta !

— On n'a pas regardé le film. On pourrait le visionner demain soir.

Ce ton implorant ne lui ressemblait pas. Valerie songea que c'était peut-être un signe de stress post-traumatique.

— La chaîne organise un dîner demain soir. Je dois y aller, répondit-elle avec regret.

— Ah oui, c'est vrai, j'étais censé m'y rendre aussi. Je crois que mon médecin ne sera pas d'accord. De toute façon, je déteste ces soirées.

— À qui le dites-vous ! Mais ça fait partie de nos obligations. Je n'ai pas reçu une balle dans la jambe, moi. Vous, au moins, vous avez une excuse.

— Je vous appellerai, conclut Jack.

Ils s'embrassèrent sur la joue, puis Valerie partit.

Alors qu'elle descendait la Cinquième Avenue déserte en songeant à l'agréable soirée qu'ils venaient de passer, son téléphone sonna. Elle crut un instant qu'il s'agissait d'April – sa fille l'appelait souvent après la fermeture du restaurant. C'était Jack.

— Bonsoir, dit-elle, sentant sur son visage la caresse mouillée des flocons de neige. J'ai oublié quelque chose ?

— Non. Mais je pensais à vous et je voulais vous faire un petit coucou. Comment est la neige ?

— Splendide. Vous pourrez bientôt en profiter, patience, répondit-elle avec un grand sourire.

Voilà bien longtemps qu'un homme ne l'avait pas appelée sans raison, alors qu'il venait de la quitter.

— Valerie, je vous aime beaucoup, déclara-t-il de but en blanc. J'adore parler avec vous, passer du temps en votre compagnie. Et vous êtes un vrai... cordon-bleu.

— Je peux vous retourner le compliment, mon cher. Heureusement qu'il existe des plats à emporter !

Elle se trouvait à mi-chemin entre l'immeuble de Jack et le sien. De l'autre côté de la rue, Central Park étincelait sous un manteau de neige.

— Moi aussi, je m'amuse bien avec vous, ajouta-t-elle tandis qu'elle était arrêtée à un carrefour.

— Et s'il se passe quelque chose entre nous ? l'interrogea Jack.

— Quoi, par exemple ? demanda-t-elle distraitement, comme le feu changeait de couleur.

— Le genre de chose qui arrive entre une fille et un garçon.

Valerie sourit, amusée par la fraîcheur de sa réponse.

— Ça paraît un peu fou, non ? Je suis assez vieille pour être la mère des filles avec qui vous sortez.

Ou pire, la grand-mère. Cette pensée lui fit froid dans le dos. Les femmes que Jack fréquentait avaient quarante ans de moins qu'elle...

— Et alors ? répliqua-t-il. Tomber amoureux, ce n'est pas une question d'âge, mais de personnes. Ces filles ne sont pas faites pour moi. Elles sont un passe-temps – du moins, elles l'étaient. Un simple entraînement. Vous êtes le Super Bowl, belle Valerie.

— On ne me l'avait jamais faite, celle-là ! s'exclama-t-elle en riant, tout en sachant que, venant de lui, c'était un compliment. Je ne sais pas, Jack. Ce serait idiot de gâcher notre amitié.

— Et si ça ne la gâchait pas ? Si ça se passait bien, pour vous comme pour moi ?

— J'imagine alors que ce serait une bonne chose.

Valerie trouvait qu'il était trop tôt pour se poser la question. De plus, elle ne voulait pas être une simple aventure entre deux jeunettes.

— On peut garder ça à l'esprit, suggéra Jack d'une voix douce. Qu'en pensez-vous ?

— Ça me semble intéressant, répondit-elle dans un murmure.

— Et envisageable ? insista Jack.

— Peut-être.

Elle estimait néanmoins qu'il était trop jeune et elle trop vieille. Dix ans de différence, cela lui semblait beaucoup, vu le passé et le style de vie de Jack.

— C'est tout ce que je voulais savoir, conclut-il joyeusement.

— Vous voyez quelqu'un en ce moment ? lui demanda Valerie à brûle-pourpoint.

— Non. Et vous ?

Au regard de ce qu'elle lui avait confié, Jack était presque certain qu'elle ne fréquentait personne, mais cela ne coûtait rien de s'en assurer. Parfois, de vieux amants traînaient dans les parages et réapparaissaient l'espace d'une nuit. C'était toujours bon à savoir.

— Non, je suis seule.

— Alors, nous sommes libres comme l'air. Nous verrons bien où tout cela nous mènera.

Leur situation actuelle convenait parfaitement à Valerie. Elle n'était pas enchantée à l'idée de transformer cette relation amicale, qu'ils commençaient tout juste à construire, en jeu de séduction.

— Ça me plaît qu'on soit amis, avoua-t-elle.

— Vous avez raison, on va en rester là pour l'instant. Où êtes-vous ?
— Je viens d'arriver en bas de chez moi, répondit-elle, un peu essoufflée à cause du froid.
— Rentrez vite au chaud. Je vous appellerai demain. Bonne nuit !
— Bonne nuit à vous.

Valerie pénétra dans l'immeuble en songeant qu'elle ne voulait pas commettre une erreur qu'elle risquait de regretter. Elle aimait Jack, beaucoup. Elle repensa alors à la philosophie de vie qu'il professait, selon laquelle il faut avoir le courage de s'ouvrir à de nouveaux horizons. S'engageraient-ils un jour dans une voie sentimentale ? Elle n'en savait rien, n'était pas sûre d'en avoir envie. Mais elle aimait se dire que cette porte était là, prête à être ouverte.

13

Valerie et Jack se revirent plusieurs fois avant le Super Bowl. Ils dînèrent chez lui et au restaurant d'April, mais aussi dans une pizzeria, pour changer. Ils allèrent au cinéma, dans une galerie d'art de Soho où exposait un artiste que Valerie connaissait, et au Lincoln Center voir une pièce de théâtre. Ils ne s'ennuyaient jamais ensemble, bavardaient sans discontinuer de tout et de rien. Ils tissaient peu à peu des liens d'amitié solides.

Une semaine avant le Super Bowl, au cours d'une cérémonie très médiatisée au City Hall, le maire de New York remit à Jack la médaille d'honneur de la ville pour acte de courage envers ses concitoyens en situation de grand danger. Le gouverneur, un de ses fans de la première heure, assista à l'événement, qui fut couvert par toutes les chaînes de télévision.

Jack avait invité Valerie et April. Greg, son fils, fit le déplacement depuis Boston. Valerie trouva le jeune homme charmant : grand, à l'allure soignée, il était aussi beau que son père et sembla très fier de lui lorsqu'on lui remit l'insigne. Ils bavardèrent un moment tous les quatre, puis Jack fut appelé pour la séance de photos avec le maire et le gouverneur. Il avait troqué ses béquilles contre une canne.

La cérémonie fut riche en émotions, en particulier lors de la minute de silence observée pour les victimes. Valerie et sa fille pleurèrent. April tremblait encore à l'idée qu'elle avait failli perdre sa mère.

Sous son épaisse doudoune, sa grossesse, malgré son ventre qui commençait à s'arrondir, ne se voyait pas encore. April était enceinte de presque cinq mois, n'avait pas eu de nouvelles de Mike depuis plus de trois semaines. Elle craignait de ne plus jamais en avoir. Elle avait beau n'avoir rien attendu de sa part, il s'était révélé si sympathique et séduisant qu'elle regrettait à présent son absence. Son état la rendait émotive. Contrairement à ses habitudes, elle pleurait beaucoup et se sentait fragile et vulnérable, ce qui ne manquait pas de la déstabiliser. Selon son médecin, cette sensibilité, imputable aux hormones, était exacerbée par la nouveauté de sa situation. April n'avait aucun repère auquel se référer.

— Je ne pleurais jamais, avant, confia-t-elle à sa mère dans le taxi qui les ramenait de City Hall.

— Mais tu n'as jamais été enceinte non plus, qui plus est d'un type qui refuse de te soutenir moralement.

Valerie était contrariée par l'attitude de Mike. Elle en avait discuté plusieurs fois avec Pat, qui partageait son sentiment et se disait prêt à en toucher deux mots à l'intéressé. Valerie doutait que ce soit une bonne idée de s'immiscer dans la vie privée d'April. Cela risquait de la mettre en colère, si elle venait à l'apprendre. Ils regrettaient tellement que leur fille attende son premier enfant dans des conditions aussi difficiles...

Mais April se montrait courageuse, elle ne se plaignait pas. Elle travaillait toujours autant. Jean-Pierre l'aidait dès qu'il le pouvait, parfois même trop, au point de la mettre mal à l'aise. April n'avait pas envie de profiter de lui ni de l'encourager. Elle avait bien d'autres soucis en tête.

Dans le taxi, elles évoquèrent aussi le Super Bowl. April n'en revenait pas que sa mère ait accepté d'y assister. Au moins, Valerie avait le mérite de se lancer dans l'inconnu. Elle et Jack semblaient être proches depuis qu'ils avaient partagé la sinistre expérience de la prise d'otages. Ils se tutoyaient maintenant. April savait qu'ils passaient beaucoup de temps ensemble, mais elle n'imaginait pas que cela puisse aller plus loin. Ils étaient amis, voilà tout. Et c'est ce que Valerie pensait, elle aussi. Elle n'avait pas envie de gâcher une si belle relation.

Le Super Bowl bénéficiait d'un intense battage médiatique : tout le monde ne parlait que de la finale du championnat de football américain. À l'approche de la date fatidique, Jack s'était remis à marcher, même s'il avait toujours besoin d'une canne. La chaîne lui avait demandé de mener plusieurs interviews d'avant-match avec les principaux joueurs et les entraîneurs de chaque équipe. De nouveau sur le pont, il se donnait à fond.

Un jour, il passa la tête dans le studio de Valerie alors qu'elle était en pleine séance d'enregistrement. Il lui fit un signe de la main et disparut. Ils ne se voyaient jamais au travail, étant l'un comme l'autre débordés.

Tout allait bien pour Valerie sur le plan professionnel. Dawn se révélait très efficace. La jeune femme venait de se teindre les cheveux en violet, mais Valerie s'en amusait. Elle s'attachait de plus en plus à elle.

Pour Jack, retourner dans les locaux de la chaîne avait été plus difficile qu'il ne le pensait. Hanté par les images de la scène de panique dans le hall au moment de la libération des otages, il était arrivé dans son bureau pâle et bouleversé. Norman, son assistant de production, lui manquait cruellement. L'absence des collègues disparus plombait l'atmosphère. Valerie avait aussi perdu dans son équipe un cameraman, en plus de Marilyn. Quelques semaines plus tôt, une cérémonie à la mémoire des victimes avait eu lieu dans le hall de l'immeuble. Même Dawn avait pleuré, alors qu'elle n'avait pas connu Marilyn : elle se sentait un lien particulier avec l'ancienne assistante à travers tout ce que Valerie lui racontait d'elle. Les rescapés ne s'étaient pas encore remis de cette expérience traumatisante, mais ils faisaient de leur mieux pour tourner la page et aller de l'avant. Ils n'aimaient pas en parler entre eux. Leur peine était bien trop vive.

La veille de leur départ pour le Super Bowl, Jack rappela à Valerie tout ce dont elle aurait besoin. Il y avait des réceptions prévues les deux soirs du week-end, ainsi que d'autres points forts en journée. Pendant l'émission qu'elle avait consacrée à l'événement, Valerie avait annoncé avec humour qu'après avoir passé des années à expliquer aux autres comment organiser une fête pour le Super Bowl elle allait enfin assister au match en personne.

Valerie ne risquait pas de passer inaperçue : sa présence à Miami aux côtés de Jack représentait un événement majeur pour la chaîne, qui tenait à l'exploiter pleinement. Il était même prévu que Jack l'interviewe brièvement pendant l'un de ses reportages. Valerie avait donc besoin de tenues pour chacune de ses apparitions, pour les soirées comme pour le match, puisqu'elle serait aussi filmée à ce moment-là. Lorsqu'elle annonça à Jack qu'elle embarquerait à bord de l'avion privé avec trois valises pleines à craquer, il leva les bras au ciel.

— Trois valises ? Tu plaisantes ? Je n'en prends qu'une, alors que je serai à l'antenne tous les jours !

— Oui, mais tu n'as pas besoin de manteaux, de chaussures et de sacs à main assortis, répliqua-t-elle avec désinvolture.

— Bon sang, Valerie, les filles qui m'accompagnent d'habitude au Super Bowl se contentent d'une minijupe et d'un soutien-gorge en strass !

— J'imagine. Tu peux encore partir avec une autre femme, ce n'est pas trop tard.

— Non, finalement je préfère les manteaux et les sacs à main assortis. Au moins, je sais que tu sauras te tenir et que tu ne me vomiras pas dessus après t'être soûlée à la bière.

— C'est sûr, c'est un avantage non négligeable, concéda-t-elle en riant.

À présent, il tardait à Valerie de partir. Ils devaient s'envoler le lendemain matin pour Miami, où ils seraient logés au Ritz-Carlton du quartier de South Beach. Valerie n'avait pas mis les pieds dans cette ville depuis des années. Elle ne s'était jamais vraiment souciée du Super Bowl, événement pourtant majeur de la culture américaine, si ce n'est de manière indirecte pour guider les téléspectateurs dans l'organisation de leur soirée. Le sport n'était pas son domaine. Mais grâce à Jack, qui avait commencé son éducation footballistique, elle connaissait maintenant les noms des principaux joueurs et des deux entraîneurs, et pouvait nommer certaines tactiques sans se tromper. Il les lui avait expliquées à l'aide de vidéos. Valerie avait été une élève attentive et studieuse.

Greg, le fils de Jack, avait prévu de venir de Boston avec trois amis. Il rejoindrait son père et Valerie sur place, mais séjournerait dans un autre hôtel. S'il s'intéressait peu au sport, il aimait néanmoins assister au Super Bowl car cela lui rappelait l'époque où, enfant, il regardait son père jouer.

Le vendredi matin à six heures, Jack passa chercher Valerie à bord d'une limousine. Une heure plus tard, ils embarquaient dans l'avion privé de la chaîne à l'aéroport de Teterboro, en compagnie de Bob Lattimer, le directeur, et de sa femme Janice. Originaire du Texas, celle-ci était incollable en football, son père ayant été entraîneur d'une équipe universitaire. Pendant le vol, elle compléta donc la formation de Valerie, en échange de ses conseils pour le mariage de sa fille, prévu en juin.

Durant tout le trajet, Bob, à la fois excité et détendu, causa football avec Jack. Les deux hommes discutèrent des meilleurs joueurs, des forces et des faiblesses des deux équipes prétendant au titre, et de celle qui, selon eux, gagnerait. Valerie avait l'impression de suivre un stage en immersion totale, et elle sourit à Jack, assis de l'autre côté de l'allée. Elle portait un pantalon blanc, un twin-set bleu en cachemire, des ballerines Chanel blanches à bout doré ainsi que des boucles d'oreilles en diamant, et avait également prévu un manteau en cachemire blanc. Elle aurait pu poser pour le magazine *Vogue*.

— Tu es ravissante ! lui murmura Jack tandis qu'ils

descendaient de l'avion sous les flashs des photographes. Merci d'avoir joué le jeu.

Tout avait été organisé à l'avance. La chaîne voulait tirer le meilleur parti de la présence conjointe de ses deux grandes stars. Valerie savait parfaitement dans quoi elle s'engageait : elle connaissait le déroulement des festivités et en avait accepté les conditions.

Jack avait belle allure, lui aussi, avec son blazer, sa chemise bleue au col ouvert, son pantalon gris et ses chaussures en alligator qu'il portait sans chaussettes, le temps étant assez clément. Sexy, décontracté, il pouvait enfin se tenir droit, et il se passa même de sa canne pour les photos. À côté de Valerie, il paraissait immense et imposant. Ils accordèrent quelques mots à la presse – Jack décrivit Valerie comme un dignitaire en visite qui apporterait un peu de classe à l'événement, ce qui fit rire tous les journalistes. Pas une seule insinuation ne fut faite sur une possible idylle entre les deux célébrités : l'idée ne serait venue à personne. Jack était le commentateur vedette du Super Bowl, et Valerie ne faisait que l'accompagner. Elle se réjouissait de le voir à l'œuvre dans son domaine.

Une limousine les attendait pour les conduire à l'hôtel. De leur côté, Bob et Janice Lattimer seraient logés dans une maison avec domestiques dans le quartier de Palm Island.

Il fallut une demi-heure depuis l'aéroport pour rejoindre le Ritz-Carlton, où ils furent, là encore, accueillis par des journalistes. Visiblement, la venue de Valerie Wyatt constituait un événement majeur, même si d'autres célébrités étaient attendues pendant le week-end.

Leur emploi du temps prévoyait un déjeuner dans

l'établissement The Restaurant, après une conférence de presse à laquelle Jack était censé prendre part, et où Valerie devait faire acte de présence. L'après-midi, pendant que Jack assisterait à plusieurs réunions, elle comptait occuper son temps en faisant du shopping. Dawn, qui, à son grand étonnement, connaissait Miami, lui avait indiqué les endroits où aller.

Jack et Valerie disposaient de deux immenses suites qui se faisaient face. Dans celle de Valerie, le salon était décoré avec élégance et jouissait d'une vue spectaculaire sur Miami et l'océan. La chambre était spacieuse. Malgré son planning chargé, Jack prit le temps de traverser le couloir pour s'assurer qu'elle était bien installée.

— Ça va, Valerie ? Tout est comme tu veux ?

— C'est superbe, répondit-elle avec un grand sourire. Je me sens vraiment gâtée.

Jack était agréablement surpris : certaines femmes se comportaient comme des divas, se plaignant toujours de tout. Valerie, elle, appréciait à leur juste valeur les attentions de la chaîne et trouvait parfaite la suite qu'on lui avait réservée.

— Je peux faire quelque chose pour t'aider ? demanda-t-elle.

Jack s'assit en soupirant. Sa jambe lui faisait mal, même s'il ne voulait pas l'admettre. Il avait peut-être l'air en forme, mais il n'avait pas encore récupéré toutes ses forces.

— Je veux bien que tu ailles à ces réunions à ma place, répondit-il. Pendant ce temps, je piquerai une tête dans la piscine, et après j'irai me coucher.

Valerie ne put s'empêcher de rire.

Plus tard, il passa la chercher pour la conférence de

presse. Vêtue d'une robe en soie rose et de stilettos, elle était ravissante et sexy, mais sans une once de vulgarité. D'habitude, Jack devait surveiller de près les jeunes femmes qui l'accompagnaient, pour éviter qu'elles ne lui fassent honte en portant des robes transparentes ou des strings à la piscine. Comme tout était simple avec Valerie ! Elle ne jouait décidément pas dans la même catégorie.

Ils arrivèrent au restaurant à bord d'une limousine blanche. Comme prévu, Jack prit la parole pendant la conférence de presse pour expliquer ce que les fans pouvaient attendre du match et comment celui-ci se déroulerait selon lui. Les journalistes posèrent quelques questions à Valerie, qui assura que tout ce qu'elle avait vu du Super Bowl jusque-là lui semblait super ; ils ne lui en demandaient pas plus.

Après le repas, une Cadillac Escalade blanche la conduisit au village de Bal Harbour, qui possédait un centre commercial époustouflant. Valerie flâna dans ses magasins préférés, Dolce & Gabbana, Dior, Cartier, et en ressortit avec trois maillots de bain, une paire de sandales et deux pulls. Elle retourna ensuite à l'hôtel pour un massage.

À dix-neuf heures, Jack fit une pause dans la suite de Valerie et s'allongea sur le canapé : il était tellement grand que ses pieds dépassaient. Il poussa un gros soupir.

— Je suis crevé, et ça n'a même pas commencé.
— Tu n'as pas le temps de faire une sieste ?
— Pas vraiment.

Enveloppée dans un peignoir blanc, Valerie se sentait parfaitement détendue après son massage. L'après-midi avait été plutôt tranquille pour elle, mais ils devaient partir dans une demi-heure pour un cocktail auquel assisteraient certains des plus grands joueurs de football. Jack avait ici deux casquettes : celle de star de la NFL à la retraite, et celle de commentateur vedette. On comptait donc doublement sur sa présence à tous les événements.

Au bout de quelques minutes, il se leva à contrecœur et rejoignit sa chambre pour se changer. Il aurait préféré cent fois passer la soirée avec Valerie, devant un film et un bon repas.

Lorsqu'ils se retrouvèrent, Jack arborait un élégant costume sombre de marque Prada et une chemise blanche impeccable. Valerie avait enfilé une robe de cocktail courte et noire, ainsi que des talons aiguilles.

— On forme un beau couple, observa-t-il tandis qu'ils passaient devant un miroir.

— Tu serais beau avec n'importe quelle femme, répliqua-t-elle en souriant.

Il se pencha pour l'embrasser sur la joue.

— Tu n'as pas besoin de moi pour être belle, toi non plus. Mais je suis content d'être celui qui te donne le bras.

— Tu ne regrettes pas les minijupes et les soutiens-gorge en strass ?

Il se mit à rire.

— Ça ne risque pas. Et ta robe n'est pas si longue que ça, je te signale.

Elle était courte en effet, mais très chic, et elle mettait ses jambes en valeur tout autant que les talons.

Arrivés au cocktail, ils se mêlèrent à la foule et se perdirent de vue. On les photographia de nouveau, séparément cette fois-ci. Une heure plus tard, ils furent conduits au restaurant The Forge, où la plupart des joueurs, leurs épouses, les propriétaires des équipes et les grands pontes de la ville se retrouvaient pour dîner. Un sacré tableau ! Une piste de danse avait été prévue, mais les joueurs s'en allèrent juste après le repas. Il était presque une heure du matin quand Jack et Valerie purent enfin s'éclipser et rentrer à l'hôtel. Jack avait les traits tirés. Il n'avait pas dansé : il ne s'en sentait pas capable.

— Comment te sens-tu ? demanda Valerie, inquiète. Tu n'as pas trop mal à la jambe ?

— Ça va. Je suis juste un peu fatigué. C'est dur de rester debout toute la soirée. Toi, tu as l'air aussi fraîche que quand on a quitté l'hôtel. Je ne sais pas comment tu fais, dit-il avec admiration.

— Je ne travaille pas autant que toi. Je suis là en touriste.

Et elle n'avait pas été blessée par balle un mois plus tôt...

— Merci d'être venue, murmura-t-il tandis que la limousine s'arrêtait devant l'hôtel.

— Je m'amuse bien. Tout cela est inédit pour moi. Tu avais raison, il faut continuer à ouvrir de nouvelles portes. C'est génial !

Jack ne put s'empêcher de rire devant son enthousiasme.

Il la raccompagna jusqu'à sa suite et l'embrassa chastement sur le front. Il aurait aimé bavarder encore avec elle, mais il se sentait exténué : cette reprise en fanfare l'épuisait.

Il n'eut aucune peine à trouver le sommeil, et se réveilla à l'aube pour pratiquer ses exercices en salle de gym en prenant garde de ne pas trop forcer sur sa jambe. Au retour, il frappa à la porte de Valerie, qui vint lui ouvrir en robe de chambre. Elle aussi avait bien dormi.

Premier rendez-vous de la journée : un brunch à

onze heures offert par la chaîne, suivi d'un déjeuner. Jack devait ensuite interviewer quelques grands joueurs, mais il commença par Valerie ; celle-ci confia au micro que pour une parfaite néophyte elle s'amusait comme une folle. Puis, pendant qu'il enregistrait ses entretiens avec les footballeurs, les entraîneurs et les propriétaires des équipes, elle fit un saut à la piscine. Jack travailla jusqu'à l'heure du dîner.

Ce soir-là, une grosse fête était organisée par l'un des principaux sponsors du match. Éblouissante dans sa robe courte et dorée, Valerie rencontra plusieurs joueurs légendaires, dont Joe Namath. Jack passa la soirée à bavarder avec les convives, signer des autographes, présenter Valerie et poser avec elle pour les photos, ou avec d'autres joueurs entrés comme lui dans le Hall of Fame. Elle l'observa, impressionnée, tandis qu'il faisait le tour de la salle sans relâche. Il se montrait aimable avec chacun, et tout le monde l'adorait. Le directeur de la chaîne ne s'était pas trompé en l'engageant ! Avant de le connaître, Valerie le voyait comme un simple joueur à la retraite, mais elle comprenait maintenant que Jack était une véritable icône dans le monde du football, une légende dont on se souviendrait pendant longtemps. Dans cinquante ans, l'humanité aurait oublié Valerie, ses mariages et ses livres, mais on parlerait encore de Jack Adams.

Après s'être arrêtés à trois fêtes différentes, ils se retrouvèrent dans une boîte de nuit fréquentée par des acteurs et des rappeurs célèbres. Toutes les stars de la planète semblaient s'être donné rendez-vous pour l'événement. Les joueurs, eux, rentrèrent assez tôt pour se reposer. Le match avait lieu le lendemain à dix-huit heures. Jack devait se rendre au stade dès midi pour réaliser des reportages de fond et des interviews.

Lorsqu'ils regagnèrent l'hôtel à trois heures du matin, Jack suivit Valerie dans sa suite. Malgré l'heure tardive, il paraissait moins fatigué que la veille. Il se sentait de nouveau lui-même et débordait d'énergie.

— Quelle soirée ! s'exclama-t-elle joyeusement, tandis qu'ils s'asseyaient au salon. C'était génial ! Je passe un super-moment. Je crois que je vais dire à mes téléspectateurs d'oublier les soirées Super Bowl à la maison et de venir faire la fête sur place !

Jack se mit à rire, heureux de la voir à ce point enchantée. Il avait vraiment gagné au change en invitant Valerie plutôt qu'une jeunette. Non seulement elle était belle, élégante et intelligente, mais elle possédait aussi un grand sens de l'humour et engageait facilement la conversation. Et il ne risquait pas de la surprendre en train de flirter avec un *linebacker*, complètement soûle, pendant que l'épouse de ce dernier menaçait de lui arracher les yeux...

— Ce week-end est fabuleux, ajouta-t-elle en souriant. Merci de m'avoir invitée.

— Tout le plaisir est pour moi, Valerie. Moi aussi, j'ai beaucoup aimé ces deux jours.

Jack lui parla de l'époque où il participait aux matchs, de l'excitation qu'il ressentait avant chaque coup d'envoi. Valerie savait qu'il avait été sacré meilleur joueur du Super Bowl à deux reprises. Elle avait également repéré, parmi les trophées exposés dans son appartement de New York, les quatre bagues en or et diamant qu'il avait reçues à l'occasion des victoires de son équipe. Ces récompenses prenaient toute leur signification maintenant que Valerie connaissait l'importance de l'événement.

— Cela n'a pas dû être facile de renoncer à tout ça quand tu as pris ta retraite, observa-t-elle.

— Je n'avais pas le choix.

Il resta silencieux un instant, perdu dans ses souvenirs.

— J'avais trente-huit ans, et les genoux dans un sale état, reprit-il. J'aurais pu continuer pendant deux ans, grand maximum, mais je risquais de finir en fauteuil roulant. Ça ne valait pas le coup. J'ai passé dix-sept années formidables au sein de la NFL, c'est déjà énorme. Je n'aurais pas pu rêver mieux. Ça m'a demandé beaucoup de boulot, mais je ne regrette rien.

— C'est une belle manière de voir les choses.

Valerie se rendait compte que la célébrité de Jack était bien différente de la sienne, car elle s'accompagnait d'une gloire et d'une magie presque uniques. Les grandes rock stars connaissaient la même adulation, mais les athlètes et leurs fans appartenaient à un monde à part.

Elle était heureuse d'être venue. Cela lui avait permis de mieux comprendre Jack et son histoire. Vu l'ampleur de sa renommée, elle trouvait cela surprenant qu'il soit si peu imbu de sa personne. Bien sûr, il était fier de ce qu'il avait accompli – il avait de quoi –, mais il restait d'une simplicité et d'une authenticité remarquables. Par ailleurs, il s'était montré très respectueux envers elle et semblait se plaire en sa compagnie autant qu'elle appréciait la sienne.

— Au fait, est-ce que tu as vu Greg, aujourd'hui ? lui demanda-t-elle.

Il était arrivé à Miami, mais elle ne l'avait pas croisé.

— Oui, je l'ai vu en coup de vent. Il va passer un peu de temps avec moi dans la tribune des journalistes, il veut que je lui présente des joueurs. J'espérais qu'on pourrait dîner avec lui demain soir, mais il doit partir tout de suite après le match, et ce sera encore la course pour moi. Je te suggère d'ailleurs que nous prenions, toi et moi, le petit déjeuner ensemble demain matin, car je vais être occupé une bonne partie de la journée. J'espère que ça ne t'ennuie pas.

— Bien sûr que non. C'est ton travail, je comprends.

Leur avion devait décoller à minuit ; elle se doutait qu'il aurait des interviews à mener jusqu'au dernier moment.

— Maintenant, j'ai hâte de voir le match ! s'exclama-t-elle.

Tout ce qui avait précédé le clou du week-end lui avait plu : les fêtes, les gens, les tenues, le microcosme extraordinaire que formaient les professionnels du football et leurs fans.

— Je n'ai pas envie de retourner dans ma chambre, confia Jack en étouffant un bâillement, mais une grosse journée m'attend demain. Bonne nuit, Valerie.

Tandis qu'elle le raccompagnait à la porte, il lui sourit, puis l'embrassa sur la bouche – un baiser hésitant, mais bien différent des bises amicales auxquelles elle avait eu droit jusque-là.

— Il faudra qu'on parle, un jour, murmura-t-il en passant un bras autour de ses épaules. Mais pas ici. Quand on sera rentrés à New York.

Valerie acquiesça, devinant ce qu'il avait en tête. Elle lui était reconnaissante de ne pas précipiter les choses, car elle ne se sentait pas prête à prendre une décision tout de suite ni à se laisser entraîner dans son lit. Elle n'avait pas envie d'être une groupie, un caprice passager, une aventure d'un soir. Si leur relation devait évoluer dans une sphère plus intime, Valerie voulait qu'elle ait un sens pour lui comme pour elle, qu'il n'y ait pas de faux-semblants.

— Rien ne presse. Je dois d'abord m'acheter une minijupe et un soutien-gorge en strass, répondit-elle avec un air très sérieux.

Il éclata de rire.

— Tu sais, je ne serais pas contre te voir dans cette tenue, juste une fois.

Jack aimait les vêtements élégants qu'elle avait portés pendant le week-end. Valerie avait brillé en toutes circonstances.

— Je verrai ce que je peux faire, promit-elle.

À peine avait-elle fini sa phrase qu'il l'embrassa de nouveau, sans l'ombre d'une hésitation cette fois. Elle fondit dans ses bras et répondit à son baiser avec autant de fougue. Jack la dévisagea, les yeux écarquillés.

— Ma chère, en embrassant comme ça, vous n'avez pas besoin de soutien-gorge en strass !

— Bonne nuit, monsieur Adams, dit-elle sagement en lui ouvrant la porte.

Jack traversa lentement le couloir en direction de sa suite, et se retourna pour lui lancer un regard tendre et passionné. Ce week-end, ils s'étaient laissés emporter par l'euphorie générale, sans jamais s'éloigner l'un de l'autre. Ce qu'ils partageaient semblait de plus en plus solide.

— Bonne nuit, madame Wyatt, répondit-il.

Valerie referma doucement la porte en souriant.

14

Comme promis, Jack rejoignit Valerie à dix heures le lendemain, fin prêt pour cette grande journée. Il paraissait en pleine forme et d'excellente humeur. Pendant l'heure qu'il passa en sa compagnie, il lui expliqua ce qu'il lui restait à faire avant le match – qu'il attendait avec impatience – tout en dévorant des pancakes, du bacon, des saucisses et des muffins, accompagnés de deux verres de jus d'orange et d'une tasse de café. Jack avait un appétit proportionnel à son gabarit ; il savait aussi qu'il n'aurait pas la possibilité de manger avant plusieurs heures. À peine son petit déjeuner englouti, il devait déjà repartir. Comme il l'embrassait avec la même passion que la veille, Valerie songea qu'au rythme où allaient les choses mieux valait qu'ils ne restent pas une nuit de plus à Miami : pris dans l'atmosphère festive, ils risquaient de commettre une erreur qu'ils regretteraient tous les deux. À ses yeux, franchir ce pas demandait de la réflexion et un réel engagement. Jack partageait son avis. Il serra tendrement ses mains dans les siennes, puis sortit de la chambre.

Le reste de la journée se déroula tranquillement pour

Valerie : elle déjeuna à la piscine, s'offrit un deuxième massage et fit ses valises avant de partir pour le stade. Elle avait enfilé un jean blanc, un tee-shirt et des mocassins rouges, et noué sur ses épaules un pull en cachemire assorti aux chaussures, au cas où l'air se rafraîchirait dans la soirée. Chaque fois qu'il en avait eu l'occasion, Jack l'avait appelée depuis son portable ; comme chaque année, c'était l'effervescence, et il avait réalisé six interviews dans l'après-midi. Il lui téléphona une dernière fois alors qu'elle était en route.

— J'arrive bientôt au stade, annonça-t-elle, tout excitée.

— Je pourrai te voir du studio, mais toi non. Je te rejoindrai à l'hôtel vers vingt-trois heures.

Jack avait besoin de deux heures pour recueillir les impressions des vainqueurs et conclure son analyse du match. Une fête était organisée en l'honneur de l'équipe victorieuse, mais ils n'avaient pas prévu d'y participer. Comme Valerie, Jack avait fait ses valises et les avait laissées dans sa suite.

Elle lui souhaita bonne chance pour son direct, qui, elle n'en doutait pas, serait parfait. April avait promis de suivre l'émission, ne voulant pas rater la petite interview que Jack avait enregistrée avec sa mère et qui serait diffusée pendant la mi-temps. Valerie avait programmé son magnétoscope numérique pour pouvoir tout regarder une fois rentrée chez elle.

À dix-sept heures trente, elle arriva au Dolphin Stadium. Il restait encore une demi-heure avant le coup d'envoi, mais elle préférait avoir le temps de s'installer et de s'imprégner de l'ambiance. Les supporters avaient déjà envahi les tribunes, certains depuis plus d'une heure. Ils achetaient des souvenirs ou des hot dogs et buvaient de la bière, pendant que les pom-pom girls à moitié nues acclamaient leur équipe. L'excitation était palpable parmi la foule. Le dispositif de sécurité mis en œuvre ne manqua pas d'impressionner Valerie. Tout était fait pour déjouer un éventuel attentat terroriste, qui constituait dorénavant une menace réelle contrairement à l'époque où Jack participait au Super Bowl. Il fallut dix minutes à Valerie pour atteindre la tribune d'honneur, où une place lui avait été réservée. Les festivités d'avant-match avaient commencé. Bob et Janice Lattimer, qui restaient à Miami jusqu'au lendemain, lui présentèrent plusieurs personnes, puis elle s'installa dans son fauteuil et regarda Jack démarrer son émission sur l'écran de la loge VIP.

Tout le monde se leva pour écouter l'hymne national entonné par Stevie Wonder. Deux minutes plus tard, le match commença. Une grande clameur s'éleva des tribunes lorsque l'un des quarterbacks vedettes marqua un *touchdown* dans les dix premières minutes. Janice expliqua les actions à Valerie, qui comprit sans peine le déroulement du jeu. L'autre équipe inscrivit elle aussi un *touchdown* dans le second quart-temps. À la mi-temps, le score était à égalité.

Un ballon dirigeable muni de caméras stationnait au-dessus du terrain pour retransmettre les images du match, puis le somptueux spectacle donné à la mi-temps : danseurs, feux d'artifice, numéros du Cirque du Soleil, bref concert de Prince... rien ne manquait. Des interviews réalisées par Jack furent diffusées, dont celle de Valerie, suivie de deux autres de Joe Montana et Jerry Rice. Le match reprit ensuite à un rythme effréné, les deux équipes menant le jeu chacune à leur tour. La foule était en délire. On entendait des cris de joie ou de déception jusque dans la loge des VIP. Valerie tentait de suivre tout à la fois l'action sur le terrain et les commentaires de Jack à la télévision. Finalement, grâce à un *field goal*, l'équipe favorite sortit vainqueur comme l'avait prédit Jack. Le score était néanmoins serré. Sur le terrain, les larmes de bonheur se mêlaient aux larmes de tristesse. En attendant de pouvoir interviewer les joueurs, Jack revint sur les points forts et les surprises du match. Valerie, les yeux rivés sur l'écran, fut l'une des dernières personnes à quitter la tribune d'honneur.

Elle salua les gens qu'elle y avait rencontrés, remercia Bob Lattimer pour le voyage et Janice pour ses explications, et souhaita à cette dernière un beau mariage pour sa fille. Valerie avait passé une soirée fantastique. De retour à l'hôtel à 21 h 30, elle alluma la télévision pour regarder les dernières interviews de Jack. Il quitta l'antenne à vingt-deux heures et la rejoignit bientôt dans sa suite, euphorique mais fatigué. Il fut félicité pour la justesse de sa prédiction quant à l'issue du match, ainsi que pour ses excellents commentaires. Comme toujours, Jack avait crevé l'écran.

Pendant qu'il sirotait une bière, ils prirent le temps d'échanger leurs impressions, puis Jack demanda au portier de venir chercher leurs bagages. Valerie nota qu'il s'était remis à boiter. Il avait travaillé non-stop depuis leur arrivée, trois jours plus tôt ; son engagement professionnel forçait le respect. Elle réalisait à quel point son métier pouvait se révéler exigeant. Jack avait fait la même découverte à propos de celui de Valerie.

Dans la limousine, le match et les joueurs continuèrent d'occuper leur conversation. À l'aéroport, l'avion les attendait. Le pilote retournerait à Miami dans la journée chercher Bob et Janice. Jack préférait rentrer pour se reposer chez lui, sans compter que Valerie reprenait le travail le lendemain.

Il ne commença à se détendre qu'une fois installé dans l'avion. L'hôtesse leur avait préparé des sandwichs et leur servit à chacun une coupe de champagne bien frais.

— Au vrai héros du Super Bowl ! dit Valerie en levant son verre. Tu as été formidable !

Jack fut touché par le compliment. Satisfait de sa prestation, il n'en était pas moins heureux d'entendre que Valerie appréciait ses interviews. Il les préparait avec le plus grand soin. Au cours de ce week-end idyllique, elle avait découvert en lui un travailleur acharné et consciencieux.

À minuit, l'appareil décolla. Comme Valerie soulignait les avantages d'un avion privé par rapport aux vols commerciaux, Jack la regarda en souriant et lui prit la main.

— Tu as été fantastique tout le week-end, Valerie, murmura-t-il. Merci.

Enthousiaste et curieuse, elle avait été d'une compagnie exceptionnelle et lui avait apporté soutien et affection.

— Désolée pour l'absence de soutien-gorge en strass. Je ferai mieux l'année prochaine, promit-elle.

Il se mit à rire.

— Pour moi, tu es la reine de ce Super Bowl, plaisanta-t-il, avant de l'embrasser avec fougue.

Chaque jour, ils semblaient un peu plus proches l'un de l'autre. Après s'être fréquentés assidûment pendant un mois, ils commençaient à bien se connaître.

Ils bavardèrent encore un moment, puis Jack dormit jusqu'à l'atterrissage à New York à trois heures du matin. Une limousine les attendait en bout de piste pour les ramener chez eux. Arrivés à l'adresse de Valerie, Jack insista pour l'accompagner à l'intérieur, voulant s'assurer qu'elle regagnait son appartement sans encombre. Sa prévenance la fit rire : que risquait-elle dans son immeuble ? En réalité, Jack voulait lui dire au revoir à l'abri des regards indiscrets.

Le portier déposa les valises de Valerie sur le palier avant de reprendre l'ascenseur. Tandis qu'elle se débarrassait de son manteau, Jack l'enlaça et ils s'embrassèrent passionnément. Elle était à bout de souffle lorsqu'il interrompit leur baiser.

— J'ai une question à te poser, murmura-t-il en effleurant sa gorge de ses lèvres. Je peux rester, cette nuit ?

Valerie s'écarta pour le regarder dans les yeux.

— Si ça te paraît précipité, je m'en vais, s'empressa-t-il d'ajouter. On a le temps.

Jack était prêt à attendre. Mais il avait eu envie d'elle tout le week-end, comme jamais il n'avait désiré aucune autre femme.

— N'est-ce pas un peu fou ? chuchota-t-elle entre deux baisers.

— Rien ne m'a jamais paru aussi sensé, répondit-il, exprimant tout haut ce qu'elle ressentait.

— Alors, c'est oui.

Jack appela le chauffeur de la limousine pour lui dire de faire monter ses bagages et de rentrer chez lui. Cinq minutes plus tard, lorsque Jack apporta son sac dans la chambre de Valerie, celle-ci l'attendait en souriant, assise sur le lit immense. Une lampe de chevet était allumée et l'éclairage tamisé. La pièce, d'une propreté impeccable, n'avait pas vu d'homme depuis des années. Mais comme Jack la déshabillait tendrement et s'allongeait à côté d'elle, Valerie songea que pendant tout ce temps elle n'avait attendu que lui.

— Je ne voudrais pas te faire mal, dit-elle d'une voix douce. Ça va, ta jambe ?

Jack secoua la tête en riant.

— J'ai été blessé par balle, j'ai le dos en compote et les genoux esquintés. Ma belle, tu t'es trouvé un vieux bonhomme salement amoché !

Il lui semblait pourtant bien jeune, dans ses bras. Valerie éteignit la lumière. Elle avait travaillé dur avec son coach et le résultat était remarquable, mais elle ne voulait pas qu'il compare son corps à celui d'une jeune femme de vingt-deux ans. Lorsqu'il prit possession de ses lèvres, ils laissèrent libre cours à leur passion et oublièrent les blessures de Jack tant ils avaient faim l'un de l'autre. Ils firent l'amour à plusieurs reprises, insatiables. Jack n'avait jamais passé une nuit comme celle-ci, et tandis qu'il sombrait dans le sommeil en tenant Valerie serrée contre lui, il comprit pourquoi : pour la première fois, il était amoureux, et elle aussi.

15

Le lendemain matin, Valerie reçut un coup de téléphone d'April. Elle était nue dans la cuisine, en train de préparer des œufs brouillés pour Jack. Ayant fait brûler la première fournée, elle surveillait de près la deuxième, pendant qu'il lisait la rubrique sportive du journal. Elle se sentait si bien avec lui, si heureuse, qu'elle n'éprouvait aucune gêne à déambuler devant lui en tenue d'Eve.

— Alors, c'était comment ? demanda April.
— Incroyable, répondit Valerie d'un ton rêveur.

Elle ne pensait plus au Super Bowl... Elle sauva les œufs juste à temps et expliqua à sa fille qu'elle avait un autre appel et qu'elle lui téléphonerait plus tard.

Quand elle plaça l'assiette devant Jack, il l'embrassa et laissa courir sa main le long de son corps. C'était un amant extraordinaire. Lui aussi avait pris un immense plaisir avec elle, sans ressentir la moindre douleur à la jambe ou au dos. Pendant des mois, il avait eu peur de faire l'amour, et voilà qu'il avait l'impression d'être invincible, tout-puissant ! Mais leurs ébats n'avaient rien eu d'acrobatique : ils s'étaient aimés avec une tendresse et une intensité qui dépassaient toutes leurs espérances. Jack n'avait jamais rien éprouvé de tel.

Il attaqua les œufs avec bonne humeur.

— Je réussis mieux le pain perdu, s'excusa Valerie.

— Je te crois sans peine, répliqua-t-il, avant de se mettre à rire. Je te taquine. Les œufs sont parfaits, comme toi. Qu'est-ce que tu fais, aujourd'hui ?

Son prochain passage à l'antenne étant prévu dans quarante-huit heures, Jack avait pris sa journée. Il estimait qu'il méritait bien une petite pause et avait donc laissé un message à son assistant avant le petit déjeuner.

— Je dois travailler, répondit Valerie. Dawn m'attend.

— Tu n'as qu'à lui dire que tu es malade.

— Jamais je ne fais ça ! Et si je perds mon job ?

Elle savait que cela ne se produirait pas. Pour autant, même si aucun enregistrement n'était programmé avant le jeudi, elle avait beaucoup de travail d'ici là – sans compter qu'elle avait déjà fait une entorse à ses habitudes en prenant son vendredi pour aller voir le match.

— Si tu te fais virer, je subviendrai à tes besoins. Et en outre je démissionnerai, plaisanta-t-il.

Après leur nuit de passion, ils ne se sentaient pas du tout d'humeur à travailler. C'était un sentiment nouveau pour Valerie.

— Bravo. On est amants depuis…

Elle jeta un coup d'œil à l'horloge de la cuisine.

— … cinq heures, et on court déjà tout droit vers le chômage.

— Ça ne me déplairait pas, répliqua-t-il. On pourrait passer la journée au lit à faire l'amour.

Valerie devait admettre que cette perspective ne manquait pas d'attraits.

— Je pourrais ne pas aller travailler aujourd'hui, dit-elle pensivement. À bien y réfléchir, ça fait un an que je n'ai pas pris de congé maladie, peut-être même deux.

— Ce serait une excellente idée.

Jack l'attira contre lui, aussitôt submergé de désir.

Valerie attrapa son téléphone portable sur la table. Entre deux baisers, elle laissa un message à Dawn expliquant qu'elle était revenue de Miami avec un affreux mal de gorge et qu'elle préférait garder le lit pour se reposer. Ce n'était pas complètement faux, elle comptait bien rester couchée, songea-t-elle tandis que Jack lui prenait la main et l'entraînait dans la chambre. Ils s'abandonnèrent une fois de plus au plaisir, puis restèrent enlacés, à bout de souffle.

— Tu es trop jeune pour moi, haleta Valerie. Tu vas me tuer.

— Avec toi, j'ai l'impression de retrouver mes vingt ans, murmura-t-il en lui caressant les cheveux.

Quelques instants plus tard, ils s'endormirent dans les bras l'un de l'autre.

Ils ne se réveillèrent qu'à midi et se laissèrent de nouveau emporter par la passion alors qu'ils prenaient une douche ensemble. Par chance, la femme de ménage de Valerie ne venait pas le lundi... Jack prépara des sandwichs, puis ils regardèrent de vieux films au lit. Valerie n'avait jamais passé une journée comme celle-ci, à paresser et à se faire plaisir. Lovée dans les bras de Jack, elle se sentait parfaitement amoureuse.

En fin d'après-midi, April lui téléphona, inquiète.

— Ça va ? J'ai essayé de te joindre au bureau et on m'a dit que tu étais malade. Tu m'avais pourtant l'air en forme, ce matin. Qu'est-ce qui se passe ? Tu devais me rappeler.

— Excuse-moi, ma chérie. Mais j'ai terriblement mal à la gorge. Je crois que j'ai une angine.

— Tu as vu le docteur ?

— Non, pas encore, répondit Valerie, un peu honteuse. Mais je vais le faire.

Elle sourit à Jack, qui effleurait négligemment l'arrondi de sa poitrine. Son corps réagit immédiatement à ses caresses.

— Si c'est une angine, tu as besoin d'antibiotiques, déclara April avec fermeté.

— Je vais appeler mon médecin tout de suite. Pour l'instant, j'ai passé la journée au lit.

— Tu as bien fait. Reste au chaud. Je te téléphonerai plus tard pour voir comment tu te sens.

— Ne t'inquiète pas si je ne réponds pas, je serai peut-être en train de dormir, prévint Valerie, qui ne voulait pas être interrompue pendant un moment intime avec Jack.

— C'était comment, le Super Bowl, au fait ? Tu m'as dit ce matin que tu avais trouvé ça incroyable.

— Ça l'était, répondit Valerie, sincèrement cette fois-ci.

— Moi, je l'ai regardé en cuisine. J'ai trouvé les commentaires et les interviews de Jack super. Il a été sympa avec toi ?

— Très, lui assura Valerie, tout en jetant un coup d'œil à l'intéressé. Et toi, comment tu te sens ?

— Bien, mais j'ai déjà l'impression d'être une baleine. Je ne vais bientôt plus pouvoir le cacher. Ça m'ennuie de devoir expliquer ça à tout le monde. J'aimerais garder le secret le plus longtemps possible.

Enceinte de presque cinq mois, April se sentait énorme après avoir été mince toute sa vie.

— Les gens finiront par s'en apercevoir, répondit Valerie. Mais ça ne les regarde pas. Tu n'as de comptes à rendre à personne.

— Je crois que certains employés l'ont déjà deviné.

Sans compter Jean-Pierre, qui se montrait excessivement prévenant et serviable, et portait tous les objets lourds à sa place. April appréciait son aide, mais ses attentions appuyées la mettaient chaque jour un peu plus mal à l'aise. Elle avait beau rester distante avec lui, il refusait de comprendre.

— Je t'appellerai demain, ma chérie, lui promit Valerie.

— Prends soin de ta gorge. Le thé et le miel, il n'y a pas de meilleur remède. Et va voir le médecin.

— Oui, ne t'inquiète pas. Merci d'avoir rappelé.

Valerie raccrocha et se tourna vers Jack, qui l'embrassa aussitôt.

Le lendemain, après sa deuxième nuit avec Jack, elle appela son assistante pour la prévenir qu'elle prenait un jour de plus, prétextant une angine. Mentir ainsi ne lui ressemblait pas du tout.

— Je ne peux pas continuer comme ça, dit-elle tandis qu'ils dînaient dans la cuisine. Il faut que je retourne aux studios demain. J'ai une tonne de boulot qui m'attend.

— Et pourquoi on ne démissionne pas ? plaisanta-t-il.

Mais Jack aussi devait reprendre le travail, après ces deux journées passées à bavarder, dormir, faire l'amour et regarder la télévision. Cette parenthèse amoureuse dans son emploi du temps était une première pour Valerie ; elle ne s'était pas sentie aussi détendue ni aussi heureuse depuis des années. Elle espérait qu'il ne s'agissait pas pour lui d'une simple passade, mais les attentions de Jack ne donnaient pas cette impression. Tous deux avaient le sentiment de vivre une histoire sérieuse.

— On pourrait aller chez moi, cette nuit, suggéra Jack. Ma femme de chambre, elle, ne vient pas le mercredi !

Valerie préférait garder leur relation secrète le plus longtemps possible. Elle ne voulait pas en parler à April ni à personne d'autre. Jack avait une telle réputation de Casanova que toute nouvelle conquête susciterait des commentaires sarcastiques, a fortiori s'il s'agissait de Valerie Wyatt. De plus, leur différence d'âge la gênait, même si elle ne se sentait pas plus vieille que lui. Dans ses bras, elle avait l'impression d'être protégée, en sécurité, et leurs années d'écart s'envolaient sitôt qu'ils faisaient l'amour.

Vers dix heures ce soir-là, Valerie prépara un sac de voyage et plaça sur un cintre la tenue qu'elle comptait mettre au travail le lendemain. Puis ils prirent un taxi jusqu'à l'appartement de Jack. Elle n'avait pas eu le temps de défaire les valises qu'elle avait emportées à Miami : elle n'en avait sorti que son maquillage et sa brosse à dents, qu'elle posa dans la salle de bains en arrivant chez Jack, avant de suspendre ses vêtements dans l'armoire. Elle se sentait presque chez elle.

Ils prirent un bain dans l'immense baignoire en marbre, puis dégustèrent une glace dans la cuisine.

— Qu'est-ce qu'on va dire aux gens ? demanda Valerie, pensive. On devrait peut-être garder ça pour nous, le temps d'y voir plus clair...

— Pour moi, c'est limpide, répliqua-t-il tranquillement, un sourire aux lèvres. Je suis amoureux de toi. Tu crois que ce serait trop tape-à-l'œil de l'écrire dans le ciel au-dessus de Manhattan ? On peut aussi se contenter de l'annoncer en Page Six, ajouta-t-il, faisant référence à la rubrique people du *New York Post*.

— Ne t'inquiète pas, ils le devineront bien assez tôt. Pour ma part, j'aime le proverbe « Prudence est mère de sûreté ». La nouvelle risque de faire beaucoup de bruit quand elle se répandra. Toi et moi, on ne passe pas vraiment inaperçus.

— Justement, autant se faire une raison et profiter de la vie ! On n'a rien à cacher. On est célibataires tous les deux. Tu crois que ça choquera April ?

— Je ne vois pas pourquoi, répondit Valerie, elle t'apprécie. Et ton fils ?

Greg, plus jeune, serait peut-être contrarié par leur relation.

— Il m'a dit qu'il te trouvait sympa. Donc, on est couverts. Il n'y a que nos enfants qui comptent. Les autres, on s'en fiche.

Jack le pensait réellement. En dehors de son fils, Valerie savait bien qu'elle était sa seule préoccupation. Tout paraissait si simple avec lui ! Bien plus qu'elle n'aurait pu l'espérer. Elle repensa alors à la prédiction d'Alan Starr : le cartomancien ne s'était pas trompé.

Le lendemain, ils se levèrent tôt, et Jack prépara des œufs et du bacon dignes du restaurant d'April. Après un bref débat, ils décidèrent de partager le même taxi pour se rendre aux studios. Il n'y eut aucune réaction lorsqu'ils pénétrèrent ensemble dans le bâtiment. Le hall grouillait de monde, comme d'habitude. Et quand Jack embrassa discrètement Valerie en arrivant à son étage, personne ne s'évanouit, ne se mit à crier ou à les montrer du doigt.

— Je t'appelle plus tard, promit-il.

Il lui lança un sourire et sortit de l'ascenseur.

Dawn semblait inquiète lorsque Valerie entra dans son bureau. Malgré son jeune âge, elle se montrait attentionnée et protectrice envers sa chef, qu'elle adorait tout autant que son nouveau travail. Valerie ne regrettait pas de l'avoir engagée.

— Comment va votre gorge ?

— Bien, pourquoi ? s'étonna Valerie, ayant oublié le prétexte qu'elle avait donné pour ne pas venir. Ah, euh, oui, ma gorge ! Ça va beaucoup mieux. C'est une angine. Je prends des antibiotiques.

Sur ces mots, elle se dirigea tout droit vers son bureau et se plongea dans le travail. Le lendemain, elle enregistrait l'émission de la Saint-Valentin, un thème tout à fait adapté à son état d'esprit du moment.

À l'heure du déjeuner, Jack passa la voir, d'excellente humeur. Le programme du Super Bowl avait raflé la plus grosse part d'audience. Valerie était fière de lui. Elle prévoyait de travailler tard, mais elle promit de s'arrêter chez lui avant de rentrer. Finalement, elle le rejoignit à vingt heures trente et resta toute la nuit.

Le lendemain, en faisant un saut chez elle pour se changer, Valerie tomba sur sa femme de ménage, qui fut surprise de la voir : elle la pensait partie en voyage. En effet, pour quelle autre raison aurait-elle pu découcher ? Valerie s'aperçut que bientôt tout le monde serait au courant. C'était trop compliqué de mentir. Elle se contenta donc de sourire à son employée, avant d'aller enfiler un tailleur Chanel rouge pour son programme sur la Saint-Valentin. Une demi-heure plus tard, Jack passa la chercher et ils se rendirent ensemble aux studios. Ils étaient devenus inséparables, mais Valerie s'en réjouissait : cette vie à deux lui plaisait. En chemin, elle lui parla de l'émission qu'elle enregistrait ce jour-là.

— Qu'est-ce qu'on fait pour la Saint-Valentin, au fait ? demanda-t-il. Ça te dirait de manger chez April ?

Elle acquiesça, tout en songeant qu'il lui faudrait d'abord toucher deux mots à sa fille de sa relation avec Jack. L'opportunité se présenta d'elle-même le samedi, quand Valerie déjeuna avec elle avant son rendez-vous chez le coiffeur.

— Tu vois beaucoup Jack, en ce moment, non ? lui demanda April. Je ne voudrais pas que tu tombes amoureuse de lui et que tu en souffres. Quand il vient ici, c'est toujours avec une jeune mannequin.

Valerie soupira. Elle n'avait jamais menti à sa fille et ne voulait pas commencer maintenant.

— En vérité, je suis déjà amoureuse. Peut-être que je vais souffrir, je ne sais pas. Il a dix ans de moins que moi, mais ça ne semble pas lui poser de problème : lui aussi est amoureux.

April resta muette un long moment.

— Est-ce qu'il est gentil avec toi ? finit-elle par dire.

— Très. Il est formidable. Respectueux, intelligent, amusant... Peut-être que ça ne durera pas – rien ne dure éternellement, j'imagine –, mais pour l'instant c'est super.

Valerie se sentait coupable de vivre ce bonheur à un moment où sa fille en avait bien plus besoin qu'elle. La vie n'était pas juste. À soixante ans, elle tombait follement amoureuse, alors qu'April se retrouvait enceinte d'un homme qui ne voulait pas entendre parler d'elle ni du bébé.

— Je suis désolée, ma chérie. J'ai un peu l'impression de te voler quelque chose. Je préférerais cent fois te laisser ma place.

— Ne t'inquiète pas pour moi.

April semblait fatiguée. Elle n'avait pas le moral depuis son rendez-vous raté chez le médecin avec Mike.

— Et je suis heureuse pour toi, maman. Tu le mérites. Je ne vois pas pourquoi tu devrais rester seule, tu es encore jeune. C'est Jack qui a de la chance de t'avoir trouvée ! J'ai toujours souhaité que tu rencontres un homme avec qui tu te sentes bien. Papa est heureux avec Maddie, pourquoi tu n'aurais pas droit au bonheur, toi aussi ? Jack s'est peut-être rendu compte que toutes ces jeunettes ne correspondaient pas à ce qu'il cherchait.

April l'espérait, pour le bien de sa mère.

— Apparemment, répondit Valerie. Mais ça m'angoisse quand même. J'ai beau mentir sur mon âge, j'ai soixante ans, pas vingt-deux.

April était contente pour sa mère. Elle fut ravie d'apprendre que Valerie et Jack prévoyaient de dîner dans son restaurant pour la Saint-Valentin.

— Je vous mitonnerai un petit repas rien que pour vous, promit-elle.

Lorsque sa mère la quitta, April la serra dans ses bras et répéta qu'elle était très heureuse pour elle.

— Alors, comment a-t-elle réagi ? demanda Jack lorsque Valerie le retrouva chez lui.

Depuis leur retour de Miami, ils n'avaient pas passé une seule nuit séparés, faisant la navette entre l'appartement de Jack et celui de Valerie. Jack appréhendait la réaction d'April. On pouvait s'attendre à tout avec les enfants, quel que soit leur âge. De son côté, il avait téléphoné à Greg pour lui annoncer qu'il fréquentait Valerie, et son fils n'avait rien trouvé à redire. Mais les filles fonctionnaient différemment, et Jack savait April très proche de sa mère.

— Elle a été super, lui assura Valerie, avant de l'embrasser. Elle va nous préparer un menu spécial pour la Saint-Valentin.

— Sans arsenic, j'espère, marmonna Jack d'une voix inquiète.

Valerie se mit à rire.

— Si je te dis qu'elle a bien réagi ! Elle a d'autres chats à fouetter, en ce moment.

— Ah bon ? Elle a des problèmes au restaurant ?

Valerie se mordit la langue. Elle craignit d'en avoir trop dit.

— Non, de ce côté-là, tout va bien, ajouta-t-elle précipitamment, sans donner plus de précisions.

Jack était soulagé qu'April leur ait donné sa bénédiction. Maintenant qu'ils avaient le feu vert de leurs enfants, ils pouvaient foncer. Quant à leurs collègues, ils n'avaient rien deviné pour l'instant, bien que Jack et Valerie aient passé beaucoup de temps ensemble au travail. On les croyait simplement amis – après tout, c'était comme ça que leur histoire avait commencé. Valerie avait toutefois l'impression que Dawn se doutait de quelque chose, même si elle ne disait rien. Quoi qu'il en soit, Jack avait raison : seul l'assentiment de Greg et April comptait.

Le soir de la Saint-Valentin, ils savourèrent le repas de rêve concocté par April. Alors que celle-ci bavardait avec eux après le dessert, une des top-modèles que Jack avait fréquentées entra dans le restaurant en compagnie d'un jeune homme très séduisant. Arrivée au niveau de Jack, elle lui glissa, en ignorant superbement Valerie, qu'il pouvait la rappeler quand il voulait. Elle devait penser qu'ils dînaient entre amis, puisque April était assise à leur table.

— Tu m'as manqué, roucoula-t-elle, la bouche en cœur.

Et elle lui adressa un regard on ne peut plus explicite. Tandis qu'April s'éclipsait pour régler un problème en cuisine, Valerie demeura silencieuse. Jack devina qu'elle était contrariée.

— Ne laisse pas cette idiote te miner, dit-il sans détour. C'est une folle. Je ne l'ai vue qu'une fois, et elle m'a piqué cent dollars dans mon portefeuille. Elle aime sûrement se faire payer.

Heureusement, les filles qu'il avait connues n'étaient pas toutes du même acabit ; celle-ci comptait assurément parmi ses pires expériences. C'était un coup de malchance de l'avoir croisée chez April ce soir. Valerie semblait tendue, blessée.

— Tu as clairement couché avec elle, vu le regard qu'elle t'a lancé.

Jack lui prit la main en soupirant.

— Valerie, j'ai été assez stupide pour coucher avec la moitié des top-modèles de New York, mais ça ne veut pas dire que j'ai envie de continuer. C'est toi que j'aime. J'ai honte de la vie que j'ai vécue avant de te rencontrer. De temps en temps, une de ces filles surgira comme ce soir et me ridiculisera – je le mérite, pas toi. Il ne faut pas que ça gâche les choses entre nous ni que ça te contrarie. Je n'ai jamais aimé ces femmes, je ne faisais que m'amuser. Avec toi, c'est complètement différent. Tu es belle, tu es merveilleuse, et je t'aime, déclara-t-il avec sérieux.

Valerie se sentit rassurée, et un peu embarrassée d'avoir fait des histoires. À cet instant, April revint s'asseoir à leur table.

— Désolée, un de ces fichus lave-vaisselle n'arrête pas de tomber en panne. Je risque d'être obligée d'en racheter un.

En voyant l'expression de sa mère, elle devina que quelque chose la chagrinait. Sans doute la mannequin qui s'était arrêtée à leur table... Mais April voyait bien que Jack était fou amoureux de Valerie, et elle s'en réjouissait.

Au moment de repartir, Jack remercia April pour le dîner, qu'il avait trouvé délicieux. Alors qu'elle s'approchait pour l'embrasser, il se figea en sentant son ventre arrondi. Il baissa les yeux sur son tablier, avant de l'interroger du regard.

— Maman t'expliquera tout, dit-elle timidement. Peut-être t'en a-t-elle déjà parlé ?

Cela ne l'aurait pas gênée. C'était comme si Jack faisait partie de la famille, à présent.

— Non, elle ne m'a rien dit. Est-ce une bonne ou une mauvaise nouvelle ?

— Un peu les deux, répondit-elle en haussant les épaules. Peut-être un mal pour un bien, je ne sais pas encore.

Le taxi les attendait, il faisait froid dehors et April n'avait pas de manteau : elle s'empressa donc de rentrer. Après avoir donné l'adresse de Valerie au chauffeur, Jack resta un moment silencieux.

— Pourquoi tu ne m'as rien dit ? demanda-t-il finalement.

— A propos de quoi ?

— Du bébé d'April. Elle est enceinte. Et de qui ? Je ne savais pas qu'elle avait un petit ami.

— Elle n'en a pas, répondit Valerie en soupirant. C'est un accident. J'ai rencontré le type en question, il est plutôt sympa. C'est un critique gastronomique. Mais il ne veut pas d'elle ni du bébé. Apparemment, ils ont couché ensemble une seule fois, après avoir un peu forcé sur l'alcool. April n'a vraiment pas eu de chance.

Jack était désolé pour la jeune femme. Voilà un lourd fardeau à porter seule, en plus du restaurant...

— Je la plains, murmura-t-il. Mais pourquoi tu ne m'en as pas parlé, Valerie ?

Pour la première fois, une note de reproche perçait dans sa voix. Il se demandait si Valerie avait eu honte, ou si elle avait voulu protéger April. Cela, il l'aurait compris. Mais il se sentait blessé qu'elle lui ait caché une information aussi importante et sans doute source d'angoisse pour elle, alors qu'il avait cru tout partager avec elle. Il voulait être au centre de sa vie, il voulait pouvoir l'aider, et non rester sur la touche.

Valerie avait les larmes aux yeux lorsqu'elle lui répondit.

— Tu as vu cette fille qui t'a dit bonjour, ce soir ? Quel âge a-t-elle, Jack ? Vingt et un, vingt-deux ans ? Vingt-trois, à tout casser ! Ça veut dire que j'ai au moins trente-sept ans de plus qu'elle. Je suis vieille, je fréquente un homme plus jeune que moi qui a l'habitude de sortir avec des filles de vingt ans, et tu me demandes en plus de t'avouer que je vais être grand-mère ? Je pourrais être celle de cette fille !

Les larmes perlaient à ses paupières.

— Je sais que c'est stupide, mais je pensais que tu ne voudrais pas de moi si tu l'apprenais. Je ne me suis même pas encore faite à l'idée. En plus, c'est une situation difficile pour April. Mais ce n'est pas pour ça que je ne t'ai rien dit. Je ne veux pas être la grand-mère avec qui tu couches.

Elle avait une mine si triste, si vulnérable, que Jack dut se retenir de rire. D'un certain côté, c'était amusant : après avoir passé sa vie à collectionner les petites bombes sans cervelle, il tombait fou amoureux d'une femme de dix ans son aînée, et le fait qu'elle soit bientôt grand-mère n'y changerait rien. Il la prit dans ses bras et l'embrassa.

— Je me fiche de ces minettes. Et je t'aimerai même quand tu seras arrière-grand-mère. C'est toi que j'aime, peu importe ton âge, peu importe que tu vieillisses, peu importe le nombre de petits-enfants que tu auras. Bon sang, Valerie, j'ai beau me sentir rajeunir avec toi, je ne suis pas un gamin, moi non plus ! La moitié du temps, je me sens – et j'ai l'air – plus vieux que toi.

Valerie sourit à travers ses larmes. Il se mit à rire et ne put s'empêcher de la taquiner :

— Et je te promets de ne pas t'appeler mamie !

— Dis donc ! s'indigna-t-elle en lui donnant une tape sur le bras. Ne prononce jamais plus ce mot ! Si cet enfant ose m'appeler mamie, je le renierai.

Elle se lova contre lui, rassurée.

— N'empêche, je me fais du souci pour April, dit-elle, redevenant sérieuse. Je ne sais pas comment elle va s'en sortir.

— Elle y arrivera, et on l'aidera. On fera du baby-sitting, s'il le faut.

Un sourire se dessina sur les lèvres de Jack.

— Le petit n'aura qu'à nous appeler Jack et Valerie, au lieu de papi et mamie. Quoique, l'idée d'avoir des petits-enfants ne me déplaît pas. Peut-être pas tout de suite, mais un jour, oui.

— Je ne suis pas contre non plus, avoua Valerie. Mais à quatre-vingts ans. Je voulais t'en parler, Jack, vraiment. J'ai failli le faire plusieurs fois, mais les mots n'ont pas voulu sortir. « Au fait, je vais être grand-mère en juin... » C'est pas génial, quand on essaie de paraître jeune et sexy...

— Tu *es* jeune et sexy !

— Pas autant que la fille de ce soir, répliqua tristement Valerie, qui avait eu l'impression de prendre vingt ans en la voyant. Ça, c'est ce qu'on appelle être jeune et sexy.

— Non, insista-t-il. C'est ce qu'on appelle être folle. Je suis sûr qu'elle se drogue. Elle était surexcitée quand je suis sorti avec elle, et j'avais hâte de m'en débarrasser. Elle représente tout ce que je ne veux plus, tout ce que je fuis. Tout cela appartient au passé, et je remercie chaque jour ma bonne étoile d'être avec toi. Je m'ennuyais, je n'avais rien d'autre à faire, c'est pour ça que je fréquentais ce genre de filles. Ça flattait mon amour-propre. Ce que je ressens pour toi, ça se passe dans mon cœur... et aussi ailleurs, dit-il avec un sourire coquin.

Il le lui prouva dès qu'ils arrivèrent chez elle, en la soulevant dans ses bras pour la porter dans la chambre.

— Repose-moi, tu vas te faire mal au dos ! Ce n'est pas bon pour ta jambe !

Il se contenta d'éclater de rire.

— Je me fiche de mon dos et de ma jambe ! Es-tu en train de me dire que je suis vieux ?

— Non, répondit-elle comme il la laissait tomber sur le lit et s'allongeait sur elle. Je suis en train de te dire que je t'aime.

— Tant mieux, parce que moi aussi. Maintenant, on oublie ces histoires d'âge. C'est la Saint-Valentin, et j'ai envie de te faire l'amour. Alors, déshabille-toi ! ordonna-t-il, tout en commençant à lui retirer ses vêtements.

Tandis que Valerie riait, ses inquiétudes lui semblèrent soudain ridicules : la honte de devenir grand-mère, la jeune femme croisée au restaurant... Tout cela n'avait pas d'importance. Eux seuls comptaient. Ce soir-là, ils s'aimèrent comme deux adolescents. Ils avaient eu le courage d'ouvrir la bonne porte, et la chance de se trouver l'un l'autre.

16

Deux semaines après la Saint-Valentin, sur le trottoir du restaurant, April signait le bon de livraison du nouveau lave-vaisselle qu'elle avait été obligée d'acheter. Elle ne portait pas son tablier, mais il n'aurait pas suffi à cacher son ventre, qui s'était nettement arrondi ces derniers temps. Elle était enceinte de six mois et tout le monde le savait. En revanche, personne ne connaissait l'identité du père en dehors de sa famille et d'Ellen. Ses employés, ayant compris qu'elle vivait seule cette grossesse, se montraient adorables et serviables, en particulier deux de ses serveuses plus âgées, très maternelles, qui voulaient organiser une collecte pour le bébé. D'autres avaient proposé de lui prêter du matériel de puériculture. April avait failli pleurer lorsque Jean-Pierre lui avait offert un berceau ancien, dégoté dans un vide-greniers. Le bébé avait beau bouger beaucoup, il lui paraissait encore tellement irréel ! Elle n'arrivait pas à imaginer à quoi ressemblerait sa vie avec un enfant. La plupart du temps, elle essayait de ne pas y penser et se contentait de faire tourner son restaurant.

Alors qu'elle suivait les livreurs à l'intérieur, quelqu'un lui tapota l'épaule. Elle se retourna et se trouva nez à nez avec Mike. La mine sombre, il s'efforçait de ne pas regarder le ventre d'April, qu'il trouvait impressionnant. À ses yeux, elle semblait sur le point d'accoucher.

Elle le dévisagea, gênée, ne sachant pas ce qu'il faisait là. Il n'avait pas l'air de le savoir non plus.

— Salut, hasarda-t-il. Comment tu vas ?
— Bien. Et toi ?

April ne l'avait pas vu depuis le fameux jour où, plus de deux mois plus tôt, il s'était enfui de chez la gynécologue après lui avoir expliqué qu'il était incapable de continuer. Elle n'avait eu aucune nouvelle depuis et ne l'avait pas non plus rappelé. Il avait le droit de ne pas vouloir s'engager : elle lui en avait d'ailleurs laissé le choix dès le début.

— J'ai pensé à toi, avoua Mike. Est-ce qu'on peut marcher quelques minutes ?

April acquiesça, sachant que ses employés s'occuperaient du lave-vaisselle. Jean-Pierre y mettrait bon ordre. Ces derniers mois, il était devenu beaucoup plus qu'un sommelier : il faisait toutes sortes de petits travaux pour l'aider. En voyant arriver le critique culinaire, il s'était renfrogné et ne lui avait même pas dit bonjour.

April et Mike firent le tour du pâté de maisons. Elle n'avait pas envie que son équipe les voie ensemble ou entende leur conversation. Comme elle ne recevait jamais d'hommes au restaurant, ils risquaient de deviner que Mike était le père de son enfant.

— J'ai été nul chez le médecin, excuse-moi, dit Mike avec franchise.

April garda la tête baissée. Elle n'avait pas tellement envie de le voir, mais son cœur battait plus vite tandis qu'elle marchait à côté de lui. Le bébé, lui, bougeait comme un fou furieux. Il s'agitait toujours lorsqu'elle était contrariée ou, au contraire, euphorique.

— Je ne t'en veux pas, répondit-elle d'une voix posée. Je n'aurais pas dû te demander de venir. Tu m'as invitée à dîner, et j'ai eu soudain envie que tu voies notre... le bébé.

April ne souhaitait pas le froisser en évoquant « leur » enfant. C'était uniquement le sien, à présent. Elle avait accepté sa grossesse, lui ne l'accepterait jamais. Il le lui avait clairement fait comprendre chez la gynécologue et par son silence depuis.

— Je voulais le voir, sinon je ne serais pas venu au rendez-vous, fit remarquer Mike.

Ils s'assirent sur les marches d'un perron. Pour la première fois, April le regarda dans les yeux, et son cœur se serra.

— Mais pendant l'échographie c'est devenu tellement réel que ça m'a fait peur, continua-t-il. C'était trop pour moi.

— Je sais. Je suis désolée.

— Non, c'est moi qui suis désolé, insista Mike, soudain agité. C'est ce que je suis venu te dire aujourd'hui. J'y ai bien réfléchi ces deux derniers mois. Je sais qu'on n'était pas partis pour être parents, mais c'est arrivé. Peut-être que c'était écrit, que c'est le destin. J'avais beau être soûl le soir où je t'ai rencontrée, je t'ai trouvée géniale. Autrement, je n'aurais pas couché avec toi. Et quand j'ai appris à mieux te connaître, quand j'ai rencontré ta famille, je crois que j'ai commencé à tomber amoureux de toi. Ça aussi, ça m'a fichu la trouille. Tu représentes ce que j'ai évité toute ma vie. J'ai passé cinq ans avec une femme que je prétendais aimer, mais ce n'était pas vrai. C'est pour ça que je ne voulais pas l'épouser ni faire d'enfants avec elle. Tu ne m'as rien demandé, April. Rien ! Quand je t'ai laissée tomber comme un lâche, tu ne m'as pas appelé ni supplié, tu ne t'es plainte de rien. Tu aurais pu m'insulter, mais tu as continué à aller de l'avant en assumant tout, avec plus de décence et d'intégrité que personne. Je trouve ça incroyablement courageux. Depuis la dernière fois qu'on s'est vus, je n'ai pas arrêté de penser à toi et à notre bébé. Oui, *notre* bébé. C'est autant le mien que le tien, même si je me suis enfui comme un dégonflé. J'avais tellement peur qu'on devienne comme mes parents ! J'ai mis deux mois à comprendre que cela ne pouvait pas arriver. Tu n'es pas ma mère, tu n'as rien de commun avec elle. Tu es tout ce qu'elle n'est pas et qu'elle n'aurait jamais pu être. Et, Dieu merci, je ne suis pas mon père. Cet enfant ne sera pas non plus comme mon frère, qui s'est suicidé à quinze ans parce que personne n'a pris soin de lui ni ne l'a aimé. Notre histoire n'a rien à voir avec tout ça. April, tu es une femme merveilleuse. Je ne sais pas si je suis digne de toi, mais j'aimerais essayer de l'être. Je voudrais donner une chance à notre relation. C'est sûr qu'on prend les choses à l'envers, en commençant par faire un bébé avant de chercher à savoir si on s'entend bien... Mais si ça marche, peut-être qu'on formera une famille, un jour ? De toute façon, je resterai toujours le père de cet enfant. Qui sait si cette aventure ne se révélera pas la meilleure chose qui nous soit arrivée ? J'aurais pu aboutir à cette conclusion plus tôt, j'en ai conscience. Si je te promets de ne plus détaler comme un trouillard, serais-tu d'accord pour qu'on passe un peu de temps ensemble et qu'on voie où ça nous mène ?

— Tu n'as aucune obligation, Mike, tu ne me dois rien. Nous avons été stupides tous les deux, ce fameux soir de septembre.

— Toi moins que moi. Tu pensais être à l'abri d'une grossesse.

— J'ai quand même oublié une ou deux fois ma pilule, lui rappela-t-elle.

— D'accord, on a été stupides tous les deux, concéda-t-il en souriant. Mais j'ai envie d'apprendre à vous connaître, toi et le bébé.

Mike attendait sa réponse avec une certaine inquiétude. April ne croyait plus en lui, il le voyait dans ses yeux.

— Qu'en dis-tu ? insista-t-il. Je ne mérite sans doute pas cette seconde chance, mais j'aimerais que tu me l'offres. Si je me rends compte que je n'y arrive pas, je te le dirai, je ne disparaîtrai pas comme la dernière fois. Tu sais, je vois un psy. J'en avais bien besoin.

April fut touchée d'apprendre qu'il se donnait autant de mal pour affronter ses démons. Suivre une thérapie était une démarche importante. Néanmoins, elle se demandait si Mike serait capable de s'engager réellement et de rester auprès d'elle.

— Tu es venu me voir parce que ton psy te l'a demandé, ou parce que tu en avais envie ? s'enquit-elle en levant vers lui ses grands yeux noisette.

La douleur qu'il y décela lui déchira le cœur.

— Il ne sait pas que je suis là, répondit-il. J'ai pris la décision tout seul hier soir.

April hocha la tête. Elle préférait ne pas trop se réjouir. Si elle n'avait pas été enceinte, elle ne lui aurait probablement pas accordé une seconde chance. Mais elle attendait un enfant de lui et, malgré ses doutes et ses inquiétudes, elle l'aimait. Ce bébé créait entre eux un lien immense.

— Pourquoi ne pas voir au fur et à mesure ? proposa-t-elle, hésitante.

Elle n'avait rien de plus à lui offrir pour l'instant, n'étant pas certaine de pouvoir lui faire confiance ni même d'en avoir envie. Mais elle ne voulait pas le perdre à nouveau. Avec l'enfant qui grandissait en elle, l'enjeu était trop important.

— Tu veux bien que je t'invite à dîner ? Ou que je vienne te voir au restaurant ?

Mike sembla soulagé lorsqu'elle acquiesça. Il savait qu'elle lui faisait une grande faveur. En la voyant se lever, il ne put s'empêcher de sourire : elle avait l'air de cacher un ballon de basket sous son tee-shirt. Assis devant elle sur le perron, il tendit la main sans réfléchir pour lui toucher le ventre et sursauta quand le bébé donna un coup de pied.

— Ça veut dire qu'il m'aime bien ou qu'il m'en veut ? demanda-t-il, profondément ému.

— Peut-être les deux.

Un sourire se dessina sur les lèvres d'April. Cela lui faisait plaisir que Mike ait repris contact avec elle, même si elle avait peur qu'il s'enfuie de nouveau.

— Qu'est-ce qui te fait dire que c'est un garçon ? reprit-elle.

— Une fille, ça m'irait bien aussi. C'est ce que tu veux, toi ?

— Ce serait plus simple, si je dois l'élever seule.

Mike opina. Il comprenait. Sans rien promettre, il

se décidait enfin à entrouvrir une porte dont les gonds avaient rouillé depuis bien longtemps.

Ils regagnèrent lentement le restaurant.

— Je t'appellerai, dit-il lorsqu'ils furent arrivés. Tu veux bien dîner avec moi, demain soir ?

— Pourquoi pas ? Merci d'être venu, Mike. C'était vraiment courageux.

Cela n'avait pas dû être facile pour lui, et pourtant il avait surmonté ses angoisses. Quoi qu'il arrive à présent, il avait pris la bonne décision, tout comme April en lui laissant une chance.

— On se voit demain, alors, conclut-il d'une voix douce.

Un peu gêné, il l'embrassa sur la joue, lui toucha l'épaule et partit. Lorsque April entra dans le restaurant, un sourire éclairait son visage, tandis que des larmes perlaient à ses paupières.

Mike tint parole et appela April le lendemain pour lui demander ce qu'elle aimerait manger. Elle expliqua qu'elle préférait les aliments peu assaisonnés, car elle souffrait de brûlures d'estomac. Il suggéra un petit italien qu'ils connaissaient et appréciaient tous les deux, et proposa de passer la chercher à vingt heures. Le restaurant était situé à deux pas de celui d'April.

La soirée débuta par l'échange de quelques banalités. Ils étaient un peu mal à l'aise. Mais après un bon repas et un verre de chianti pour lui, ils commencèrent à se détendre. Mike lui raconta des anecdotes amusantes sur les établissements qu'il avait testés – l'un d'eux avait tenté de l'empoisonner, il en était certain. April lui parla de sa famille et lui apprit que sa mère fréquentait Jack Adams. À minuit, lorsqu'il la raccompagna chez elle, ils n'en revenaient pas d'avoir bavardé si longuement. Ils avaient tant de choses à découvrir l'un sur l'autre, et en si peu de temps !

Le week-end suivant, Mike l'emmena voir une comédie musicale dont tout le monde parlait ; il avait obtenu deux places grâce au critique de théâtre du journal. April n'avait pas assisté à une pièce depuis des années. La semaine d'après, ils se retrouvèrent pour une sortie ciné-hamburgers, puis un après-midi balade dans Central Park. April invita Mike dans son restaurant un dimanche soir et il commanda des crêpes, ce qui les fit rire tous les deux. Au bout de trois semaines, la spontanéité avait repris sa place dans leurs rapports. Ils n'éprouvaient plus de gêne l'un envers l'autre.

Mike posait souvent la main sur le ventre d'April pour sentir le bébé bouger. Elle lui expliqua que, s'il lui parlait, l'enfant reconnaîtrait sa voix après la naissance. Sans y croire vraiment, Mike se pencha vers le nombril de la jeune femme et dit au bébé qu'il avait intérêt à être gentil avec sa maman, qu'il avait beaucoup de chance d'avoir une mère comme elle et qu'elle cuisinait à merveille. Il était convaincu qu'il s'agissait d'un garçon.

Un soir, tandis qu'ils rentraient du cinéma, ils se mirent à discuter du prénom. Mike aimait bien Owen, elle Zoé. Ils tombèrent d'accord sur Sam, si elle accouchait d'un petit garçon.

— Sam Wyatt, ça sonne bien, dit-elle en souriant.

— Je pensais plutôt à Sam Steinman.

— Ce prénom va bien avec nos deux noms, répondit-elle avec diplomatie.

April ne voulait pas précipiter les choses, même si tout se passait très bien jusque-là. Ils se tenaient la main au cinéma, ou quand ils se baladaient, et même parfois à table, mais Mike n'osait toujours pas l'embrasser.

Lorsqu'ils arrivèrent au restaurant d'April, les employés étaient déjà partis depuis un moment. Dehors, il faisait exceptionnellement doux pour un soir de mars. Cela sentait le printemps. Dans une semaine, April entamerait son huitième mois de grossesse ; elle avait l'impression de gonfler à vue d'œil. La gynécologue lui prédisait un gros bébé.

— Ça te dit de prendre un verre ou de boire un thé ? proposa-t-elle.

— Je veux bien un thé. J'adore celui à la vanille et sans théine que tu fais venir de France.

— Moi aussi, dit April en souriant.

Ils allumèrent les lumières dans la cuisine. Quand le thé fut prêt, ils s'assirent sur des tabourets et le burent au comptoir, tout en échangeant leurs impressions sur le film polonais qu'ils avaient vu ce soir-là. Ils ne partageaient pas le même avis quant au message que le metteur en scène avait voulu faire passer à travers le dénouement très triste. Au bout d'un moment, Mike remarqua qu'April se tortillait sur son siège.

— Tu n'as pas l'air à l'aise, observa-t-il, inquiet.

Avec son gros ventre, April avait de plus en plus de mal à rester perchée sur un tabouret. Mais elle ne voulait pas s'installer à une table de la salle, car elles avaient toutes été préparées pour le lendemain.

— Je serais plus confortable dans mon appartement. Tu veux venir ? demanda-t-elle.

April avait acheté deux vieux fauteuils rembourrés

chez Goodwill. Sa mère avait failli faire une syncope en les voyant ; elle l'avait implorée de s'en débarrasser, en lui promettant de lui en offrir des neufs. Mais April les aimait bien, comme tous ses vieux meubles.

Un peu hésitant, Mike la suivit à l'étage et ils s'installèrent dans les fauteuils pour finir leur thé. Il avait beaucoup apprécié cette soirée. Subitement, sans trop savoir ce qu'il faisait ni si c'était le bon moment, il se pencha pour l'embrasser. Il en avait envie depuis des semaines.

— April, excuse-moi, murmura-t-il en se mettant à genoux devant elle pour pouvoir la serrer contre lui. J'ai été vraiment nul.

Il souhaitait du fond du cœur qu'elle lui pardonne. Lorsqu'il l'embrassa à nouveau, elle répondit à son baiser avec passion.

— Est-ce que tu veux dormir avec moi ?
— Tu le souhaites vraiment ? demanda-t-il, surpris.

April avait envie d'être allongée avec lui et de sentir leur bébé entre eux. Elle voulait qu'il la tienne dans ses bras. Rien de plus.

Tout en s'embrassant, ils se déshabillèrent lentement et rejoignirent le grand lit d'April. Mike n'y avait dormi qu'une seule fois, mais leur vie en avait été transformée à jamais.

En la voyant nue, il la trouva magnifique. April était très mince, son abdomen excepté dont la rondeur abritait leur bébé. Mike le sentit encore bouger lorsqu'il lui caressa le ventre. Il se lova contre April et ils restèrent un moment immobiles. Mais bientôt il constata, horrifié, qu'il avait très envie d'elle et qu'elle devait s'en rendre compte. Cette fois-ci, cela n'avait rien à voir avec l'alcool ou une attirance purement sexuelle : il la désirait parce qu'il l'aimait.

— Excuse-moi, murmura-t-il tout contre ses longs cheveux bruns qu'elle avait dénoués.

— Où est le problème ?

Alors qu'elle commençait à le guider, il s'écarta, terrorisé à l'idée de lui faire mal. Elle se tourna vers lui en souriant et lui caressa le visage.

— C'est bon.

— Il n'y a aucun risque pour le bébé ?

— Aucun.

Mike fut très doux, malgré le désir impérieux qui s'était emparé de lui. Comme ils s'unissaient avec une tendresse et une sensualité délicieuses, il laissa libre cours aux émotions et à l'amour qu'il avait retenus en lui pendant toutes ces années. Oubliant le bébé, ils s'abandonnèrent corps et âme à leur passion.

Un peu plus tard, allongé contre April dans le noir, Mike se mit à rire.

— Je t'aime, April, mais je crois qu'on a un problème. On a fait deux fois l'amour ensemble, la première alors qu'on était complètement soûls, la deuxième alors que tu es enceinte de sept mois. Peut-être qu'un jour on fera les choses normalement.

Il était un peu choqué par ce qui venait de se passer, mais cela ne l'avait pas empêché d'y prendre beaucoup de plaisir.

— Je n'y ai rien vu d'anormal, répliqua-t-elle en gloussant.

Son rire tintait comme des clochettes argentées dans l'obscurité de la pièce.

— Je ne recommencerai pas ce soir, la prévint-il. Sinon, le bébé va sortir pour m'en coller une.

En réalité, ce dernier n'avait pas bougé pendant qu'ils faisaient l'amour. April avait l'impression qu'il dormait. Gagné à nouveau par un désir irrésistible, Mike se remit à la caresser, et April répondit avec une telle ardeur qu'elle le fit mentir quelques instants plus tard.

17

À leur grande surprise, Mike et April adoptèrent une vie de couple presque normale dans les semaines qui suivirent. Mike emménagea chez elle à la fin du mois d'avril, après y avoir passé toutes les nuits. Le matin, il partait travailler ; à son retour, il restait au restaurant pour donner un coup de main en cuisine si nécessaire. April rayonnait de bonheur dès qu'elle posait les yeux sur lui. Tout le monde se réjouissait pour elle, sauf Jean-Pierre, qui ne se gênait pas pour le montrer. Souffrant de les voir ensemble, il jouait l'amant éconduit et cela agaçait April, même si elle s'efforçait de l'ignorer. Pour elle, il n'avait jamais été plus qu'un employé. Elle avait été très claire à ce sujet et avait pris garde de ne pas lui donner de faux espoirs. Son cœur appartenait à Mike.

April avait annoncé la bonne nouvelle à sa mère, qui l'avait relayée à Pat. Jack, lui, était soulagé pour April : il espérait simplement que cette fois-ci le jeune homme ne changerait pas d'avis. Il eut l'occasion de le rencontrer au cours d'un dîner avec Valerie et sa fille, un dimanche soir. Malgré ses a priori négatifs, il reconnut que Mike avait des qualités.

— Il a l'air intelligent, confia-t-il à Valerie. Maintenant, je croise les doigts pour qu'il prenne soin d'elle et qu'il ne fuie pas ses responsabilités.

— Moi aussi, répondit Valerie, qui se faisait du souci pour sa fille.

Quelques jours auparavant, elle avait acheté tout un ensemble de meubles d'enfant, et Jack s'était gentiment moqué d'elle. Peu à peu, elle s'habituait à l'idée de devenir grand-mère.

Valerie et Jack avaient prévu de partir plusieurs semaines en Europe au mois de mai, période de vacances pour lui et d'interruption des programmes pour elle. Ils envisageaient de visiter Londres et Paris et de passer un week-end à Venise : Jack en parlait comme de leur lune de miel. À New York, ils n'avaient toujours pas décidé d'un endroit où habiter et continuaient donc de partager leurs nuits entre les deux appartements, choisissant suivant leur humeur et leur emploi du temps. Pour l'instant, cet arrangement leur convenait parfaitement.

Valerie avait hésité à prévoir un voyage alors qu'April était enceinte jusqu'aux yeux, mais celle-ci avait insisté pour qu'elle parte, promettant de la prévenir à la moindre alerte pour qu'elle puisse rentrer à temps. Valerie avait fini par accepter. La présence de Mike aux côtés d'April la rassurait.

La veille de leur départ, ils dînèrent tous les quatre. April fut touchée d'apprendre que sa mère avait acheté des meubles pour le bébé. Encore un peu nerveuse à l'idée de partir, Valerie lui répéta qu'elle n'avait pas intérêt à accoucher avant leur retour !

April avait discuté avec Mike de sa présence ou non en salle d'accouchement. Il n'était pas sûr d'être prêt à vivre cette expérience. April ne voulait pas l'y obliger, néanmoins elle espérait qu'il serait là. Dans le cas contraire, Ellen lui avait proposé de l'accompagner.

Valerie téléphona à sa fille une dernière fois depuis l'aéroport pour lui recommander de prendre soin d'elle et d'appeler immédiatement en cas de problème. April lui semblait tellement vulnérable à ce stade de sa grossesse. Elle était censée accoucher dans cinq semaines, et Valerie prévoyait d'être de retour quinze jours avant.

Cet après-midi-là, April avait rendez-vous chez sa gynécologue. Elle lui avait appris le mois précédent que le futur père était réapparu dans sa vie, ce dont le médecin s'était réjoui. Après l'avoir examinée, l'obstétricienne lui assura que tout allait bien : le bébé avait grossi normalement et se trouvait dans la bonne position. Il fut impossible cependant de voir le sexe à l'échographie, car il leur tournait le dos... April décida de ne pas forcer le destin et de garder la surprise pour la naissance. Fille ou garçon, cela lui importait peu, pourvu que l'enfant soit en bonne santé. Elle continuait néanmoins de penser qu'elle accoucherait d'une petite Zoé, tandis que Mike espérait un petit Sam.

En rentrant chez elle en fin de journée, elle passa prendre le thé au cabinet de son amie acupunctrice, qui fut heureuse de la recevoir entre deux clients. Ellen lui montra comment masser du bout des doigts certains points d'acupuncture pour l'aider à faire face à la fatigue et lui donna quelques astuces pour déclencher le travail si jamais elle dépassait le terme. Mais April ne pensait pas en avoir besoin : elle se sentait déjà prête à accoucher ! Elle avait beaucoup de contractions le soir, après avoir passé la journée à travailler debout. Selon la gynécologue, c'était normal, cela ne voulait pas dire que son bébé naîtrait prématurément. April s'inquiétait surtout de savoir qui la remplacerait en cuisine pendant qu'elle serait à la maternité. Elle ne faisait pas totalement confiance aux sous-chefs pour se débrouiller sans elle.

— Je te vois bien donner naissance à ce bébé dans ta cuisine, tout en essayant de préparer les commandes, plaisanta Ellen.

— Ça pourrait arriver. Le mieux serait que j'accouche la nuit après la fermeture : comme ça, je reviendrais à temps pour le déjeuner.

— Tu en serais bien capable.

De retour au restaurant, April s'attela à la préparation du dîner. Un sourire aux lèvres, elle songea à sa mère et à Jack qui, à cette heure, se trouvaient à Paris. Valerie semblait comblée. Elle ne ressentait pas le besoin d'épouser Jack, et lui non plus : dans leurs cœurs, ils étaient déjà mariés. Ils ne se quittaient plus depuis le mois de décembre. Pour l'un comme pour l'autre, il s'agissait de leur plus longue relation depuis leur divorce. Et de loin la plus belle.

La soirée fut particulièrement chargée au restaurant. Mike était parti dîner dans un établissement raffiné pour écrire sa rubrique ; April aimait l'accompagner de temps à autre, mais pas lorsqu'ils faisaient salle comble comme ce soir. Les affaires marchaient mieux que jamais. À présent, les clients réservaient un mois à l'avance – à ce rythme, elle aurait fini de rembourser sa mère plus vite que prévu.

Un sous-chef travaillait aux fourneaux quand April l'entendit crier : une des poêles avait pris feu, embrasant une pile de torchons. Pendant que l'employé les piétinait pour étouffer les flammes, le feu redoubla d'intensité au-dessus de la gazinière. April arracha des mains d'un serveur l'extincteur dont il venait de s'emparer et dirigea elle-même le jet de mousse. Sans succès. Quand Jean-Pierre, ayant entendu de la salle le tintamarre, accourut au milieu des cris et tenta de l'entraîner hors de la pièce, April le repoussa, s'obstinant à vouloir maîtriser l'incendie. Mais celui-ci devint incontrôlable et s'étendit à toute la cuisine.

April entendit au loin les sirènes des camions de pompiers. Jean-Pierre et les autres lui criaient de s'écarter, mais elle refusait d'abandonner son restaurant : son bébé, son premier amour. Le feu avait gagné la salle lorsque les sirènes se rapprochèrent. April sentait la brûlure des flammes sur ses bras et le dos de ses mains. Enfin, les pompiers accoururent dans la cuisine, armés de lances, et l'un d'eux transporta April hors de la pièce envahie d'une épaisse fumée. La tête lui tournait. Lorsqu'il la déposa sur le trottoir et appliqua un masque à oxygène sur son visage, elle se débattit, tenta de se relever. Elle voyait les flammes dans la salle, les tonnes d'eau que les soldats du feu déversaient dessus. Et tandis que deux serveurs s'agenouillaient à côté d'elle pour l'empêcher de se redresser, elle assista en sanglotant à la destruction de son restaurant.

Elle entendit les pompiers appeler une ambulance, crier à quelqu'un qu'elle était enceinte. Mais elle ne voulait pas qu'on l'emmène, il fallait qu'elle retourne à l'intérieur ! Elle pleurait sans pouvoir s'arrêter. Comme elle tentait de résister aux ambulanciers, elle perdit connaissance.

Un serveur appela Mike sur son portable pour le prévenir qu'il y avait eu un incendie au restaurant et qu'April avait été conduite à l'hôpital – il ne savait pas lequel. Fou d'inquiétude, Mike contacta le service d'urgence et apprit qu'elle avait été transportée au centre des grands brûlés de Weill-Cornell. Selon le serveur, April s'était entêtée à lutter seule contre le feu jusqu'à ce qu'un pompier la sorte de force.

Mike partit en courant du restaurant où il était en train de dîner, héla un taxi et arriva à l'hôpital en moins de dix minutes. April se trouvait en traumatologie. Mike indiqua à la secrétaire qu'elle était enceinte de huit mois.

— Oui, nous l'avons remarqué, répondit-elle calmement. Un obstétricien est avec elle.

— Elle va accoucher ?

— Pas que je sache.

Mike eut des sueurs froides. Et si le bébé mourait ? Ou bien April ? Il ne connaissait même pas la gravité de ses blessures.

— Je veux la voir !

— Elle est dans le box 19C.

À peine la secrétaire lui avait-elle montré les doubles portes battantes que Mike se précipita. Il se retrouva plongé au milieu d'une foule de blessés par balle, victimes de crises cardiaques et autres patients souffrant de plaies à la tête. Puis il la vit : inconsciente, livide, un masque à oxygène sur le visage et une perfusion à l'avant-bras. Deux médecins et une infirmière s'occupaient de soigner ses brûlures aux mains et aux bras, tout en surveillant le rythme cardiaque du bébé, qui semblait régulier.

— Je suis son mari, dit-il sans réfléchir. Comment va-t-elle ?

— Elle a inhalé beaucoup de fumée et elle souffre de brûlures au deuxième degré. Elle est enceinte de combien ? demanda l'obstétricien, les sourcils froncés.

— Trente-cinq semaines.

— L'accouchement pourrait se déclencher. Pour l'instant, le bébé va bien, mais votre femme a du mal à respirer et il pourrait décider de sortir.

Mike ne savait pas s'il devait hurler ou pleurer. Il avait envie de la secouer. Pourquoi avait-elle tenté d'éteindre le feu elle-même ? Comment avait-elle pu se montrer aussi inconsciente ? Mais elle semblait tellement fragile et malade sur son lit d'hôpital qu'il n'arrivait pas à lui en vouloir. Il se contenta donc de la regarder en pleurant, impuissant, tandis que les médecins tentaient de la ramener à elle. Au bout d'une heure, elle reprit conscience, toussant et vomissant, respirant avec difficulté. L'obstétricien releva des contractions régulières. La poche des eaux ne s'était pas rompue, mais il paraissait inquiet de la tournure que prenaient les événements. Seule bonne nouvelle : le cœur du bébé continuait de battre avec vigueur.

April resta toute la nuit en traumatologie, avec Mike à son chevet. Trop faible pour parler, elle le savait néanmoins auprès d'elle. Le lendemain matin, le médicament qu'on lui avait injecté dans l'espoir de stopper les contractions produisit enfin l'effet escompté. On lui laissa toutefois le masque à oxygène jusqu'au soir, autant pour le bébé que pour elle. Dans la chambre où on l'avait transférée, tout était imprégné de l'odeur âcre de la fumée.

Mike avait prévenu Pat et Maddie, qui passèrent à

l'hôpital dans l'après-midi. En aparté, ils confièrent au jeune homme qu'ils avaient fait un détour par le restaurant et que les lieux étaient dévastés. Le soir, à minuit, heure française, Mike téléphona à Valerie à l'hôtel Ritz de Paris. April n'avait pas souhaité qu'il le fasse plus tôt, ne voulant pas gâcher le voyage de sa mère. Mike expliqua que le restaurant avait subi d'importants dégâts, mais qu'April et le bébé étaient hors de danger. Les médecins lui avaient simplement conseillé de se reposer dans les semaines à venir pour mener sa grossesse à terme.

— Mon Dieu, mais comment est-ce arrivé ?

Valerie était contrariée de ne pas avoir été prévenue tout de suite, mais elle connaissait bien sa fille. Elle se doutait qu'April avait interdit à Mike de l'appeler pour ne pas l'affoler. Derrière elle, Mike entendait Jack poser des questions.

— Je ne sais pas, je n'étais pas là, répondit-il d'une voix fatiguée. Je crois qu'une poêle a pris feu.

Plusieurs employés avaient rendu visite à April dans la journée. Ils semblaient dire que le restaurant avait été presque entièrement ravagé par l'incendie et par l'eau. April avait tout fait pour éteindre le feu, allant jusqu'à risquer sa vie, mais cela n'avait servi à rien. L'assurance avait beau couvrir ce type de sinistre, le chantier pour tout remettre en état allait être énorme. April aurait du mal à l'accepter. L'essentiel, pour Mike, était qu'elle n'ait pas perdu le bébé. Toute la nuit, il avait craint qu'il ne s'agisse là de leur punition pour ne pas l'avoir désiré au départ. Il se sentait tellement soulagé de savoir que tout allait bien que le reste lui était égal.

— Je rentre, déclara Valerie. Je prendrai le premier vol demain matin.

À côté d'elle, Jack acquiesça. Mike répondit qu'April souffrait seulement de brûlures superficielles et qu'elle était surtout très choquée. Comme Valerie demandait à parler à April, Mike tendit son portable à la jeune femme – on venait tout juste de lui retirer son masque à oxygène. April, pouvant à peine parler, répéta à sa mère d'une voix éraillée qu'elle allait bien et qu'elle ne voulait surtout pas qu'ils écourtent leur séjour. Elle lui donna le numéro de téléphone de Mike, chez qui ils allaient habiter le temps des travaux, et leur promit qu'il les tiendrait informés.

Dès qu'elle eut raccroché, Valerie se tourna vers Jack et éclata en sanglots dans ses bras. Il lui fallut plusieurs minutes pour se calmer tant elle était inquiète et soulagée à la fois.

— Que s'est-il passé exactement ? demanda Jack, qui n'avait entendu que des bribes de la conversation téléphonique.

— Il y a eu un incendie au restaurant, expliqua Valerie. April a voulu l'éteindre et elle s'est brûlée aux bras et aux mains. Elle a failli accoucher.

— J'appelle tout de suite le concierge pour qu'il nous trouve un vol retour.

— April ne veut pas qu'on rentre. Mike dit qu'elle va bien et qu'il nous tiendra au courant. Elle a une voix d'outre-tombe, mais elle n'est pas en danger et le bébé non plus. Peut-être qu'on devrait attendre de voir comment son état évolue. On risque de la contrarier encore plus si on annule le voyage.

Valerie avait conscience que la situation, aussi bouleversante soit-elle, ne nécessitait pas qu'ils reviennent en urgence.

— C'est comme tu veux, dit Jack en l'embrassant. C'est toi qui décides.

Valerie acquiesça, reconnaissante. Ils se mirent d'accord pour attendre un jour ou deux avant de prendre une décision.

Dans la chambre d'hôpital, Mike regardait April sans savoir s'il voulait l'étrangler ou la couvrir de baisers.

— Qu'est-ce qui t'a pris de vouloir éteindre cet incendie toi-même ? lui demanda-t-il, les larmes aux yeux.

— Je suis désolée, Mike... Je pensais que je pouvais y arriver, mais le feu s'est propagé trop vite. Un des sous-chefs faisait caraméliser un ingrédient quand la poêle s'est enflammée.

— Le bébé a failli naître cette nuit, lui rappela-t-il en posant instinctivement la main sur son ventre. Tu avais des contractions toutes les dix minutes. Heureusement, ils ont réussi à les arrêter.

Une chose était certaine : à présent, il ne la quitterait plus des yeux jusqu'à ce qu'elle accouche.

— Je leur ai menti, hier soir, ajouta-t-il. Et j'aimerais que tu fasses de moi un honnête homme.

April avait retrouvé quelques couleurs et ne se plaignait pas trop de ses brûlures. Celles-ci s'étaient révélées moins graves que les médecins ne l'avaient craint. Elle avait eu beaucoup de chance, et Mike aussi : il aurait pu la perdre.

— Que leur as-tu dit ?

— Que j'étais ton mari. Et je voudrais pouvoir le dire sans que ce soit un mensonge, expliqua-t-il d'une voix douce avant de l'embrasser.

Les cheveux d'April empestaient la fumée, mais il s'en fichait.

— Veux-tu m'épouser, April ? Marions-nous avant la naissance du bébé. Ce serait bien pour lui.

— Pour elle, rectifia-t-elle avec un sourire moqueur.

Elle le regarda dans les yeux, de nouveau sérieuse.

— Ce n'est pas parce que je suis enceinte que tu dois m'épouser.

— Si je veux t'épouser, c'est parce que tu es dangereuse et qu'il faut te surveiller, répliqua-t-il. La prochaine fois que tu essaies d'éteindre un feu de cuisine toute seule, je te botte les fesses, April Wyatt. Alors, c'est oui ?

— Oui pour quoi, déjà ? demanda-t-elle innocemment.

Il avait raison : ils étaient fous tous les deux. Mais ils l'avaient toujours été, dès la première nuit.

— Bien sûr que c'est oui, reprit-elle. Mais est-ce qu'on peut attendre que je sois redevenue mince pour que je puisse porter une belle robe ? J'ai l'intention de ne me marier qu'une fois.

— Moi aussi. Mais tu pourrais bien avoir ton dessus-de-lit sur le dos, je m'en fiche. J'aimerais vraiment qu'on célèbre notre union avant la naissance, si tu es d'accord.

— Eh bien, j'ai toujours rêvé de me marier en juin...

April n'arrivait pas à croire que Mike lui ait réellement demandé sa main. Elle avait l'impression d'être en plein rêve.

— Tu es complètement dingue, et c'est peut-être pour ça que je t'aime, murmura Mike. Je dois admettre que tu as un sacré cran. J'ai beau avoir envie de te secouer pour te faire comprendre combien tu m'as fichu la frousse hier, ce que tu as fait était courageux.

— Je peux appeler ma mère ? demanda April, le visage rayonnant.

Mike composa le numéro du Ritz et lui tendit son portable. C'était un plaisir de la voir si heureuse, alors que la veille il avait cru la perdre.

La mère d'April répondit à la première sonnerie, redoutant d'autres mauvaises nouvelles. Elle fut soulagée d'entendre la voix de sa fille, même enrouée.

— Salut, maman. Je suis fiancée !

— Pour l'amour du ciel, es-tu droguée ? s'exclama Valerie.

— Je ne sais pas.

April n'avait aucune idée du contenu de la perfusion. Elle avait un peu la tête qui tournait.

— Mais c'est vrai, on va se marier.

— Quand ?

— Au mois de juin, avant l'accouchement.

April prit la main de Mike, qui lui sourit.

— Pourrais-tu te calmer le temps qu'on rentre ? lui demanda sa mère, à bout de nerfs. D'abord, tu tentes d'éteindre un incendie, ensuite tu te fiances... Essaie de dormir ou regarde la télévision, je ne sais pas, moi !

Valerie se mit à rire. Cette fois-ci, au moins, il s'agissait d'une bonne nouvelle : leur décision lui semblait appropriée. Elle appréciait Mike et avait toujours espéré qu'il changerait d'attitude malgré son mauvais départ.

— Bon, est-ce que je peux m'occuper de l'organisation, au moins ?

— Bien sûr, maman !

Jack faisait de grands signes à Valerie.

— Jack dit qu'on peut célébrer le mariage chez lui, il y a plus de place.

— Peu importe. De toute façon, on veut faire ça en petit comité. On prévoira une grosse fête après la naissance, quand je pourrai porter une robe digne de ce nom.

Émue, April essuya les larmes qui perlaient à ses paupières. Elle venait de vivre une expérience terrifiante et s'inquiétait encore pour son bébé.

— Je t'aime, maman. Pardon d'avoir été aussi stupide. Je te promets que ça n'arrivera plus.

Ce disant, elle leva les yeux vers Mike d'un air contrit.

— Je te crois, ma chérie, répondit Valerie, la voix tremblante, tandis que Jack lui prenait la main. Reste tranquille pour l'instant. Il faut que tu sois en forme pour ton mariage et pour ton bébé, alors, repose-toi bien.

— D'accord, maman.

April raccrocha et rendit son téléphone à Mike. Il l'embrassa, puis elle s'endormit, un sourire aux lèvres.

18

Le lendemain, April put sortir de l'hôpital : le bébé allait bien, elle n'avait plus de contractions et l'oxygénation de son sang était de nouveau normale. Malgré ses pansements sur les bras et un léger mal de gorge à cause de la fumée, elle se sentait en forme. Tout le monde lui répétait qu'elle avait eu beaucoup de chance, et elle le savait... sauf pour son restaurant.

Mike refusa de s'y arrêter lorsqu'ils rentrèrent chez lui. Mais il ne put empêcher April de s'y rendre deux jours plus tard pour constater les dégâts, et c'est en sanglotant qu'elle contempla les ruines de son établissement. Il y avait de l'eau et du verre brisé partout – les pompiers avaient cassé la vitrine pour faire passer leurs tuyaux. L'eau avait causé bien plus de ravages que le feu. April ne savait pas par où commencer pour rénover le bâtiment. Heureusement, le mari d'Ellen, Larry, se déplaça pour évaluer les dommages et promit de lui trouver une équipe d'artisans. Il lui proposa même de prendre en charge le chantier, qui pouvait être terminé selon lui en trois ou quatre mois, donc début septembre au plus tard. April répondit qu'elle s'en accommoderait. Au moins, l'assurance couvrirait les frais, puisqu'il n'y avait aucun doute sur l'origine accidentelle de l'incendie. Il ne lui restait plus qu'à attendre la fin des travaux.

April n'avait pas le moral en rentrant chez Mike, mais il lui rappela que cela aurait pu être bien pire. De plus, elle savait qu'avec Larry son restaurant était entre de bonnes mains. Quant aux employés, elle leur offrit à tous de rester. Seul Jean-Pierre décida de reprendre son ancienne place, et April accepta sa démission avec soulagement. Les sentiments qu'il éprouvait à son égard rendaient les choses trop difficiles pour lui comme pour elle. April aimait Mike, quels que soient les espoirs que Jean-Pierre avait pu caresser. Bien sûr, cela lui coûtait de laisser partir un si bon sommelier, mais c'était mieux ainsi. Elle n'aurait pas supporté longtemps ses regards langoureux, chargés d'hostilité dès lors que Mike se trouvait dans les parages.

Ce dernier restait avec elle autant que possible. La gynécologue avait conseillé à April de se reposer pendant une semaine pour éviter que les contractions ne reprennent. De toute façon, elle n'avait plus rien à faire. Larry s'occupait de réunir les artisans ; et avant d'entamer les travaux, les gravats devaient être évacués. Apparemment, rien ne pourrait être sauvé.

Un après-midi, alors que Mike travaillait au journal, April s'ennuyait dans son lit. Elle savait qu'à quinze heures Larry avait rendez-vous avec l'électricien. Or, elle se sentait très bien, et cela lui semblait vraiment idiot de rester allongée à ne rien faire. Elle enfila donc un jean et un tee-shirt, se fit une tresse et quitta l'appartement. Quand Mike l'appela sur son portable, elle prétendit être couchée alors qu'elle s'arrêtait dans un magasin Walgreens pour acheter des bottes en caoutchouc. Dix minutes plus tard, elle arriva au restaurant au même moment que Larry et l'électricien. Larry sembla surpris.

— Tu n'es pas censée te reposer ? demanda-t-il, les sourcils froncés.

Il la présenta à l'électricien, puis ils pénétrèrent tous les trois dans le bâtiment. L'odeur âcre leur piqua les yeux. Ils pataugeaient dans vingt centimètres d'eau.

— Il va falloir assécher tout ça, observa Larry.

La cave à vin était inondée, elle aussi. April espérait que les bouteilles, stockées dans des casiers en hauteur, avaient été épargnées. Pendant que Larry faisait visiter les lieux à l'électricien, elle descendit l'escalier de la cave et poussa un soupir de soulagement en découvrant que ses vins étaient au sec. Elle remonta les marches d'un pas moins lourd.

Alors qu'ils se tenaient dans la cuisine, le téléphone d'April sonna. C'était Mike.

— Qu'est-ce que tu fais ? s'enquit-il d'un ton détaché.
— Rien.

À cet instant, un énorme bruit retentit dans la cuisine : l'électricien venait de déplacer des planches.

— C'était quoi ? demanda Mike, inquiet.
— La télé.

April s'éloigna rapidement pour que Mike n'entende pas les voix des deux hommes.

— J'ai quelque chose à faire, je rentrerai un peu plus tard ce soir, dit-il d'un ton mystérieux.
— D'accord. Je ne bouge pas, de toute façon.

Ce disant, elle enjamba une pile de débris.

— Pourquoi j'ai l'impression que tu me racontes des salades ?

Une autre planche s'effondra, avec un peu moins

de vacarme que la précédente. April faillit lui dire la vérité, mais elle n'osa pas.

— Tu te fais trop de souci. Je t'assure, Mike, je vais très bien.

— Je ne te fais pas confiance.

Elle se mit à rire : il avait bien raison.

— Je t'aime. À ce soir.

— À tout à l'heure, April, repose-toi bien. Il y a quelque chose qui te ferait plaisir ?

Depuis qu'il avait décidé de prendre ses responsabilités de futur père et d'accepter que son amour pour April n'était pas une menace mais un bonheur, Mike était aux petits soins pour elle. D'avoir failli la perdre, il avait subitement compris à quel point il tenait à elle et au bébé. Chaque minute passée avec elle lui paraissait précieuse. Mais il ne pouvait pas lui tenir compagnie constamment. Son travail l'occupait beaucoup – il avait d'ailleurs une critique à rédiger ce soir-là –, et le restaurant qu'il avait quitté en catastrophe le jour de l'incendie attendait qu'il revienne. Pour l'instant, il n'avait pas eu le temps de prendre rendez-vous. Il détestait laisser April seule le soir.

— Ce qui me ferait plaisir ? Qu'April in New York rouvre, répondit-elle en jetant un regard sombre autour d'elle.

— Ça viendra. Tu as entendu ce que Larry a dit. Au pire, la réouverture aura lieu pour la fête du Travail en septembre, au mieux, dans trois mois.

— Vu l'étendue des dégâts, franchement, ça ne me semble pas très réaliste.

— Comment peux-tu dire ça ? demanda Mike, de nouveau méfiant.

— Euh... c'est ce que Larry m'a fait comprendre,

se rattrapa-t-elle. Il vient de m'appeler, il est avec l'électricien.

Mike avait des doutes. Quelque chose lui disait qu'April ne se trouvait pas du tout dans son lit. Elle était incapable de rester tranquille cinq minutes.

— Ils ont repoussé la date de fin des travaux ? s'enquit-il, inquiet.

— Non, mais je ne vois pas comment ils peuvent y arriver.

Elle soupira. Cela lui semblait tellement loin... Quatre longs mois à attendre !

— Tu n'as qu'à considérer ça comme un congé maternité, suggéra Mike. Ça te laissera deux ou trois mois avec le bébé pendant qu'ils retapent le restaurant. Je suis sûr que tu ne verras pas le temps passer. Et puis, l'été, il y a souvent moins de monde.

— C'est faux ! s'indigna-t-elle. On reçoit tous les gens qui ne partent pas le week-end, et même nos clients réguliers continuent à venir en semaine.

— D'accord, d'accord. Eh bien, pour une fois, tu prendras des vacances l'été. Tu seras très occupée avec le bébé. On pourrait peut-être aller à Long Island quelques semaines en juillet ?

Mike tentait de lui remonter le moral, mais rien n'y faisait. April n'avait qu'une idée en tête : rouvrir son établissement, le plus tôt possible.

— Je ne sais pas, répondit-elle avec diplomatie, ne voulant pas le vexer. Je pense que je devrais rester ici pour superviser les travaux.

Mike se mit à rire.

— Ça, c'est bien toi ! Essaie de te calmer. De toute façon, tu ne pourras rien porter de lourd. Je ne veux pas que tu te blesses, April.

Elle entrait dans la dernière ligne droite : il lui restait à peine plus de quatre semaines avant la date prévue de l'accouchement. Depuis deux mois qu'ils vivaient ensemble, le temps filait à toute allure, et Mike se montrait aussi tendre que s'il avait désiré ce bébé dès le départ. Bien sûr, il se sentait encore un peu nerveux, mais son thérapeute l'aidait à surmonter son angoisse. Mike avait accepté l'idée d'être papa. Jim, avec qui il en parlait souvent, était fier de lui.

Après être resté des années sans nouvelles, Mike avait appelé ses parents pour leur annoncer qu'il allait avoir un enfant. Comme il pouvait s'y attendre, ce fut une catastrophe. Sa mère, ivre, n'avait eu aucune réaction en apprenant qu'elle allait être grand-mère. Elle ne lui avait même pas demandé s'il était marié. Son père étant absent, Mike avait laissé son numéro de portable, mais celui-ci ne l'avait pas rappelé. Mike en avait discuté avec son psy et avait décidé de clore définitivement ce chapitre de son existence. Si ses parents n'avaient pas changé, il avait de son côté la perspective d'un avenir heureux avec April et le bébé.

April raccrocha et rejoignit Larry et l'électricien. Ce dernier lui proposa de monter une meilleure installation, équipée de dispositifs de sécurité intégrés et offrant une capacité électrique supérieure. Malgré le prix plus élevé, April pensa que cela en valait la peine. L'artisan, qui prévoyait deux mois de travaux, pouvait commencer d'ici à quinze jours, lorsqu'il aurait terminé son chantier en cours. Larry avait fait pression sur lui pour qu'il aide April, insistant sur le fait qu'elle était enceinte, célibataire, et que le restaurant constituait sa seule source de revenus. S'il l'avait fallu, il aurait été prêt à le supplier à genoux pour le convaincre d'accepter ce job.

Lorsque l'électricien fut reparti, April remercia Larry à profusion.

— Qu'est-ce que tu en penses, honnêtement ? lui demanda-t-elle. Tu crois qu'on peut vraiment sauver cet endroit ?

Larry n'en doutait pas. Il savait que, si April avait une idée en tête, rien ne l'arrêtait, aucun obstacle ne lui résistait.

— Il sera encore mieux qu'avant, lui promit-il. Je te connais : tu es capable d'avoir ce bébé, retaper le restaurant, te présenter comme maire et ouvrir un nouvel établissement dans les Hamptons avant le mois de juillet. C'est peut-être le bon moment pour regarder les locaux à vendre, d'ailleurs.

— Je voudrais juste que celui-ci soit de nouveau opérationnel, répliqua-t-elle.

À cet instant, sa mère l'appela sur son téléphone portable. Lorsque April lui expliqua où elle se trouvait, Valerie se fâcha :

— Tu n'es pas censée rester au lit, toi ?

— Si, mais ça me rend folle. Il y a tellement de boulot ! J'avais envie d'entendre l'avis de l'électricien. Il dit que tout devrait bien se passer.

— C'est pour toi et le bébé que ça risque de mal se passer, si tu ne te reposes pas.

April croyait entendre Mike. Elle savait qu'ils avaient raison tous les deux, mais comment pouvait-elle rester sur la touche dans une situation pareille ?

— Je te promets d'être sage, maman. Tu sais, je suis un peu enrouée mais je me sens en pleine forme.

Quant au bébé, il s'était remis à lui donner de vigoureux coups de pied. Le ventre d'April avait encore grossi malgré le traumatisme qu'elle venait de subir. À présent, elle semblait réellement cacher un ballon de basket sous son tee-shirt, d'autant plus qu'elle n'avait pas pris un gramme ailleurs : son activité incessante au restaurant lui avait permis de garder la ligne.

April demanda à sa mère comment se passait son voyage, et Valerie lui répondit que c'était merveilleux. Après avoir raccroché, la jeune femme rejoignit Larry, qui examinait les dégâts en cuisine. Tout le matériel était perdu. L'eau avait fini de détruire ce que le feu n'avait pas complètement dévoré.

— Je fais vider les lieux la semaine prochaine, expliqua Larry, qui avait établi un planning. Ensuite, il faudra tout assécher. Tu devrais commencer à chercher de nouveaux équipements, ça va te prendre du temps.

April acquiesça. Elle était passée par là lorsqu'elle avait créé April in New York. Cette fois-ci, la tâche serait néanmoins plus ardue, car il fallait d'abord tout restaurer. Larry lui promit de faire au plus vite – il avait d'ailleurs rendez-vous avec d'autres artisans dès le lendemain. April déclara qu'elle serait présente, même si l'odeur âcre qui imprégnait les lieux lui donnait la nausée.

Après avoir remercié le mari de son amie, April ferma le restaurant et rentra chez Mike en taxi. Elle se savonna et se shampouina énergiquement dans l'espoir de faire partir l'odeur de fumée, puis elle s'aspergea d'après-rasage, n'ayant pas apporté de parfum. Presque toutes ses affaires étaient restées dans son appartement au-dessus du restaurant, et la plupart partiraient à la poubelle tant elles empestaient la fumée. Au moins, sa mère serait ravie de voir disparaître les meubles de chez Goodwill.

De retour à vingt heures, Mike la trouva allongée, l'air innocent, sur le lit. Il s'approcha en souriant, et tandis qu'il se penchait pour l'embrasser, il fit la grimace.

— Tu pues !
— Pardon ? C'est ton after-shave que j'ai mis, je te signale.
— Tu sens le cochon grillé. Toi, tu n'es pas restée au lit toute la journée, je me trompe ?

Il avait donc deviné juste. S'il voulait empêcher April de se rendre au restaurant, il fallait qu'il l'attache.

— Excuse-moi, Mike. Mais je ne peux pas rester ici sans rien faire. Il y a tellement de décisions à prendre !
— Qu'a dit Larry, alors ? demanda-t-il en s'asseyant dans un fauteuil à côté du lit.
— Il est certain qu'on pourra tenir les délais. L'électricien est venu, il va m'installer de nouveaux tableaux, qui marcheront mieux et donneront plus de voltage. Il dit que c'est plus sûr. Même si l'incendie n'était pas d'origine électrique, il vaut mieux en profiter pour moderniser l'ensemble.

April raconta son après-midi à Mike ; elle était très contente d'avoir retrouvé ses bouteilles de vin intactes. Lorsqu'elle eut fini de parler, il lui lança une liasse de papiers qu'elle attrapa au vol.

— Qu'est-ce que c'est ?
— Lis, et dis-moi ce que tu en penses. C'est pour l'édition de dimanche.

April savait que ses critiques les plus importantes étaient publiées ce jour-là. Les trois feuilles tapées occuperaient la hauteur d'une colonne. Parfois, Mike présentait deux restaurants, mais il n'en couvrait qu'un seul lorsqu'il avait beaucoup aimé l'établissement ou qu'il trouvait justifié d'y consacrer toute sa chronique.

— Mon supérieur est au courant pour nous deux, précisa-t-il. Il a eu le feu vert du rédacteur en chef. Tout est réglo.

« Ce qui suit fait office d'information et de chronique », commençait l'article.

« Pour ceux d'entre vous qui ne le savent pas encore, April in New York a subi un incendie cette semaine. Personne n'a été blessé, mais les dégâts sont importants. Les travaux ont déjà commencé et le restaurant rouvrira ses portes en août, ou au plus tard pour la fête du Travail. Sans nul doute, les fans d'April Wyatt, chef et propriétaire des lieux, seront consternés de devoir se passer de sa cuisine pendant trois mois.

En septembre dernier, j'ai écrit une chronique très peu élogieuse sur April in New York. Connaissant les références de Mlle Wyatt, je m'étais agacé de voir à la carte des mets bien ordinaires à mes yeux : purée de pommes de terre fondante, traditionnel gratin de macaronis au fromage, pain de viande apprécié des stars du Super Bowl et membres du Hall of Fame tels que Jack Adams, crêpes pour les petits et pour les grands... Le soda à la glace m'avait fait doucement sourire, tout comme le hamburger-frites dont on m'avait pourtant dit du bien. Je crois avoir affirmé (en fait, j'en suis certain) que c'était comme si Alain Ducasse, chez qui Mlle Wyatt a fait un stage à Paris avant de devenir sa principale sous-chef pendant deux ans, cuisinait pour McDonald's. Quel genre de restaurant sert des pizzas, des banana split et de la soupe aux boulettes de matzo ?

D'accord, on y trouve aussi du steak tartare, du gigot d'agneau et des escargots comme on en déguste seulement en France...

Votre serviteur se trompait. Les habitués d'April in New York le savent : je n'avais rien compris. Non seulement ce restaurant est l'endroit rêvé pour savourer un délicieux dîner – le homard est succulent, la sole meunière divine, l'osso-buco digne d'un chef italien (April est également passée par l'Italie : elle a travaillé six ans en Europe avant de ramener son savoir-faire aux États-Unis) –, mais c'est aussi un autre chez-soi, où les clients ont la chance de retrouver le meilleur de la cuisine avec laquelle ils ont grandi, ces petits plats réconfortants, parfaits pour les mauvais jours, que leur maman leur préparait (la mienne ne l'a jamais fait). Quand ce n'est pas le palais qui est stimulé, excité, tenté et enchanté, c'est l'âme qui est consolée. Tout dépend de votre humeur du moment. Ici, le poisson n'est pas seulement frais, il est cuisiné à la perfection. Le poulet, rôti ou frit à l'américaine, fond en bouche comme la purée qui l'accompagne. Jamais je n'ai goûté de pâtes ou de risotto aux truffes blanches aussi bons aux États-Unis. Jamais je n'ai vu pareille carte des vins, importés du Chili, d'Australie, de Californie et d'Europe, originaux et bon marché. En dessert, ne passez surtout pas à côté du soufflé au Grand Marnier ! April Wyatt a réussi à créer un royaume magique où le palais est roi et où l'atmosphère chaleureuse comble les besoins du cœur.

Les clients attendent un mois pour obtenir une table, les enfants supplient leurs parents d'y retourner... Oui, je l'admets : sur ce coup-là, j'avais tout faux. J'ai dîné souvent chez April in New York depuis, et je me suis rendu compte de mon erreur. Le soir de Noël, pendant que mes voisins de table se régalaient d'oie, de faisan, de chevreuil, de homard, de dinde, de rôti de bœuf et de Yorkshire pudding, pendant qu'ils dévoraient le soufflé au chocolat, la bûche ou le pudding de Noël, qu'y avait-il dans mon assiette ? Deux piles des meilleures crêpes que j'aie jamais mangées, arrosées de sirop d'érable. Pourquoi ? Parce que j'avais sauté le petit déjeuner ? Non, parce que je déteste le réveillon de Noël. Mlle Wyatt me l'a rendu supportable en m'offrant exactement ce dont j'avais besoin : des crêpes, puis un sundae nappé de chocolat chaud, des petits gâteaux et des truffes faites maison que Ducasse en personne lui a appris à confectionner. Conclusion : ne passez pas à côté d'April in New York, même s'il vous faudra attendre la fin de l'été. Quant à ceux qui se sentent déjà en manque, courage ! April vous accueillera pour la fête du Travail ! »

Les larmes roulaient sur les joues de la jeune femme tandis qu'elle rendait l'article à Mike. Elle ne savait pas quoi dire. Non seulement il était revenu sur ses positions, mais il avait aussi écrit une critique magnifique. De plus, elle la savait sincère. En rédigeant son papier, Mike avait eu un moment d'inquiétude : comment réagirait son boss lorsqu'il découvrirait qu'April et lui étaient fiancés ? C'est pour cette raison qu'il avait préféré l'en informer avant ; cela n'avait pas empêché son chef de service d'apprécier son article. Quels que soient ses sentiments pour April, Mike pensait vraiment que son restaurant comptait parmi les meilleurs en ville, pour toutes les raisons qu'il avait évoquées. Elle avait su utiliser ses compétences avec subtilité mais sans prétention, pour servir des plats raffinés à ceux qui en avaient envie et des plats familiaux aux autres. Où pouvait-on trouver des athlètes, des vedettes de cinéma, des fins gourmets et des enfants de six ans rassemblés sous le même toit, et tous satisfaits de leur repas ? Chez April in New York, et seulement là. Mike admirait le courage d'April, qui avait osé innover en ignorant les critiques des snobs comme lui.

— Merci, merci ! murmura-t-elle en se jetant à son cou.

Mike avait fait exactement ce qu'elle espérait qu'il ferait lorsqu'il était venu dîner la première fois. Même mieux : plus qu'une présentation objective du menu et de la carte des vins, sa chronique, écrite avec le cœur, expliquait la philosophie d'April in New York et allait jusqu'à informer les lecteurs de la date de réouverture. April, aux anges, le serra dans ses bras. Mike était ravi.

— Tu n'as pas eu d'ennuis quand tu leur as dit, pour nous ? demanda-t-elle en s'écartant de lui, soudain inquiète.

— Tout est vrai dans ce que j'ai écrit. Or, la vérité est la meilleure défense. On parle de ton restaurant partout à New York, April. Tu as de quoi être fière. Et quand tu rouvriras, ce sera encore mieux. En attendant, ça te laisse du temps pour tester de nouveaux plats. Tu n'as qu'à voir ça comme un congé maternité. Tu sais, les femmes prennent en général trois mois, voire plus, quand elles font un bébé. Profites-en, joue avec la carte, regarde ton rêve renaître. Tu n'as aucun souci à te faire. Quant à moi, je n'ai pas à m'excuser auprès de mon chef, à part peut-être pour ma première critique, qui était stupide et affreusement prétentieuse. Tu méritais que j'en écrive une seconde.

Assise en tailleur sur le lit, April rayonnait de bonheur.

— C'est le plus beau cadeau que tu pouvais me faire, dit-elle, profondément émue par sa générosité et par l'éloquence de sa chronique.

— Non, le plus beau cadeau, c'est lui, répliqua Mike en montrant le ventre d'April. Et c'est aussi le plus beau cadeau que tu pouvais me faire à moi, même si j'ai été trop bête pour le comprendre tout de suite. Alors, quand est-ce qu'on se marie ?

— Que penses-tu du week-end de Memorial Day ? Ça laisse deux semaines à ma mère pour tout organiser après son retour de voyage – quoique, la connaissant, elle serait capable de faire ça en cinq minutes ! Il restera ensuite une semaine avant l'accouchement.

— Et si le bébé naît plus tôt ? s'inquiéta Mike. J'insiste : je tiens vraiment à t'épouser avant la naissance.

— Eh bien, on l'invitera au mariage ! répondit-elle simplement.

Mike ne put s'empêcher de rire. Avec April, il était tombé sur un sacré numéro. Il l'avait bien compris le soir de leur première rencontre, mais par la suite il avait abandonné la course. Heureusement, la jeune femme n'avait pas renoncé. Elle ne renonçait jamais.

— Combien de personnes veux-tu inviter ? Ma mère m'a déjà posé la question par mail.

— Je ne veux pas que mes parents viennent, en tout cas. Ça fait dix ans que je ne les ai pas vus, et de toute façon ils ne s'intéressent qu'à eux – je suppose que c'est l'alcoolisme qui veut ça. En revanche, j'aimerais bien que Jim et sa femme soient présents.

Jim s'est enthousiasmé pour notre relation et pour le bébé bien avant moi.

Les amis de Mike étaient venus dîner deux fois au restaurant avant l'incendie, et April avait beaucoup apprécié le couple qu'ils formaient.

— Est-ce qu'on pourra partir en lune de miel ? demanda-t-elle, des étoiles plein les yeux.

— Bien sûr. À l'hôpital, ça te dirait ? Tu ne peux pas voyager maintenant, grosse maligne ! Si tu veux, on passe le week-end à l'hôtel en imaginant qu'on est ailleurs. Ou ici, peu importe, mais on en profite.

— J'aimerais tant aller en Italie avec toi, répondit-elle, déçue. On pourrait manger dans les restaurants qu'on aime tous les deux et dont on parle tout le temps.

— Allons-y au mois d'août, alors, avant la réouverture d'April in New York.

— Qu'est-ce qu'on fera du bébé ?

April avait l'intention d'allaiter : elle avait réfléchi que les premiers mois elle pouvait garder l'enfant avec elle au restaurant sans trop de difficulté.

— On l'emmènera. Autant l'habituer très tôt à la bonne cuisine, plaisanta Mike. Ça me plaît bien, comme idée. Il ne nous reste plus qu'à nous marier, avoir ce bébé et rouvrir le restaurant.

April se mit à rire.

— Tout ça en un claquement de doigts, bien sûr ! J'ai peur que ce ne soit pas si simple. Le mariage peut-être, grâce à ma mère. Mais c'est un sacré chantier de remettre le restaurant en état, et j'angoisse à l'idée de faire sortir cet énorme ballon de mon ventre, confia-t-elle.

Mike acquiesça. April était grande, mais pas très

large de bassin : comment un bébé allait-il pouvoir sortir de là facilement ?

— Tu comptes toujours m'accompagner ? lui demanda-t-elle, nerveuse.

— Je crois. J'en ai envie, en tout cas.

Lui aussi angoissait, la date fatidique se rapprochant. Il supportait mal l'idée de voir souffrir April.

Pendant qu'elle préparait le dîner – pâtes primavera, salade frisée au bacon et aux œufs pochés –, ils commencèrent à réfléchir à leur voyage en Italie. Au moment de se coucher, ils savaient déjà qu'ils voulaient voir Florence, Sienne, Venise, Rome, Bologne et Arezzo, où April connaissait un restaurant qu'elle tenait à lui faire découvrir. Ils décidèrent de garder Paris pour une autre fois, puisque tout y était fermé en août.

Après avoir pris une dernière douche pour se débarrasser de l'odeur de fumée, April se glissa sous les draps avec Mike et l'enlaça. Elle le remercia encore pour son article élogieux. Mike se sentait mieux depuis qu'il l'avait rédigé. Il avait eu envie de lui offrir ce cadeau depuis longtemps, mais attendait le bon moment.

— Selon Larry, il serait temps que je pense à ouvrir un autre restaurant, murmura April en bâillant.

Mike avala sa salive de travers.

— Une femme, un restaurant et un bébé, je crois que ça me suffit, dit-il avec franchise. Est-ce qu'on pourrait s'en tenir là, pour l'instant ?

C'était beaucoup pour lui. Il avait fait du chemin, ces quatre derniers mois… plus qu'il ne l'aurait jamais cru.

April acquiesça, un sourire aux lèvres. Elle non plus n'était pas prête à ajouter un deuxième établissement à son existence déjà comblée. Elle avait bien assez à faire pour reconstruire le premier.

— Tu crois qu'on aura d'autres enfants ? demanda-t-elle.

Fille unique, elle n'imaginait pas comment Ellen pouvait s'en sortir avec trois garçons, mais il lui arrivait parfois d'envier la relation qui unissait ses deux demi-sœurs.

— Je ne sais pas, répondit Mike en l'attirant contre lui. Attendons que celui-ci soit né.

April était prête à gravir des montagnes, à conquérir le monde. Mike se laissait plus facilement décourager, mais il apprenait beaucoup à ses côtés et s'efforçait de suivre son exemple. Alors qu'il la serrait dans ses bras, il sentit le bébé bouger. Difficile de croire que dans un mois ils deviendraient parents... Cette perspective le réjouissait, tout en l'effrayant quand il s'y attardait trop. April se montrait plus sereine. Tandis que Mike s'endormait, elle le regarda en souriant. Finalement, ils n'avaient pas à regretter leur folle histoire d'un soir.

19

Après avoir surmonté le choc des nouvelles en provenance de New York, Jack et Valerie passèrent des vacances de rêve à Paris. Ils furent enchantés de leur séjour au Ritz, hôtel où ils avaient déjà eu l'occasion de descendre l'un et l'autre. Outre les restaurants qu'ils connaissaient tous les deux et ceux que Valerie fit découvrir à Jack, ils en testèrent d'autres qu'April leur avait recommandés, plus intimes, moins courus. Plusieurs fois, des paparazzis les prirent en photo alors qu'ils entraient ou sortaient de l'hôtel – non pas qu'ils fussent très célèbres en Europe, mais ils n'en restaient pas moins des personnalités connues.

Jack se montra d'une générosité incroyable avec Valerie : il lui offrit un bracelet en or ainsi qu'une veste de fourrure dont elle était tombée amoureuse en la voyant en vitrine. Il la lui apporta un jour à l'hôtel, après s'être éclipsé sous prétexte de prendre l'air. Avec lui, la vie était une succession de gestes tendres et attentionnés. Valerie se surprenait elle-même : pour la première fois, elle ne pensait plus à son travail mais seulement à son homme.

En dînant, il leur arrivait de jouer au jeu des « si ».

Par exemple, si la chaîne demandait à Valerie de choisir entre son travail et Jack, que ferait-elle ?

— C'est simple, répondait-elle. Je garderais mon émission, tout en continuant à te voir en cachette dans des hôtels miteux du New Jersey.

Et s'il devait renoncer au journalisme pour elle, ou bien à sa place au Hall of Fame, le ferait-il ?

— Laisser tomber mon job de commentateur, oui. Le Hall of Fame, ce n'est pas si sûr. J'ai quand même trimé pour y arriver.

À d'autres moments, ils discutaient plus sérieusement de leur avenir professionnel dans une branche qui ne jurait que par la jeunesse.

— Barbara Walters est un modèle pour moi, confia Valerie. Elle est restée au top pendant toute sa carrière, sans jamais se laisser détrôner. Elle a dû rivaliser avec des hommes, avec ses collègues, avec des femmes plus jeunes, et c'est encore la meilleure. En plus, je l'aime bien.

— C'est donc ça que tu veux ? Travailler, encore et toujours ? Il faut se battre pour garder sa place comme elle l'a fait, je ne suis pas sûr que ça en vaille la peine.

Ils finissaient de dîner dans un petit restaurant de la rive gauche qu'April leur avait conseillé. L'un comme l'autre, ils préféraient le Voltaire, sur les quais de Seine, mais ils n'avaient pas réussi à obtenir une table ce soir-là. Seule la crème du tout-Paris parvenait à y entrer.

— C'était ce que je voulais avant, répondit Valerie. Ai-je vraiment le choix ? Ou plutôt, avais-je le choix avant de te rencontrer ? April est adulte, elle a sa propre vie, avec son restaurant, son mari et son bébé.

Que veux-tu que je fasse dans les trente prochaines années, si j'ai la chance de vivre aussi longtemps ? Ou même dans les dix ans à venir ? J'ai toujours pensé que le travail était la seule réponse, même quand j'avais trente ans. Je dois être une vraie bête de somme. Maintenant, je commence à voir les choses différemment.

Valerie avait beau être heureuse avec Jack – plus heureuse que jamais –, elle ne voulait pas renoncer à sa carrière pour lui. Elle avait travaillé trop dur. Et si ça ne marchait pas entre eux, finalement ? Parfois, même les plus belles relations s'étiolaient, et la leur n'en était qu'à ses débuts. Elle était prête en revanche à lui faire autant de place que possible dans son existence.

Jack la surprit avec la question qu'il lui posa ensuite :

— Crois-tu qu'on devrait songer à se marier ?

Valerie jusque-là s'imaginait qu'elle aimerait se remarier un jour, mais elle n'en était plus si sûre. Elle aimait Jack, sans aucun doute, mais avaient-ils besoin de signer des papiers pour sceller leur amour, ou pour le prouver aux autres ? Et à qui, d'ailleurs ?

— Je ne sais pas trop, dit-elle avec un sourire timide.

Il s'agissait là d'une question importante, pour laquelle il fallait aussi prendre en compte leur différence d'âge. Et si Jack tombait amoureux d'une femme plus jeune ? Valerie ne voulait pas connaître à nouveau la douleur d'un divorce, surtout à ce stade de sa vie. Elle serait anéantie de perdre Jack.

— Je suis assez partagée, expliqua-t-elle. Je crois en l'institution du mariage, en ce qu'il représente. Mais maintenant, je me dis parfois que le jeu n'en vaut pas la chandelle. A-t-on besoin de cette institution pour montrer au monde ce que l'on ressent ? Et puis, c'est comme tous les contrats : le jour où l'un des deux veut le rompre, l'autre ne peut rien faire pour le retenir, et alors, c'est un sacré bazar.

— Si c'était important pour toi, je t'épouserais, répondit Jack, généreux. Je n'y suis pas opposé, même si je n'en ressens pas le besoin. Je suis d'accord avec toi à propos du divorce. Le mien a été affreux : je me suis battu avec mon ex-femme pour le droit de visite et le partage des biens. Il faut dire que j'étais déjà célèbre à l'époque, je gagnais beaucoup d'argent. En plus de ça, j'étais furieux qu'elle m'ait trompé avec le médecin de l'équipe et qu'elle veuille se marier avec lui, et elle m'en voulait à cause de toutes les maîtresses que j'avais eues... Vraiment une sale période. C'est étonnant qu'on ait fini par être amis.

— Cela a été plus facile pour Pat et moi, admit Valerie. On n'était riche ni l'un ni l'autre, on était d'accord pour se partager la garde d'April, et Pat n'avait pas encore rencontré Maddie. Il a mal vécu notre séparation, par contre. Il refusait de divorcer, parce qu'il ne voulait pas reconnaître que notre mariage était un échec. De mon côté, je savais que cette situation n'était pas bonne pour moi. Sa vie de prof et tout ce qui allait avec m'ennuyait à mourir. J'avais changé depuis qu'il m'avait épousée huit ans plus tôt. Lui et moi, on était devenus comme le jour et la nuit. J'avais l'impression qu'il m'empêchait d'avancer sur le plan professionnel, et lui, que je le traînais derrière moi. Nous étions malheureux.

Valerie n'imaginait pas un tel scénario se reproduire

avec Jack, sachant qu'ils en étaient au même point de leur carrière. Tous deux envisageaient de lever le pied – du moins, ils en parlaient, car jusque-là ils se satisfaisaient de vivre à cent à l'heure. Modifier quoi que ce soit dans leur vie professionnelle risquait de s'avérer difficile. Toujours est-il que leur travail n'était pas une source de conflit entre eux.

— Restons comme ça pour l'instant, proposa Jack. Rien ne nous oblige à nous marier. Il n'y a pas de délai de prescription, on pourra toujours le faire plus tard si on en a envie. Ce n'est pas comme si on voulait des enfants. Et on ne change pas une équipe qui gagne, ajouta-t-il en souriant.

Valerie commençait même à oublier leur différence d'âge, qui n'avait jamais été un souci pour Jack ni pour personne de leur entourage. Dix ans, quelle importance ? Ils se sentaient égaux à tous points de vue.

Valerie appréciait que Jack reste ouvert à l'idée de se marier plus tard. Quoi qu'ils décident, ils avaient la bénédiction de leurs enfants. La presse avait repéré Jack et Valerie ensemble à plusieurs reprises, mais aucun journaliste n'avait fait de commentaire désobligeant ou ironique. Après tout, leur relation n'avait rien d'incongru : ils travaillaient pour la même chaîne, connaissaient tous deux la notoriété, et se plaisaient l'un avec l'autre. Que demander de plus ?

— Et vivre ensemble, ça te dirait ? s'enquit Jack.

Ces derniers mois, ils n'avaient pas passé une seule nuit séparés. Même s'il était trop tôt pour décider de s'installer définitivement chez l'un ou chez l'autre, ils prenaient plaisir à imaginer où ils en seraient dans quelque temps, à définir leurs envies et leurs exigences. Ils étaient chacun très attachés à leur appartement. Jack aurait volontiers accueilli Valerie chez lui, à condition de garder son appartement en l'état. De son côté, Valerie ne voulait pas devenir trop dépendante de Jack.

— Je ne sais pas, répondit-elle, pensive. Pour l'instant, on a trouvé un mode de fonctionnement qui me convient comme ça. Si un jour un appartement se libère dans ton immeuble, je pourrai peut-être l'acheter et vendre le mien. Ça répondrait à nos besoins.

L'idée plaisait à Jack. Il y avait toujours des solutions ! Jusque-là, ils n'avaient rencontré aucun obstacle majeur sur leur chemin. Ils ne subissaient aucune pression, ne connaissaient ni disputes ni désaccords, ne se sentaient pas étouffés dans leur relation. Ils s'enrichissaient l'un l'autre sans rien perdre dans l'échange. Un équilibre idéal, en somme. Certes, Valerie aimait que tout soit à sa place alors que Jack semait le désordre partout – il lui manquait le gène du rangement, disait-il –, mais ce n'était pas un gros problème : chaque soir, elle ramassait et pendait ses vêtements, jetait son linge sale dans la panière et mettait de l'ordre dans ses papiers, sans qu'il trouve rien à redire. Au contraire, il se sentait aimé et dorloté.

Pendant leur séjour à Paris, ils se baladèrent le long de la Seine, visitèrent une exposition au Grand Palais, prirent le thé au Plaza Athénée et le café aux Deux Magots à Saint-Germain-des-Prés, et entrèrent dans tous les magasins d'antiquités de la rive gauche. Ils sillonnaient les rues, main dans la main, s'arrêtant à la moindre occasion pour s'embrasser. Dans la capitale française, on ne réprouvait pas les démonstrations d'affection : on les encourageait. Partout, les amoureux se bécotaient. Valerie n'avait jamais passé une semaine aussi romantique. Et c'est presque avec regret qu'ils quittèrent la France pour Londres.

Durant les cinq jours qu'ils passèrent dans la capitale britannique, ils se rendirent au théâtre, flânèrent dans un salon d'antiquaires et firent du shopping dans New Bond Street. Valerie se vit offrir une paire d'inséparables en argent de chez Asprey. Elle trouva le temps aussi de téléphoner à son assistante pour l'organisation du mariage de sa fille. Dawn était tout excitée à l'idée de participer aux préparatifs. La liste des invités comprenait les employés du restaurant d'April ainsi qu'Ellen et Larry, le chef de Mike, Jim et sa femme, et un autre rédacteur qu'April ne connaissait pas. Bien sûr, Pat, Maddie, Annie et Heather seraient présents. Même en comptant les trois fils d'Ellen, on arrivait au total à moins de quarante personnes. Valerie n'aurait aucune peine à accueillir tout le monde dans son appartement, même si Jack avait gentiment proposé de le faire chez lui.

Elle demanda à Dawn de réserver le meilleur traiteur sur la place de New York, de sorte qu'April ne se plaigne pas de la nourriture ! Puis elle lui indiqua les coordonnées d'un juge qu'elle connaissait et du fleuriste avec lequel elle avait l'habitude de travailler. Elle prévoyait cinq tables rondes de huit dans son salon, de la musique de chambre pour l'ambiance, mais pas de piste de danse, puisque April avait choisi de célébrer son mariage à l'heure du déjeuner – les invités devaient arriver à midi. Quant aux faire-part, ils seraient remis en main propre deux semaines avant le grand jour. C'était d'une simplicité presque embarrassante pour la reine du style ! Lorsque Jack et Valerie quittèrent Londres pour Venise, tout était arrangé. Jack insistait pour organiser une grande fête chez lui plus tard, une fois que le bébé serait né et qu'April aurait rouvert son restaurant. Touchée par sa proposition, April préférait néanmoins s'en tenir pour l'instant à une simple cérémonie suivie d'un déjeuner avec ses invités chez sa mère. Cela suffirait amplement pour Mike, qui se sentait déjà nerveux même si l'idée du mariage venait de lui. April, elle, savourait son bonheur. Comme elle le fit remarquer à Ellen pendant une séance d'acupuncture, elle serait finalement mariée, maman, et à la tête d'une entreprise prospère à trente ans, ainsi qu'elle l'avait toujours ambitionné. Mais l'ambition n'avait rien à voir avec cette belle histoire : April était follement amoureuse de l'homme qu'elle allait épouser, et tout excitée d'attendre un enfant de lui. Ellen se réjouissait pour eux.

Le séjour à Venise fut le meilleur moment du voyage de Jack et Valerie. La lumière y était magnifique au mois de mai, la météo clémente, et la nourriture bien trop exquise. Valerie comptait s'imposer un régime drastique en rentrant. Ils se baladèrent en gondole et à pied, admirèrent les églises, s'embrassèrent sous les ponts. Un jour, ils traversèrent la lagune pour déjeuner au Cipriani ; le lendemain, ils visitèrent l'usine de verre à Murano, où ils achetèrent un lustre qui, selon Valerie, serait du plus bel effet dans la cuisine de Jack, associé aux deux Ellsworth Kelly.

Ils savourèrent leur dernier déjeuner au Harry's Bar, firent un dernier tour en gondole sous le pont des Soupirs et passèrent leur dernière nuit au Gritti Palace, à s'aimer.

— N'est-ce pas parfait ? murmura Jack en la serrant contre lui, tandis qu'ils admiraient Venise au clair de lune depuis leur balcon. On peut dire que c'était notre lune de miel.

Valerie acquiesça. Nul besoin de se marier : ils avaient déjà tout. Et surtout, ils s'étaient trouvés l'un l'autre.

20

April se rendait quotidiennement au restaurant. Lorsqu'elle ne rencontrait pas des entrepreneurs, elle assistait au nettoyage des locaux par les ouvriers que Larry avait recrutés. La cave, asséchée, servait à stocker le peu d'objets qu'ils avaient réussi à sauver. La tâche de tout remettre en état paraissait colossale. Jonglant avec ses autres chantiers, Larry venait plusieurs fois par jour pour surveiller l'avancée des travaux. Quant à April, elle restait sur place du lever du soleil à la tombée de la nuit, participant du mieux qu'elle pouvait et prenant sans cesse des décisions. Mike craignait qu'elle n'en fasse trop, mais il n'avait aucun moyen de la freiner, comme d'habitude.

Un midi, alors qu'il lui apportait à déjeuner, il fut horrifié de la trouver en train d'arracher les planches d'un mur à l'aide d'un pied-de-biche. April valait le coup d'œil, avec ses bottes en caoutchouc, ses gants de protection, son casque de chantier, son visage couvert de crasse et son énorme ventre qui dépassait de son jean.

— Mais enfin, qu'est-ce que tu fabriques ? cria-t-il pour se faire entendre dans le vacarme des marteaux piqueurs. Tu veux accoucher ici ?

— Je suis désolée.

Elle n'avait pas l'air désolée du tout. Elle semblait plutôt pressée qu'il parte pour pouvoir se remettre au travail.

— Ça va peut-être te surprendre, mais ils n'ont pas besoin de toi pour ça, observa-t-il. En général, les femmes dans leur neuvième mois de grossesse ne sont pas embauchées sur ce genre de chantier. Tu devrais te syndiquer.

Un grand sourire aux lèvres, April retira son casque et s'essuya le visage. En vérité, elle adorait mettre la main à la pâte, et il le savait. Sa future femme n'était heureuse que lorsqu'elle travaillait. Ils s'assirent sur une pile de briques et Mike lui tendit le sandwich qu'il avait préparé.

— Merci, je meurs de faim.

À cet instant, un camion de livraison s'arrêta devant le restaurant. April espérait qu'il s'agissait du matériel que l'électricien attendait.

— J'ai une chambre de bébé pour April Wyatt, annonça le chauffeur en s'avançant vers elle. De la part de Valerie Wyatt.

April avait complètement oublié ce cadeau. Sa mère lui en avait pourtant parlé avant de partir.

— Je n'habite plus ici, répondit-elle en montrant le chaos autour d'elle. Pouvez-vous livrer les meubles ailleurs ?

— À New York ? demanda le chauffeur d'une voix bourrue.

— Oui, dans l'Uptown.

Il acquiesça. De toute évidence, il ne pouvait rien déposer ici.

— Vous auriez dû nous prévenir, grommela-t-il,

tout en notant l'adresse de Mike. Est-ce qu'il y a quelqu'un sur place ?

Non, il n'y avait personne : Mike devait retourner travailler, et April était occupée au restaurant.

— Pourriez-vous venir à seize heures ?

Elle serait rentrée d'ici là – elle risquait même d'être épuisée bien avant, étant sur le chantier depuis huit heures du matin. Le chauffeur accepta de mauvaise grâce et repartit avec son camion.

— Ta mère a acheté beaucoup de choses ? s'enquit Mike tandis qu'elle finissait son sandwich.

Son appartement se composait d'un petit salon et d'une petite chambre, d'un bureau minuscule et d'une cuisine pas plus grande qu'un placard. Il n'y avait pas tellement de place pour y ajouter des meubles... pour ne pas dire pas du tout. Mais il fallait bien que le bébé dorme quelque part, et April ne voulait pas faire de peine à sa mère. Avant de partir en Europe, Valerie avait acheté tout ce que sa fille n'avait pas pu emprunter à des amis : un berceau, et « deux ou trois autres bricoles ». Elle avait aussi commandé de la layette de luxe chez Saks, qui devait être livrée d'un moment à l'autre. April n'avait plus qu'à accoucher.

— Je ne sais pas, répondit-elle à Mike. De toute façon, on déménagera tout ici quand on pourra revenir.

Mike avait décidé de s'installer chez elle : s'il voulait la voir, il n'avait pas le choix, puisqu'elle passait son temps au restaurant et prévoyait de garder le bébé avec elle. Ils envisageaient d'emménager dans l'appartement dès que celui-ci serait nettoyé et les travaux bien avancés.

— Ne t'inquiète pas, ajouta-t-elle. Je trouverai à

les stocker chez toi. Les trucs de bébé, ça ne doit pas prendre tant de place que ça.

C'était sans compter la cargaison de meubles que sa mère avait commandés...

Lorsque le livreur se présenta chez Mike à seize heures, il lui monta un berceau, une commode, une table à langer, un coffre à jouets, un rocking-chair et cinq ou six aquarelles de Winnie l'ourson pour décorer les murs. Valerie avait pensé à tout. Elle avait eu trop peur que sa fille se fournisse chez Goodwill.

— Nom d'un chien ! murmura April tandis que le livreur, en sueur, finissait de transporter le dernier meuble.

Elle lui demanda s'il pouvait assembler le berceau, qui se présentait en kit, mais il refusa. Il avait été obligé de déposer le coffre et le rocking-chair dans la cuisine, car le reste occupait tout l'espace dans l'appartement. Mike allait la détester. Comment ferait-elle pour tout ranger ? Dans son appartement presque vide, cela n'aurait pas posé de problème. Ici, c'était une catastrophe.

Une fois le livreur reparti, elle réussit à traîner le rocking-chair et les pièces détachées du berceau dans la chambre. Celui-ci tiendrait peut-être entre le mur et le lit... Restait à caser les autres meubles.

Elle poussa la commode blanche aux bords festonnés dans un coin du salon, puis plaqua la table à langer à côté. Comme Mike n'avait pas de table basse, elle laissa le coffre à jouets devant le canapé et y glissa les tableaux de Winnie : Mike n'était sans doute pas prêt à voir ses photos d'Ansel Adams remplacées par le gros ourson jaune. Lorsqu'elle eut terminé, la pièce ne ressemblait plus à rien. Les meubles blancs auraient été jolis dans une chambre d'enfant, mais ici ils juraient. Et pour se coucher, Mike et April seraient obligés d'escalader le rocking-chair... Un vrai parcours d'obstacles au royaume des bébés.

Quand il rentra ce soir-là, Mike faillit avoir une crise cardiaque. Alors qu'il pensait trouver un petit panier dans un coin ou un minuscule berceau, il découvrait son appartement envahi de meubles et de cartons.

— Comment un bébé peut-il avoir besoin d'autant de choses ? s'exclama-t-il.

April se garda bien de préciser que ses amis lui déposeraient le reste du « nécessaire » dans les semaines à venir : un stérilisateur, des pyjamas, des couches, une poussette qu'Ellen lui prêtait, une chaise haute fournie par une serveuse et un siège-auto par un commis, ainsi que d'autres articles dont elle n'avait jamais entendu parler et ne connaissait pas l'usage. Selon Ellen, elle aurait aussi besoin d'une baignoire en plastique munie d'un fond en mousse. April n'y aurait jamais pensé.

Mike s'assit sur le canapé et regarda le coffre à jouets, écœuré.

— Je suis désolée, murmura April. Je sais qu'il y en a partout, mais nous pourrons bientôt emménager chez moi.

— On ne peut pas vivre comme ça. Bon sang, ce bébé va peser deux ou trois kilos, et il lui faut tout ce bazar ?

En un après-midi, leur enfant s'était installé chez lui. Mike éprouvait la même angoisse que le jour de l'échographie, et cela se voyait – ce qui ne manqua pas d'inquiéter April. Il prenait conscience qu'à l'instar de ces meubles un petit être allait bientôt envahir son existence.

— On pourrait monter le berceau, suggéra April. La chambre aurait l'air un peu moins encombrée. Je vais t'aider.

Il fallait bien qu'ils le fassent s'ils voulaient se coucher : pour l'instant, le petit matelas, le tour de lit et le voile blanc ajouré prenaient toute la place sur leur lit.

— Tu es au courant que je ne suis absolument pas bricoleur ? se lamenta Mike. Je ne sais pas reconnaître un tournevis d'un marteau et je suis incapable de lire une notice. Chaque fois que j'achète quelque chose à monter moi-même, je finis par le jeter. Il faut presque un diplôme d'ingénieur pour assembler ces trucs.

— On va y arriver, le rassura April. On va le faire ensemble.

— J'ai besoin d'un remontant.

Comme il entrait dans la cuisine pour se servir un verre de vin, il s'arrêta net.

— C'est quoi, ça ? demanda-t-il, paniqué, en montrant la table à langer.

— C'est pour changer le bébé.

— Tu ne peux pas le changer sur tes genoux, ou par terre ? L'équipe olympique d'équitation n'a pas autant de matériel !

April n'avait apporté pour elle-même qu'une petite valise et rangé trois robes dans l'armoire de Mike. Elle ne portait plus actuellement que des jeans, des tee-shirts et des bottes en caoutchouc.

Elle retourna dans la chambre pour s'occuper du berceau. Après avoir ouvert les cartons et parcouru la notice de montage, elle se rendit compte que Mike avait raison : cela n'allait pas être simple. Quelques instants plus tard, il la rejoignit et posa son verre de vin. Sans le moindre commentaire sur le bazar dans la pièce, il la prit dans ses bras alors qu'elle se battait avec les différentes boîtes.

— Excuse-moi. Je n'étais pas préparé à ça, mais toi non plus. Tu as assez de soucis avec le restaurant sans que je t'en rajoute.

Mike savait qu'elle avait rencontré les experts en sinistres la veille et qu'ils avaient été désagréables.

— Donne-moi la notice.

Il y jeta un coup d'œil, avant de partir chercher ses outils.

Après deux heures de ratés et plusieurs faux départs, ils réussirent enfin à assembler le berceau et à y installer le matelas, ainsi que le tour de lit décoré de petits moutons. Lorsqu'ils se laissèrent tomber sur le lit, on aurait juré qu'ils venaient de courir un marathon.

— L'accouchement doit être une formalité en comparaison, observa Mike, avant de regretter aussitôt sa remarque.

Il regarda tristement April.

— Je crois que j'ai besoin d'un petit plat réconfortant.

— Ça, c'est facile, dit-elle en souriant.

Elle l'embrassa et le laissa seul devant la télévision. Un quart d'heure plus tard, elle passa la tête par l'entrebâillement.

— On n'a peut-être plus le restaurant, mais tu m'as, moi. *Monsieur est servi*[1], annonça-t-elle en s'inclinant autant que le lui permettait son gros ventre.

Il la suivit au salon, où elle avait dressé la table ronde sur laquelle ils prenaient leurs repas. Une pile de ses délicieuses crêpes l'attendait dans une assiette,

---

1. En français dans le texte original. *(N.d.T.)*

arrosée de sirop d'érable chaud. April s'en était même préparé pour elle.

— Oh, Seigneur ! souffla-t-il, comme un homme assoiffé en plein désert. C'est juste ce qu'il me fallait.

Il s'assit sans attendre et dévora ses crêpes. Lorsqu'il eut tout englouti, il s'appuya contre le dossier de sa chaise, l'air satisfait.

— Merci, dit-il, enfin apaisé. Peut-être que ça se passera bien, après tout.

Il jeta un regard autour de lui en secouant la tête.

— Je ne savais pas que les bébés avaient besoin d'autant de choses.

— Moi non plus, confia April.

— De toute façon, ça n'a pas d'importance puisqu'on ne restera pas ici. Dieu merci, ton appartement est plus grand que le mien.

April partageait son soulagement : vivre aussi serrés de manière prolongée aurait été difficile. Elle espérait qu'ils pourraient emménager chez elle en juillet, quand le plus gros des travaux de reconstruction serait achevé et qu'ils ne risqueraient plus, avec le nouveau-né, de respirer jour et nuit de la poussière de plâtre. Un minuscule appartement encombré de meubles, ce n'était pas dangereux pour un bébé, même si cela angoissait Mike.

Après le dîner, il l'aida à faire la vaisselle, puis ils se couchèrent et restèrent un moment allongés, à regarder le rocking-chair au pied du lit et le berceau délicatement ouvragé à côté. Valerie leur avait offert de très beaux meubles – mais en trop grande quantité.

— Ça fera bizarre quand il y aura quelqu'un dans ce petit lit, murmura Mike.

Il observa April à la lumière de la lune, qui entrait à flots dans la chambre : ils ne pouvaient plus accéder à la fenêtre pour fermer les rideaux à moins de se mettre debout dans le berceau !

— C'est vrai, reconnut-elle.

Pourtant leur bébé lui semblait déjà bien réel. À cet instant, il bougeait en tous sens, sans doute à cause des crêpes et du sirop d'érable. April avait remarqué qu'il s'agitait pendant des heures chaque fois qu'elle mangeait sucré.

Sans un mot, Mike tendit la main vers elle, choqué de la désirer autant alors qu'elle était enceinte jusqu'aux yeux. Elle avait quelque chose de si tendre, si féminin, qu'il ne pouvait s'empêcher de la caresser. Il ne savait pas si c'était normal et il craignait que ce soit inconfortable pour April ; mais celle-ci répondait toujours à ses démonstrations d'affection. Tandis qu'ils faisaient l'amour au clair de lune, ils oublièrent le bébé et se laissèrent emporter par leur passion.

21

À leur retour d'Europe, Valerie et Jack furent bien occupés. En plus de la préparation de ses émissions, Valerie avait des décisions à prendre concernant des contrats de licence et un nouveau livre que son éditeur lui proposait d'écrire. Par ailleurs, elle devait régler les derniers détails du mariage d'April, pour lequel elle n'avait pas encore prévu le gâteau. De son côté, Jack était tout aussi débordé.

Le soir de leur arrivée à New York, Valerie appela sa fille, qui lui raconta que les travaux avaient bien commencé au restaurant, même si cela ne ressemblait encore à rien. Manifestement heureuse, elle attendait le mariage avec impatience. Valerie lui dit que Dawn s'était occupée de tout pendant son absence, sous sa supervision depuis Londres.

Le vendredi soir, après une semaine infernale, Valerie eut enfin l'impression de toucher terre. Quand elle revenait de voyage, les premiers jours étaient toujours un vrai cauchemar. Elle commanda le gâteau d'April dans l'après-midi, sa fille lui ayant expliqué précisément ce qu'elle voulait : une base chocolat et moka relevée d'une pointe d'orange, le tout recouvert d'un délicat glaçage à la pâte d'amande. Le pâtissier commença par rechigner, avant d'accepter finalement les spécifications d'April. Celle-ci aurait préféré préparer son gâteau elle-même, mais elle n'avait ni le temps ni l'endroit pour le faire. Valerie lui promit qu'il serait bon quand même.

En quittant les studios, elle se dirigea vers l'immeuble de Jack, chez qui ils avaient prévu de passer le week-end. Malgré leurs plannings chargés, ils continuaient d'aller et venir entre les deux appartements. Ils avaient été photographiés ensemble à Paris, et le magazine *People* avait appelé au bureau de Valerie pour en savoir plus sur leur relation. Dawn avait réagi habilement, restant très évasive. De toute façon, les journalistes découvriraient la vérité un jour ou l'autre.

Quand Jack arriva ce soir-là, Valerie était en train de prendre un bain. Tandis qu'il s'asseyait au bord de la baignoire, elle lui trouva la mine sombre. Cela ne lui ressemblait pas. Il l'embrassa sans dire un mot.

— Mauvaise journée ? demanda-t-elle en lui touchant gentiment la main.

— Oui, on peut dire ça. C'est l'enfer après un voyage. Il faut bien payer le prix du plaisir, j'imagine.

Il esquissa un sourire forcé. Valerie n'insista pas, songeant qu'il finirait bien par lui confier ce qui le tracassait.

Ce ne fut que le samedi après-midi, alors qu'ils se promenaient dans Central Park, qu'il se décida. Après être resté silencieux un long moment, il l'invita à s'asseoir sur un banc.

— La chaîne veut me muter à Miami, annonça-t-il.

Il avait l'air accablé. Tous deux savaient ce que cela signifiait. Valerie ayant son émission ici, il lui était impossible de le suivre. Certes, ils pouvaient faire les trajets le week-end si le cœur leur en disait, mais rien ne serait plus comme avant.

— Pourquoi ?

— Dieu seul le sait. Ils pensent sans doute que c'est plus logique. C'est un gros poste, là-bas. Si j'y vais, je commenterai d'autres sports en plus du football. Je suppose que je devrais me sentir flatté. C'est plus d'argent, plus de prestige.

Il marqua une hésitation, avant de continuer :

— Mais je ne veux pas te quitter. J'aime ce qu'on partage, je t'aime, toi. Les relations à distance ne sont pas faciles, et la plupart du temps cela finit mal. À mon âge, je n'ai pas envie de faire la navette entre New York et Miami. Et je n'ai pas envie non plus de vivre là-bas.

— Alors, tu as dit non ? demanda Valerie d'une voix douce.

Elle l'espérait. Rien ne l'autorisait à influencer Jack dans ses choix de carrière, mais elle savait que, s'il partait, leur relation en subirait les conséquences. Quelle triste nouvelle... Même s'il n'aimait pas Miami, comment pourrait-il refuser une telle offre ? Valerie ne pouvait pas exiger de lui qu'il abandonne la télévision pour elle.

— Je leur ai dit que j'y réfléchirais, répondit-il. Finalement, notre petit jeu des « si », à Paris, n'était pas si imaginaire que ça... Me voilà réellement obligé de faire un choix entre toi et mon travail. Mes chefs m'ont bien fait comprendre qu'ils attendaient une réponse positive. Je peux refuser, mais ils ne me remercieront pas, Valerie. Et toi, qu'est-ce que tu en penses ? Que ferais-tu à ma place ?

— Ce sont deux questions différentes. Ce que j'en pense ? Ça me rend triste, je n'ai pas envie que tu partes. J'aime notre vie à deux. Mais c'était peut-être trop simple, trop beau pour durer. Ce que je ferais à ta place ? Honnêtement, je ne sais pas. Je ne voudrais pas gâcher ma carrière, et je ne voudrais pas te perdre non plus. Je suis bien contente de ne pas avoir à choisir ! Quant à Miami, je pense comme toi : c'est amusant pour un week-end, mais je n'aimerais pas y vivre. D'un autre côté, il faut que tu ailles là où tes patrons t'envoient, là où tu peux gagner de l'argent et obtenir de belles promotions. Tu es trop jeune pour prendre ta retraite. Quelle que soit ta décision, il faut que tu saches que je comprendrai. On s'en accommodera. Je peux te rejoindre à Miami le vendredi soir et repartir tôt le lundi matin. Les hommes politiques font sans arrêt la navette entre Washington et leur lieu de résidence. Les chefs d'entreprise voyagent d'une ville à l'autre, et se partagent entre leur travail et leur famille. Ce n'est pas facile, mais si on en a envie, on peut y arriver, dit-elle avec émotion. Fais ce qui est bien pour toi. Pour nous, on verra après.

Au fond de son cœur, elle craignait qu'à Miami Jack ne se remette à fréquenter des bimbos. Qui sait si ses vieilles tentations ne reviendraient pas le hanter, une fois qu'il serait seul ? Valerie se sentait soudain très menacée, mais elle n'en laissa rien paraître, pensant que Jack subissait assez de pressions de la part de ses supérieurs. Même une grande vedette comme lui devait se soumettre aux exigences de ses patrons. Cette nouvelle atteignait Jack dans sa chair. Leur relation idyllique subissait son premier coup dur.

Ils regagnèrent à pas lents l'appartement de Jack,

le cœur lourd. Voyant qu'il restait silencieux, renfermé, Valerie lui proposa de repartir chez elle, mais il refusa : il la voulait auprès de lui. Elle avait pourtant le sentiment de l'avoir déjà perdu.

Contrairement à leurs habitudes, ils ne firent pas l'amour ce soir-là ; ils s'endormirent simplement enlacés. Le lendemain, Jack discuta avec son agent et son avocat. Selon le premier, la chaîne ne le pénaliserait pas s'il refusait la mutation. Le second lui conseillait d'accepter le poste à Miami. En somme, la décision lui revenait.

Le dimanche après-midi, Valerie passa au restaurant voir April. Celle-ci continuait de faire du tri parmi les débris. Elles bavardèrent cinq minutes, principalement du mariage. À une semaine du grand jour, April était tout excitée, mais elle confia à sa mère que Mike semblait de nouveau angoissé au sujet du bébé. Sa présence devenait très réelle avec les articles de puériculture qui avaient envahi l'appartement ! Sans compter qu'Ellen était passée déposer la baignoire et la poussette.

— Il a intérêt à venir au mariage ! prévint Valerie.
— Il sera là. C'est juste qu'il a peur, et je crois que moi aussi. C'est un grand changement.

Le mariage en était un autre, comme tant d'événements dans la vie. Valerie avait ses propres soucis, mais elle préféra ne pas en parler à April. Sa fille avait assez de sujets d'inquiétude avec Mike, l'incendie au restaurant et le bébé, dont la naissance était prévue dans deux semaines. Pour elle, c'était le sprint final.

Ce soir-là, Valerie et Jack décidèrent d'aller au cinéma puis de manger une pizza chez John's pour se changer les idées. Mais ils n'avaient pas le moral et les blancs s'enchaînaient dans la conversation. Finalement, pour la première fois depuis des mois, Valerie rentra chez elle sans Jack : il avait besoin d'espace pour réfléchir, lui dit-elle. Elle pensait surtout que, s'il était amené à déménager, il fallait qu'ils se réhabituent à dormir seuls. Cette offre de mutation leur imposait un retour en arrière douloureux. Qu'adviendrait-il de leur relation ? Valerie avait beau s'efforcer de faire bonne figure, Jack voyait bien qu'elle était aussi triste que lui. Mais la vie était faite ainsi. Même quand on avait trouvé l'âme sœur, il suffisait parfois d'un contretemps pour que tout soit réduit à néant. Valerie espérait échapper à ce sort, tout en sachant, comme Jack, que cela pouvait arriver. L'idée même leur déchirait le cœur.

La semaine suivante, ils se virent très peu. Valerie dormait chez Jack pour ne pas lui donner l'impression qu'elle s'éloignait de lui mais, en vérité, elle croulait sous le travail et rentrait si tard qu'il était déjà couché. Elle le rejoignait au lit, il la prenait dans ses bras et sombrait dans le sommeil. Ils voulaient faire l'amour mais n'en trouvaient plus le temps, entre leurs réunions et leurs journées surchargées.

Valerie ne lui posait aucune question. Pour tout dire, elle était presque certaine qu'il choisirait de partir – c'est ce qu'elle aurait sans doute fait à sa place. Après avoir passé des années à construire sa carrière et son image, on ne pouvait pas tout remettre en cause simplement parce qu'on rechignait à déménager. Parfois, il fallait faire des sacrifices. Et dans le pire des cas, ces sacrifices impliquaient des êtres aimés.

Elle-même avait, par le passé, mis son mariage entre parenthèses au profit de son métier. À l'époque, elle était jeune, en pleine ascension. Ferait-elle le même choix aujourd'hui ? Elle n'en savait rien. Toujours est-il qu'elle n'enviait pas la situation de Jack. Il n'avait aucun moyen de deviner si cette mutation profiterait réellement à sa carrière ou si le fait de la refuser y nuirait. La chaîne détenait toutes les cartes. De plus, ce n'était pas qu'une question d'argent : Jack aurait facilement pu trouver une place ailleurs, mais il était bien établi au sein de ce groupe, et ce depuis douze ans.

Valerie lui laissait donc l'espace nécessaire pour réfléchir, tout en lui apportant sa sympathie et son soutien. Elle savait qu'ils s'aimaient ; restait à voir comment cet amour évoluerait avec les difficultés. En attendant, elle essayait d'affronter cette épreuve avec sagesse. C'était là le seul privilège de l'âge : être capable de survivre à une déception, parce qu'on en a connu d'autres avant.

La semaine précédant le mariage, April se rendit tous les jours sur le chantier du restaurant, pendant que Mike travaillait au journal. Chez eux, tout était prêt pour accueillir le bébé. L'appartement était plein à craquer, à l'image d'April. Comme elle n'arrivait presque plus à dormir la nuit, elle s'occupait en pliant les vêtements du bébé : bodys et pyjamas minuscules, bonnets, couvertures, chaussons et cardigans. Quelques jours plus tôt, elle avait été prise d'une frénésie de ménage et avait fait tourner machine sur machine, même s'il fallait pour cela descendre et monter trois étages. Inquiet, Mike en avait parlé à Jim, qui lui avait assuré que toutes les femmes en passaient par là en fin de grossesse : c'était leur façon de préparer le nid. Parfois, pour se détendre, Mike faisait comme si rien de tout cela n'arrivait. Il se rassurait en échangeant ses impressions avec Jim, qui avait vécu cette expérience à trois reprises et dont la femme attendait de nouveau un bébé. Ce point commun les rapprochait, même si, pour Mike, l'idée d'élever quatre enfants dépassait l'entendement. Il avait déjà du mal à s'imaginer avec un seul…

En guise de lune de miel, il avait réservé une chambre au Carlyle pour une nuit – il ne pouvait pas se permettre plus. Comme il voulait que tout soit parfait pour April, il était allé sur place repérer les lieux, sans préciser que la mariée était enceinte de neuf mois. Restait à espérer qu'ils ne passeraient pas la nuit à l'hôpital. Rien n'était moins sûr : selon la gynécologue, April était à terme. Mike la suppliait sans cesse de ne pas trop se fatiguer sur le chantier, mais elle ne l'écoutait pas, comme d'habitude. Elle soulevait des planches, utilisait le pied-de-biche, portait des sacs à la poubelle et déplaçait même des briques. April était une bête de somme, elle ne savait pas être autrement. Mike avait fini par l'accepter.

La veille du mariage, April se rendit compte au téléphone que sa mère était triste.

— Quelque chose ne va pas, maman ?

— Non, non, tout va bien, ma chérie. Je suis juste très occupée.

Mais elle semblait davantage déprimée qu'occupée… Plus tard dans la soirée, April fit part de son inquiétude à Mike :

— Je me demande si elle n'a pas des soucis avec Jack.

— Pourquoi ? La dernière fois que je les ai vus ensemble, ils avaient l'air de jeunes mariés.

— On ne sait jamais ce qui se passe réellement dans un couple.

En faisant les magasins avec Ellen, April avait trouvé par miracle chez Barney's une robe qui lui allait. Elle n'avait rien de traditionnel mais correspondait parfaitement à ce qu'elle recherchait : ample et courte, en soie blanche et dos nu, elle mettait en valeur ses épaules. April serait chaussée de sandales à talons hauts et porterait à la main un bouquet de muguet, que sa mère prévoyait de faire importer par avion de Paris. Pat la conduirait jusque devant le juge. Elle avait choisi Ellen comme témoin, Heather et Annie comme demoiselles d'honneur ; Maddie s'était gentiment occupée de leur trouver des robes assorties, en lin bleu ciel. Enfin, le salon serait décoré avec des fleurs blanches, orchidées, roses et muguet.

Le vendredi soir, tout était prêt. Comme le reste de la semaine, Valerie dormit chez Jack, car il y avait trop d'activité chez elle et Dawn y passait la nuit pour aider à peaufiner l'organisation. Toutes les personnes invitées seraient là, sauf deux serveurs qui étaient attendus à des fêtes de famille. Jim, sa femme et ses enfants, le chef de Mike et son autre collègue du journal avaient pu se libérer. Mike avait demandé à Jack d'être son témoin. Celui-ci en avait été très touché.

Valerie trouva Jack plus apaisé. Elle eut un mauvais pressentiment : avait-il décidé de se séparer d'elle, de continuer seul son chemin ? Avait-il renoncé à l'idée d'une relation à distance ? Sa façon de la regarder, avec une douceur mêlée d'amertume, n'augurait rien de bon. Par amour pour lui, elle ne fit pourtant aucune remarque et se promit de se montrer courageuse s'il la quittait.

Elle s'isola quelques instants dans la salle de bains pour pleurer, puis elle le rejoignit au lit sans rien laisser paraître. Tandis qu'ils faisaient l'amour, elle se demanda, comme chaque fois ces derniers temps, s'il s'agissait de leur dernière étreinte. Qu'il allait être dur de perdre un homme qu'elle aimait tant ! Mais elle survivrait. Elle n'avait pas le choix.

Au même moment, allongés dans leur lit à côté du berceau, Mike et April parlaient de leur mariage en chuchotant au clair de lune comme deux enfants. Traditionnellement, ils n'étaient pas censés se voir le matin du grand jour, mais ils n'avaient nulle part où aller : l'appartement de Valerie était décoré pour la cérémonie, April n'avait pas de chambre chez son père, et Mike refusait de la laisser seule et d'aller dormir à l'hôtel.

— Tu as peur ? demanda April.
— Un peu.

C'était plus facile de le reconnaître dans l'obscurité...

— Moi aussi. J'angoisse plus pour l'accouchement que pour la suite. Et si je ne peux pas supporter la douleur ?

April craignait de perdre les pédales devant Mike, ce qu'elle trouvait très embarrassant.

— Tu auras une péridurale, promit-il. Les autres femmes s'en sortent, il n'y a pas de raison que tu n'y arrives pas.

Mike espérait que tout se passerait bien pour elle. Il avait été terrorisé lorsqu'on l'avait hospitalisée après l'incendie. Il redoutait de la voir souffrir le martyre.

— Ma mère s'est démenée pour notre mariage, murmura-t-elle en se pelotonnant contre lui.
— Je suis sûr qu'il sera magnifique.

Comment pouvait-il en être autrement ? Les femmes Wyatt se donnaient à fond dans tout ce qu'elles entreprenaient, et rien ne les arrêtait. Mike les admirait. Même enceinte de neuf mois, April abattait un travail fou au restaurant. Heureusement, cela ne semblait pas lui nuire.

Mike regarda le berceau avec son ciel de lit. Il s'était habitué à sa présence dans la chambre. Quand il essayait d'imaginer un nouveau-né à l'intérieur, ou April donnant le sein dans le rocking-chair, il se disait que ces spectacles seraient merveilleux.

Lorsqu'il se retourna, il sentit contre son dos le bébé qui bougeait dans le ventre d'April. Il s'assoupit au rythme de ces mouvements incessants, se demandant tout de même comment elle pouvait réussir à trouver le sommeil.

22

Le matin du mariage, April et Mike étaient aussi tendus l'un que l'autre. Le poids symbolique de cette journée mettait leurs nerfs à rude épreuve. Ellen devait venir chercher April en taxi et elles se rendraient à l'appartement de Valerie, où une coiffeuse et une manucure les attendaient. La robe d'April se trouvait sur place.

Avant de partir, elle embrassa Mike, qui venait de se couper en se rasant : son visage était couvert de petits morceaux de papier-toilette collés par le sang.

— À tout à l'heure. Tâche de rester vivant jusqu'à la cérémonie, le taquina-t-elle.

Mike la fusilla du regard, puis il éclata de rire.

— OK, je suis nerveux. Sors d'ici avant que je change d'avis.

Une fiancée enceinte après une aventure d'un soir... Cela ressemblait fort à un mariage précipité. April ne put s'empêcher d'en plaisanter avec Ellen sur la route.

— Mike est un type bien, commenta son amie.

Chez Valerie, Dawn les attendait. Tout le monde s'était habitué aux tenues punk de la jeune fille, à ses piercings et ses tatouages. Pour l'occasion, elle s'était fait faire des mèches bleu clair. Certes, elle n'avait rien changé à son style en travaillant avec Valerie, mais celle-ci n'en avait cure, car elle se montrait d'une efficacité redoutable et l'avait beaucoup aidée pour l'organisation du mariage.

Ellen avait apporté sa robe, bleu pâle comme celles des sœurs d'April, mais courte, alors que les leurs étaient longues. Valerie avait opté pour une couleur dans la même gamme, ayant trouvé une robe de cocktail lavande en organza qui lui semblait parfaite pour jouer la mère de la mariée.

Alors qu'April arrivait dans l'appartement de Valerie, celle-ci quittait celui de Jack. Comme il dormait encore à poings fermés, elle lui laissa un mot disant qu'elle l'aimait et qu'ils se retrouveraient au mariage. Elle avait l'impression déprimante que chaque jour qu'ils passaient ensemble était le dernier, mais elle tenta d'évacuer sa tristesse tandis qu'elle parcourait la courte distance qui séparait l'immeuble de Jack du sien. Arrivée chez elle, elle trouva sa fille et Ellen en pleine manucure dans la cuisine. De dos, April n'avait pas l'air enceinte : tout le poids qu'elle avait pris, ou presque, s'était mis sur son ventre.

— Comment ça se passe, mesdames ? lança-t-elle tout en prenant la tasse de café que lui tendait son assistante.

En jean, tee-shirt et sandales, Valerie paraissait presque aussi jeune que sa fille. La veille, elle avait appelé Alan Starr pour connaître ses prévisions sur le mariage. Il lui avait assuré que tout se passerait bien. En revanche, elle n'avait pas voulu l'interroger sur la décision de Jack. Elle n'était pas pressée d'apprendre la mauvaise nouvelle, qu'elle devinait sans avoir besoin de recourir à la voyance : Jack partirait. Avait-il vraiment le choix ?

April se faisait poser un vernis à ongles clair. La

coiffeuse lui confectionnerait ensuite une tresse lâche en y intégrant des brins de muguet. Valerie vérifia que les fleurs destinées aux mariés et au cortège se trouvaient bien au réfrigérateur. En début de matinée, le fleuriste avait livré les autres, et le salon était envahi de roses et d'orchidées blanches. Sur les cinq tables, le cristal et l'argenterie étincelaient. Un tapis traçait un chemin dans la pièce pour accueillir April et son père lorsqu'il la mènerait jusqu'à Mike. Un mariage très traditionnel, en somme, malgré les circonstances inhabituelles et le peu de temps que Valerie avait eu pour l'organiser. Heureusement, c'était sa spécialité, et Dawn apprenait vite.

Le gâteau arriva une demi-heure plus tard, suivi de Heather et Annie. Valerie les conduisit dans la chambre d'amis pour qu'elles puissent se changer, et elles en ressortirent à peine cinq minutes plus tard, pressées de voir leur sœur. Celle-ci se délassait dans la salle de bains en marbre rose de sa mère. Lorsqu'elle émergea de la baignoire telle une Vénus très enceinte, ses sœurs fixèrent son ventre, médusées.

— Tu es énorme ! s'exclama Heather.

— Je sais, merci, répondit April en riant. J'espère juste tenir le coup jusqu'à la fin du mariage.

Elle avait eu des contractions toute la matinée, mais c'était sans doute nerveux. Le bébé devait sentir qu'il se passait quelque chose d'important.

— Essaie de ne pas accoucher avant qu'on ait coupé le gâteau, lui conseilla sa mère.

Elles se mirent à rire toutes les deux.

À onze heures, les femmes se retirèrent dans leurs chambres respectives pour s'habiller. Ellen et les demi-sœurs d'April se coiffèrent simplement et étaient ravissantes, tout comme Valerie, qui s'affairait dans l'appartement en attachant son collier de perles. Vêtue sobrement de bleu marine, Maddie les rejoignit et proposa son aide. Dawn, qui se tenait un peu à l'écart, arborait une petite robe bleu électrique et des chaussures compensées.

Toutes se réunirent dans la chambre de Valerie pour admirer April. Sa robe trapèze en soie blanche et ses cheveux tressés de fleurs lui allaient à merveille. À midi moins dix, Dawn leur distribua un bouquet à chacune.

Le juge, déjà présent, attendait dans le salon avec une coupe de champagne. Ami d'enfance de Valerie, il avait accepté volontiers de lui rendre ce service. Cinq minutes plus tard, Jack, Pat et Mike se présentèrent à la porte de l'appartement, accompagnés de Jim et d'Ed du journal. Dawn épingla une rose blanche au revers de leur veste, sauf pour Mike qui eut droit à un brin de muguet rappelant le bouquet et les cheveux de la mariée. Il semblait pétrifié.

— Courage, mon garçon, ce sera fini avant que tu aies eu le temps de dire ouf, le taquina Pat.

Pendant qu'ils bavardaient avec le juge, les hommes acceptèrent une flûte de champagne. Mike en avait bien besoin. Quelques instants plus tard, Pat rejoignit sa fille dans la chambre de Valerie et la trouva magnifique. April, radieuse, faisait une très belle mariée malgré son état. Quel bonheur que tout se finisse bien !

Vers midi, les derniers invités arrivèrent et Valerie n'eut pas le temps de parler à Jack. Comme elle lui souriait à travers la pièce, elle se prit à rêver que ce mariage était le leur. Ainsi, elle serait certaine de ne pas le perdre... Mais l'échange de vœux, « jusqu'à ce que la mort vous sépare », constituait-il une garantie ? Tout le monde savait que non.

À midi trente-cinq, tandis que le petit orchestre de

chambre jouait *Water Music* de Haendel, April apparut au bras de son père, précédée de ses sœurs. Mike resta bouche bée quand elle s'arrêta devant lui, rayonnante.

Debout au premier rang à côté de Pat et Maddie, Valerie se retourna pour regarder Jack, placé juste derrière elle. Il lui serra gentiment l'épaule. Pendant la cérémonie, il se pencha vers elle et lui chuchota : « Tout va bien se passer. » Parlait-il d'April, ou de leur relation ? Valerie n'eut pas la possibilité de le lui demander. Après un bref discours, le juge déclara les deux jeunes gens mari et femme. Ils s'embrassèrent puis, les larmes aux yeux, saluèrent leurs amis. Le mariage, sans fioritures, avait été parfait.

À la fin de la cérémonie, Valerie rejoignit Jack.

— Joli travail, la complimenta-t-il.

— Merci.

Il perçut alors dans son regard toute la tension de la semaine écoulée, et son cœur se serra. La veille, il avait pris sa décision, mais il avait préféré laisser passer une nuit pour en être certain. Ce matin, il avait appelé son agent et son avocat pour leur faire part de la nouvelle.

— Je ne pars pas à Miami, annonça-t-il simplement, ne voulant pas la maintenir plus longtemps dans l'ignorance.

— C'est vrai ? s'exclama Valerie, aux anges. Et ta carrière ?

Elle n'osait pas lui demander pourquoi il préférait rester : pour elle, ou parce qu'il n'aimait pas Miami ? Cela n'avait pas d'importance, tant qu'il ne partait pas ! Elle faillit pleurer de soulagement et passa les bras autour de son cou pour l'embrasser.

— Ma carrière s'en remettra, lui répondit-il. Ce n'est pas maintenant que je vais tout chambouler dans ma vie. On en a déjà parlé : parfois, il faut faire des sacrifices. Or, j'ai *toujours* sacrifié ma vie privée au profit de ma carrière. Cette fois-ci, je fais l'inverse.

Valerie le dévisagea, stupéfaite. Il était en train de lui dire qu'il avait renoncé à une promotion et à une augmentation de salaire pour elle ! Elle n'était pas certaine qu'elle aurait eu le courage de faire ce choix-là à sa place. À l'avenir, si elle se retrouvait confrontée au même genre de dilemme, peut-être suivrait-elle son exemple. Il arrive un moment où la vie ne se résume plus seulement à une question de carrière et d'ambition. Quoi qu'il advienne de leur relation, Jack savait qu'il avait pris la bonne décision, pour lui comme pour elle.

— J'étais tellement persuadée que tu partirais, murmura-t-elle. J'avais l'impression de t'avoir déjà perdu.

Il secoua fermement la tête.

— Tu ne m'as pas perdu. Et je ne suis pas sûr que cela arrive un jour. En décembre, on a survécu ensemble à une expérience traumatisante. Il a fallu que je traverse cette épreuve pour te trouver, je ne vais pas tout envoyer balader maintenant.

Valerie partageait son sentiment. Ils avaient mûri et changé. Leur âge n'avait plus d'importance ; leurs objectifs et leurs valeurs, si. Jack se réjouissait à l'idée de rester à New York avec elle, et la chaîne serait bien obligée de s'en accommoder. Aucun dédommagement n'aurait pu compenser la perte de Valerie.

— Merci, dit-elle en se pressant contre lui. Merci.

Ils passèrent le reste de l'après-midi à bavarder avec les employés du restaurant et les amis des jeunes mariés. Les derniers invités partirent vers seize heures, après un excellent déjeuner ponctué de discours émouvants. Celui du père d'April, par exemple, dans lequel il exprimait sa profonde fierté pour sa fille et assurait qu'il n'avait jamais vu de plus beau mariage précipité. Cela fit rire toute l'assistance : personne n'était dupe quant aux raisons de cette cérémonie éclair.

Juste avant de s'éclipser avec Mike, April lança le bouquet en prenant soin de viser sa mère, qui l'attrapa, surprise.

— Qu'est-ce que je vais faire de ça ? demanda-t-elle à Jack.

Il ne put s'empêcher de rire en voyant sa mine décontenancée. Elle semblait prête à renvoyer le bouquet à sa fille.

— Garde-le, lui dit-il. On ne sait jamais, on peut en avoir besoin. La prochaine fois qu'on me proposera une mutation, je t'obligerai peut-être à m'épouser et à me suivre.

Et Valerie ne dirait peut-être pas non... Ce qu'avait fait Jack en refusant l'offre de la chaîne la touchait et l'impressionnait énormément.

Une fois seule avec lui, elle enleva ses chaussures et le regarda en souriant. Le mariage avait été magnifique et la journée magique, non seulement pour Mike et April, mais aussi pour eux. Tandis que Jack la prenait dans ses bras et l'embrassait, elle se laissa aller contre lui, immensément soulagée. Elle avait eu si peur de le perdre ! Mais elle s'était montrée courageuse. C'était un peu comme s'ils venaient de remporter le Super Bowl. Valerie se sentait très, très chanceuse.

Dans leur chambre de noces au Carlyle, April et Mike avaient commandé un plateau-repas et regardaient un film à la télévision. Heureux mais épuisés, ils échangeaient leurs impressions sur la merveilleuse journée qu'ils venaient de passer. Valerie leur avait concocté un mariage de rêve.

— Et j'ai même réussi à ne pas accoucher ! s'exclama fièrement April, considérant qu'elle y était pour quelque chose.

Pour une fois, le bébé ne bougeait presque pas. Peut-être était-il fatigué ?

— Si tu pouvais te retenir aussi ce soir, ce serait pas mal, répliqua Mike. On a la chambre jusqu'à demain.

— Je vais faire de mon mieux, mais je ne peux rien te promettre.

La robe d'April reposait sur le dossier d'une chaise. Avec ses brins de muguet dans les cheveux, elle était encore un peu une mariée... mais elle ne se sentait pas encore prête à devenir maman. Pas ce soir, du moins : elle voulait profiter de leur lune de miel.

— Tu as des contractions ? demanda Mike, inquiet.

— Pas plus que d'habitude. Je crois que ce ne sera pas pour aujourd'hui.

Mike sembla se détendre. Il aurait aimé lui faire l'amour pour leur nuit de noces, mais il n'osait pas. April était si proche du terme qu'il craignait de déclencher le travail, et ni l'un ni l'autre ne se sentaient d'attaque à endurer un accouchement après une journée pareille. Ils se contentèrent donc de savourer leur omelette en regardant la télévision. Avant de se coucher, April appela sa mère pour la remercier une dernière fois. Valerie avait retrouvé sa bonne humeur.

— Je suis contente, elle a l'air d'aller beaucoup mieux, confia April à Mike après avoir raccroché. Je me demande si Jack et elle se marieront un jour.

Mike ne répondit pas : il dormait profondément.

23

Après le week-end de Memorial Day, April retourna travailler au restaurant le mardi comme si de rien n'était. Toujours efficace et énergique, elle avait néanmoins légèrement ralenti le rythme. Seul Mike, qui la connaissait bien, s'en rendait compte : elle paraissait plus fatiguée et peinait à se lever le matin. Mais cela ne l'empêchait pas de continuer. À la fin de la semaine, il la taquina en l'accusant d'avoir feint sa grossesse pour le forcer à l'épouser, vu qu'elle ne semblait pas vouloir accoucher. Voilà six jours qu'ils étaient mariés, et ils nageaient dans le bonheur.

Le vendredi après-midi, quand il la rejoignit au restaurant après le travail, il la trouva dans la cuisine avec le plombier et l'électricien, en train d'étudier le mode d'emploi de la cuisinière flambant neuve qu'on venait de lui livrer. Il s'avança derrière elle et l'enlaça.

— Comment ça va ? demanda-t-il gaiement.

Il se réjouissait de passer le week-end avec elle. Qui sait, peut-être vivraient-ils un heureux événement ? La date prévue de l'accouchement tombait le lendemain, mais les bébés se montraient rarement à l'heure au rendez-vous. Selon la gynécologue, April pouvait encore attendre deux semaines. Cela ne la dérangeait pas : elle avait de quoi s'occuper.

Mike remarqua qu'elle se tenait le dos pendant qu'elle parlait avec l'électricien. Au moment de partir, elle lui expliqua qu'elle avait dû se froisser un muscle dans la matinée, rien de plus. Mais alors qu'ils se promenaient, elle porta plusieurs fois la main à son ventre et sembla avoir du mal à le suivre. Soudain, elle s'arrêta et lui agrippa le bras.

— Qu'est-ce qui se passe ?
— C'est juste une crampe. J'ai transporté des planches à la benne, ce matin.

Mike leva les yeux au ciel. Décidément, elle était incorrigible ! En même temps, le bébé ne risquait plus rien s'il naissait maintenant...

— J'en ai eu toute la journée, ajouta-t-elle.

Cette fois-ci, il éclata de rire.

— Ma parole, tu es en plein déni ! Jamais tu n'as pensé que c'était peut-être le travail qui commençait ? Je ne suis pas un expert, mais tu as tous les symptômes.

Ces derniers temps, Mike s'était documenté pour se préparer à l'accouchement. April avait mal aux reins, elle ressentait des « crampes » qui l'empêchaient de marcher et qui ressemblaient fort à des contractions... Il lui proposa de rentrer en taxi. Alors qu'il en appelait un, elle se plia en deux. Plus de doute : c'était bel et bien une contraction.

— Est-ce que tu as noté leur fréquence ? demanda Mike tandis qu'ils montaient en voiture.

— Je n'ai pas ma montre, je l'ai oubliée à côté du lavabo ce matin.

Mike fut pris d'un accès de panique. Et si le bébé naissait dans le taxi, ou chez eux alors qu'il se trouvait seul avec elle ? Que ferait-il ? Il inspira profondément, tenta de garder son calme.

— April, je crois que tu vas accoucher. Allons à l'hôpital.

— C'est ridicule, affirma-t-elle.

Mais comme elle se tordait de douleur à nouveau, la suggestion de Mike ne lui sembla plus si stupide. À bien y réfléchir, elle avait eu ces crampes toute la journée, et son dos lui faisait vraiment mal. Tandis que la pression s'intensifiait, elle se tourna vers lui, les yeux écarquillés.

— Tu as peut-être raison, souffla-t-elle en lui serrant le bras.

Mike indiqua au chauffeur l'adresse de la maternité, puis il chronométra les contractions d'April : elles étaient régulières et espacées de trois minutes. En entendant cela, April eut l'air terrifiée.

— Je ne suis pas prête.

— Mais si, tu l'es.

— Et toi, comment tu te sens ? Tu veux que j'appelle Ellen ? demanda-t-elle, soudain affolée.

Mike n'hésita pas une seconde. April était sa femme, et il s'agissait de leur bébé.

— Ne t'inquiète pas pour ça, je viens avec toi. Tout va bien se passer, assura-t-il en lui prenant la main.

Il continua de noter la fréquence de ses contractions, qui devenaient de plus en plus fortes, de plus en plus longues.

— Heureusement que je suis passé te voir au restaurant, sinon tu aurais accouché sur place, fit-il remarquer. À aucun moment tu ne t'es doutée de ce qui t'arrivait ?

— J'étais trop occupée. Je pensais que je m'étais froissé un muscle.

— Tu parles d'un muscle, murmura Mike tandis que le taxi ralentissait, pris dans la circulation du vendredi soir. Dépêchez-vous, ordonna-t-il au chauffeur. Ma femme va accoucher.

— Pas dans ma voiture, s'il vous plaît !

L'homme lui lança un regard implorant dans le rétroviseur intérieur, mais Mike se contenta de lui dire d'aller plus vite. April ne pouvait plus parler et s'agrippait à lui en grimaçant de douleur.

— Tu veux que j'appelle ta mère ? proposa-t-il.

April acquiesça.

Il semblait clair à présent que le grand jour était arrivé. Valerie annonça qu'elle prévenait Pat et qu'ils se rendraient à la maternité pour attendre la bonne nouvelle. Mike espérait juste que la bonne nouvelle n'arriverait pas dans le taxi...

Quand la voiture s'arrêta devant les urgences, les yeux d'April s'agrandirent de terreur.

— Je crois que je vais vomir !

Mike savait ce que cela voulait dire. Il avait bien appris ses leçons. April était sur le point d'accoucher !

— Allez vite chercher quelqu'un ! cria-t-il au chauffeur.

Celui-ci se rua dans la maternité. Une minute plus tard, une sage-femme apparut, en blouse, poussant un fauteuil roulant. Afro-américaine, assez corpulente, elle avait plein de petites tresses sur la tête et un sourire qui lui mangeait tout le visage.

— Allez, il faut sortir de ce taxi, dit-elle à April d'une voix ferme. Le papa veut bien me donner un coup de main ?

Mike acquiesça.

— Je crois que je vais accoucher ! gémit April, complètement paniquée.

— Certainement pas ici. Vous ne voudriez quand même pas avoir ce bébé dans un taxi, ça fait désordre !

April réussit à rire malgré la douleur, tandis que Mike et la sage-femme l'aidaient à s'asseoir dans le fauteuil roulant. Après avoir payé au chauffeur le double de la course, il rejoignit en courant l'infirmière qui poussait April. Celle-ci se mit à pleurer quand ils l'installèrent sur la table d'examen. La sage-femme demanda à une collègue d'appeler immédiatement l'obstétricien de garde et de prévenir la gynécologue d'April. Avec l'aide de Mike, elle déshabilla la jeune femme, lui enfila une chemise d'hôpital et la fit s'allonger.

— Ne poussez pas tout de suite ! prévint-elle, toujours en souriant.

Cette femme dégageait une aura de bonté et de compétence qui rassurait Mike, à cet instant où tout s'accélérait.

— Je ne pousse pas, mais j'en ai envie, répondit April, les dents serrées. Je peux avoir une péridurale ? Ça fait vraiment mal !

Elle supplia Mike du regard. La sage-femme, qui examinait April, se redressa en souriant.

— Ma fille, vous allez avoir un bébé dans deux minutes ! L'anesthésiste n'aura pas le temps d'arriver. Votre col est ouvert à dix, et quelque chose me dit que ça fait un moment. C'est votre premier ?

April acquiesça.

— Qu'est-ce que vous faisiez, pour louper tous les signes ?

Tout en parlant, la sage-femme avait retiré le bout de la table et ajusté les étriers et les repose-jambes. Tandis qu'elle installait April en douceur, celle-ci la dévisagea, terrifiée.

— Je portais des vieilles planches à la benne. Je ne peux pas accoucher maintenant ! Je ne suis pas prête ! cria-t-elle, soudain en colère.

Elle était en train de perdre le contrôle, mais Mike restait solide comme un roc à ses côtés.

— Bien sûr que si, vous êtes prête, répliqua calmement la sage-femme. On n'en voit pas souvent, des mamans qui ratent le début du travail parce qu'elles transportent des planches. Vous êtes dans le bâtiment ? demanda-t-elle.

Pendant ce temps, elle préparait rapidement ses instruments, en gardant un œil sur April.

— Non, je suis propriétaire d'un restaurant.

Au moins, April ne criait plus. Elle grimaça, submergée par une vague de douleur. Mike était stupéfait de la vitesse à laquelle tout s'enchaînait. L'obstétricien n'était toujours pas arrivé, mais la sage-femme semblait très bien s'en sortir sans lui.

— Est-ce que le papa veut voir la tête du bébé ? proposa-t-elle.

— On voit sa tête ? demanda April, émerveillée.

Elle fut alors saisie d'une contraction encore plus forte et plus douloureuse que les précédentes. Mike, qui la soutenait par les épaules, jeta un coup d'œil et aperçut les cheveux noirs et bouclés du bébé. Lorsque la contraction s'estompa, la tête recula légèrement.

— Allez, le papa, vous tenez une jambe, je tiens l'autre. Et vous, la maman, à la prochaine contraction, vous pousserez le plus fort possible en retenant votre respiration. Dans deux minutes, votre enfant sera dans vos bras. Allons-y.

Tandis qu'April poussait, le bébé avança progressivement jusqu'à sortir entre les mains de la sage-femme. April laissa échapper un long cri rauque qui surprit Mike. Inquiet, il la regarda, mais elle souriait et pleurait tout à la fois. La sage-femme essuya l'enfant, l'enroula dans une couverture et le tendit à Mike.

— C'est un petit garçon ! annonça-t-elle.

À cet instant, l'obstétricien de garde entra dans la pièce, juste au moment de couper le cordon. La gynécologue d'April n'avait pas eu le temps de venir. Mike s'aperçut qu'ils avaient quitté le restaurant seulement vingt minutes plus tôt. À peu de choses près, April aurait accouché dans le taxi... Le chauffeur ne savait pas la chance qu'il avait eue !

Mike déposa le bébé dans les bras d'April, qui le caressa tendrement avant de lever les yeux vers son mari. Ils étaient émus aux larmes.

— Sam, murmura-t-elle.

— Je savais que c'était un garçon, dit-il en regardant fièrement son fils.

On ne l'avait pas encore pesé, mais c'était un beau bébé. La sage-femme l'évaluait à quatre kilos au moins, et il était sorti sans problème ! Mike leva les yeux au ciel quand April affirma qu'elle n'avait presque pas souffert. Cela ne lui avait pas paru aussi facile qu'elle voulait bien le faire croire, même si l'expérience s'était révélée beaucoup moins atroce qu'il ne l'avait craint. Assister au miracle de la naissance l'avait fasciné.

La sage-femme quitta la pièce pendant que l'obstétricien s'occupait de l'expulsion du placenta. À son retour, elle s'approcha d'April avec son grand sourire maternel qui les avait rassurés, Mike et elle.

— Il y a des gens dehors qui cherchent April Wyatt. C'est vous ?

— C'était, répondit l'intéressée, qui rayonnait de bonheur avec son bébé dans ses bras. Maintenant, je suis April Steinman. Je me suis mariée samedi dernier.

La sage-femme rit de bon cœur.

— Eh bien, tant mieux. Quand on vous aura un peu nettoyée, vous voulez que je leur dise d'entrer ?

April interrogea Mike du regard, et il acquiesça, conscient de vivre le plus beau jour de sa vie malgré l'angoisse qui l'avait précédé. Il aimait April plus que jamais. Cela ne le dérangeait pas d'accueillir sa famille, qui était aussi la sienne à présent. Sam en faisait partie également. Pour toujours.

— D'accord, répondit April.

Comme elle s'était mise à trembler, on l'enveloppa dans une couverture chaude. La sage-femme leur expliqua que cette réaction était normale et que les tremblements cesseraient bientôt.

Quelques instants plus tard, la famille au complet débarqua dans la pièce : Pat et Maddie, Annie et Heather, Valerie et Jack. Tous félicitèrent les heureux parents et s'extasièrent sur le petit Sam, qu'April tenait dans ses bras, radieuse, pendant que Mike lui murmurait qu'il l'aimait. Valerie regardait le bébé, les larmes aux yeux, sans lâcher la main de Jack. Et soudain, Mike prit conscience que tout était parfait. Cette vie-là n'avait rien à voir avec ce qu'il avait connu étant enfant, car sa nouvelle famille était capable d'amour : elle accueillait le nouveau-né en son sein comme elle l'avait accueilli, lui.

Une fois seuls, April et Mike s'embrassèrent, puis elle déposa un baiser sur le front de leur fils.
— Joyeux anniversaire, Sam, chuchota-t-elle.
Personne n'aurait pu deviner, quelques mois plus tôt, que le pire des anniversaires pour certains se révélerait finalement le meilleur.

Découvrez dès maintenant
le premier chapitre de

DES AMIS SI PROCHES
le nouveau roman de
DANIELLE STEEL

aux Éditions
Presses de la Cité

DANIELLE STEEL

DES AMIS SI PROCHES

ROMAN

*Traduit de l'anglais (États-Unis)
par Nelly Ganancia*

presses de la cité

Titre original :
FRIENDS FOREVER

© Danielle Steel, 2013
Tous droits réservés, incluant tous les droits de reproduction
d'une partie ou de toute l'œuvre sur tous types de supports
© Presses de la Cité, 2014 pour la traduction française

1

Le processus d'admission à l'école Atwood épuisait depuis six mois l'énergie des familles candidates, entre les journées portes ouvertes, les réunions d'accueil et les entretiens auxquels étaient soumis les parents. Si, dans une certaine mesure, les enfants qui avaient déjà un frère ou une sœur dans l'établissement étaient favorisés, chacun avait néanmoins été testé et évalué à l'aune de son propre mérite. Parmi les plus anciennes écoles privées de San Francisco, Atwood était l'une des rares qui proposaient un enseignement mixte. Elle était aussi la seule à offrir un cursus complet, depuis la maternelle – à partir de cinq ans – jusqu'à la terminale. Or les familles ne souhaitaient pas revivre un tel parcours du combattant au moment de l'entrée au collège ou au lycée.

Fin mars, les réponses arrivaient par courrier, attendues avec la même anxiété qu'une admission à Harvard ou à Yale. Bien que certains parents reconnussent le côté un peu démesuré de cette pression, ils affirmaient que le jeu en valait la chandelle. Atwood était une école fabuleuse, qui garantirait à leurs chères têtes blondes un accompagnement personnalisé, en même temps qu'une formidable reconnaissance sociale (ils évitaient toutefois de mentionner ce dernier argument). Les jeunes issus du lycée Atwood avaient presque toujours accès à des établissements supérieurs de renom, en particulier les prestigieuses universités de la Ivy League.

Située dans le quartier huppé de Pacific Heights, l'école comptait à peine six cent cinquante inscrits, et l'effectif de chaque classe était réduit. À tout moment de leur scolarité, les élèves pouvaient s'adresser à l'équipe d'encadrement pédagogique, composée de conseillers d'éducation et d'orientation, ainsi que de psychologues.

Le mercredi suivant le jour férié de Labor Day, le moment tant attendu de la première rentrée arriva enfin pour les élèves de la maternelle. C'était une de ces rares journées de septembre où la chaleur s'abat sur la ville. Depuis le dimanche, la température frisait les trente-cinq degrés le jour et ne descendait guère au-dessous des vingt-cinq la nuit. De tels épisodes de canicule ne survenaient qu'une ou deux fois par an dans la baie de San Francisco, et ils ne duraient jamais bien longtemps. Dès que la brume se mettrait – inévitablement – à remonter le long des collines, le thermomètre n'indiquerait plus que dix à quinze degrés, sous l'influence de la brise marine.

En temps normal, Marilyn Norton adorait la chaleur. Mais à deux jours du terme de sa grossesse, elle souffrait le martyre. Enceinte de son deuxième garçon, qui s'annonçait comme un gros bébé, elle ne pouvait presque plus bouger. Ses pieds et ses chevilles avaient tellement enflé qu'elle devait se chausser d'une paire de tongs. Elle portait un short blanc, informe et pourtant trop serré, et un tee-shirt de la même couleur, emprunté à son mari, qui moulait son énorme ventre. Mais le bébé ne tarderait pas à arriver, et elle s'estimait heureuse de pouvoir être présente au côté de son fils aîné en ce grand jour. Comme tous les autres enfants, Billy appréhendait la rentrée. Il avait insisté pour que sa maman l'accompagne à la nouvelle école et se cramponnait à sa main.

Ils approchèrent du beau bâtiment neuf. Ce dernier avait été construit cinq ans auparavant, financé en grande partie par les parents des élèves. Billy serrait un petit ballon ovale contre son flanc. La mère et le fils arboraient tous deux la même crinière rousse et bouclée. Marilyn répondit par un sourire attendri à celui de Billy, où manquaient deux incisives. C'était un enfant adorable et facile à vivre, qui ne demandait pas mieux que de faire plaisir à tout le monde. Et il savait que le meilleur moyen de plaire à son père était de lui parler de sport, aussi mémorisait-il tout ce que Larry pouvait lui raconter sur tel ou tel match. Depuis ses quatre ans, l'année précédente, il déclarait qu'il ferait un jour partie de l'équipe de football américain de San Francisco, les célèbres Forty Niners. « C'est bien mon fils à moi ! » s'exclamait Larry avec fierté. Tous les sports le passionnaient, aussi bien le football américain que le base-ball ou le basket. Pour sa pratique personnelle, il ne manquait jamais l'occasion d'une partie de golf avec un client, et sa séance de gym du matin était un rituel immuable. Il encourageait son épouse à l'imiter ; Marilyn avait d'ailleurs un corps ferme et svelte – quand elle n'était pas enceinte. Elle avait continué à jouer au tennis avec lui tous les week-ends, jusqu'à ce que sa grossesse ne lui permette plus de courir assez vite pour toucher la balle.

Marilyn était âgée de trente ans. Elle avait rencontré Larry huit ans auparavant, alors qu'elle venait de quitter la fac et que tous deux travaillaient pour la même compagnie d'assurances. Il avait huit ans de plus qu'elle, elle lui avait aussitôt tapé dans l'œil et il avait commencé par la taquiner au sujet de ses cheveux cuivrés. Larry était la coqueluche de l'agence, toutes ses collègues espéraient s'attirer ses faveurs, mais Marilyn avait été l'heureuse élue. Ils s'étaient mariés quatre ans plus tard et elle n'avait pas tardé à tomber enceinte de Billy. À présent, Larry se réjouissait à l'idée d'avoir un deuxième garçon. Ils avaient décidé de le prénommer Brian.

Larry avait connu une brève carrière de joueur de base-ball. À l'époque, personne ne doutait que son talent de lanceur lui permettrait un jour d'accéder à une équipe de première division. Hélas, lors d'un accident de ski, une mauvaise fracture de l'épaule avait coupé court à ses ambitions. Au début, il en avait conçu un sentiment d'échec qui l'incitait parfois à abuser de la boisson, et à flirter avec les femmes à cette occasion. Néanmoins, il ne buvait qu'en société et il fallait reconnaître que l'on pouvait compter sur lui pour mettre de l'ambiance dans les soirées. Après avoir épousé Marilyn, il avait quitté son emploi afin de monter sa propre entreprise. Grâce à son bagou et à ses talents de vendeur, les revenus de son agence de courtage leur avaient rapidement permis de mener une vie des plus aisées. Ils avaient acheté une très belle maison, perchée sur Pacific Heights, et Marilyn n'avait plus eu besoin de travailler.

Les clients privilégiés de Larry – ceux qui lui accordaient toute leur confiance et faisaient désormais son fonds de commerce – étaient les athlètes de haut niveau. À trente-huit ans, Larry avait acquis une solide crédibilité professionnelle, doublée d'une excellente réputation. Quoique le destin n'ait pas tourné comme il l'espérait, il se déclarait volontiers très satisfait de son sort, aux côtés d'une femme sublime et d'un fils qui réaliserait sans aucun doute ses ambitions de futur champion, pour peu qu'il choisirait cette voie.

Ce matin-là, Larry n'accompagnait pas Billy lors de sa première rentrée, car il avait rendez-vous pour le petit déjeuner avec un membre des Forty Niners auquel il espérait vendre de nouveaux contrats. Ses clients, en particulier quand il s'agissait de stars de cette envergure, avaient souvent la priorité. De toute façon, très peu de papas étaient présents, et Larry avait promis à son fils de lui rapporter un ballon et des photos dédicacées du joueur.

Dans le hall de l'école, l'enseignante qui accueillait les petits nouveaux adressa à Billy un large sourire, auquel il répondit par un coup d'œil timide, sans lâcher la main de sa mère. La jeune femme était jolie, avec ses longs cheveux blonds, et semblait fraîche émoulue de l'université. Un badge épinglé au revers de son chemisier indiquait qu'elle était professeur stagiaire. Il fallait l'appeler Mlle Pam. Elle attribua à Billy un badge portant son prénom, puis Marilyn le conduisit jusqu'à sa salle de classe, où se trouvait déjà une douzaine d'enfants. La maîtresse titulaire le salua chaleureusement, avant de lui demander s'il aimerait laisser son ballon dans sa case, afin d'avoir les mains libres pour jouer avec les autres. Son nom était Mlle June et elle devait avoir le même âge que Marilyn.

Après une hésitation, Billy secoua la tête. Il craignait que quelqu'un ne lui vole son jouet. Marilyn le rassura, puis l'encouragea à faire ce que suggérait la maîtresse. Elle l'aida à trouver le sien parmi les casiers ouverts qui s'alignaient dans le couloir. Puis Mlle June lui proposa de jouer avec les blocs de construction en attendant l'arrivée des autres. Billy leva alors un regard interrogateur vers sa mère, qui l'invita à s'exécuter en le poussant doucement du coude.

Les équipements de l'école Atwood, y compris les jouets dont disposait la classe de maternelle, impressionnaient toujours les parents lors des journées portes ouvertes. Il y avait aussi un immense terrain de jeux, ainsi qu'un vaste gymnase et toutes les infrastructures sportives dont on pouvait rêver. Larry, bien sûr, n'y avait pas été insensible. Pour sa part, Marilyn privilégiait la qualité de l'enseignement dispensé. Car si son mari avait bien réussi dans la vie grâce à son charisme et à son sens des affaires, il n'avait pas appris grand-chose à l'école, et elle voulait s'assurer qu'il en irait autrement pour ses fils.

— À la maison, tu aimes bien jouer aux jeux de construction. Vas-y ! Ne t'inquiète pas, je reste là, dit-elle en indiquant une chaise minuscule.

Elle s'y assit avec difficulté, songeant qu'il lui faudrait l'aide d'une grue pour se relever. Sur ce, Mlle June conduisit Billy jusqu'au coin où se trouvait le jeu de construction et il entreprit d'assembler une espèce de château fort avec les plus gros blocs. Il était grand et costaud pour son âge, pour le bonheur de Larry, qui pensait déjà à la future carrière de footballeur de son fils. Cependant, Billy ne se montrait jamais agressif envers les autres et il avait produit une excellente impression lors de son évaluation d'entrée à Atwood. L'équipe pédagogique avait confirmé qu'il était non seulement très bien coordonné compte tenu de sa taille, mais aussi très éveillé. Marilyn osait à peine espérer que son fils cadet, quand il serait né, puisse se révéler aussi merveilleux que Billy. N'était-ce pas l'enfant le plus adorable au monde ? Coincée dans sa petite chaise, elle regarda les autres élèves entrer.

Elle remarqua un garçon aux cheveux noirs et aux grands yeux bleus. Il était plus petit et plus fin que Billy, et portait un pistolet en plastique à la ceinture de son bermuda, ainsi qu'une étoile de shérif épinglée à son tee-shirt. Marilyn savait que les jouets représentant des armes n'étaient pas autorisés à l'école. Celui-ci devait avoir échappé à la vigilance de Mlle Pam dans le hall. Le garçon, prénommé Sean, était accompagné de sa mère, une jolie blonde, un peu plus âgée que Marilyn. Elle était vêtue d'un jean et d'un tee-shirt blanc. Tout comme Billy quelques minutes auparavant, Sean serrait dans la sienne la main de sa maman et, comme lui, il ne tarda pas à la lâcher pour se diriger vers le coin construction.

Un instant plus tard, Mlle June remarqua le pistolet de Sean et s'approcha de lui. Sa mère connaissait le règlement intérieur, d'autant qu'elle avait déjà un grand garçon, Kevin, en cinquième au collège Atwood. De plus, Connie O'Hara avait elle-même été institutrice avant de se marier. Mais, après avoir tenté en vain de raisonner Sean à la maison, elle avait décidé de laisser la maîtresse régler le problème. Mlle June aborda l'enfant avec un sourire bienveillant.

— Et si tu laissais ça dans ta case, Sean ? Tu peux garder ton étoile de shérif.

— Je ne veux pas qu'on me vole mon pistolet, répondit-il d'un air buté.

— Alors ta maman peut le garder. Elle te le rapportera quand elle viendra te chercher. Mais tu sais, il ne craint rien dans ta case.

— Je vais peut-être en avoir besoin, dit-il tout en

s'efforçant d'ajuster une brique de plastique au-dessus des autres.

— Je comprends, répondit Mlle June en acquiesçant avec le plus grand sérieux. Mais je ne crois pas que tu auras à arrêter quelqu'un aujourd'hui. Il n'y a que des copains ici, tout le monde est gentil.

— Peut-être qu'un voleur ou un méchant va entrer dans l'école.

— Ne t'inquiète pas, les grandes personnes ne le laisseraient pas faire. Allez, donnons le pistolet à ta maman, conclut-elle d'un ton ferme, craignant qu'il ne récupère le jouet dans son casier quand elle aurait le dos tourné.

Sean leva les yeux vers l'institutrice et comprit qu'elle était sérieuse. À regret, il lui tendit le jouet, qu'elle confia à Connie. Cette dernière présenta ses excuses à l'enseignante, puis s'installa sur une petite chaise près de la mère de Billy.

— Je me doutais que ça se passerait comme ça, lui dit-elle avec un sourire entendu. Mais ce matin Sean a refusé de quitter la maison sans son pistolet.

— Oh, je sais ce que c'est. Billy, lui, voulait absolument son ballon, répondit-elle en désignant son fils.

— Quels magnifiques cheveux roux ! s'extasia Connie.

Les deux garçons jouaient côte à côte en silence, quand une petite fille arriva à son tour dans le coin construction. Elle était vêtue d'une jolie robe rose et portait des chaussures à paillettes de la même couleur, sur une paire de socquettes blanches. Avec ses longues anglaises blondes et ses grands yeux bleus, elle ressemblait à une gravure de mode. Sans un mot, elle se saisit du gros bloc de construction avec lequel Billy était en train de jouer et le plaça devant elle. Billy, subjugué, ne réagit même pas. L'instant d'après, elle avisa celui que Sean s'apprêtait à placer sur son château et s'en empara également. Tout, dans son attitude, indiquait qu'il valait mieux ne pas avoir affaire à elle. Les deux garçons étaient médusés. Billy semblait sur le point de se mettre à pleurer, tandis que Sean lui jetait un regard noir.

— C'est ça qui est génial avec les classes mixtes, murmura Connie à l'intention de Marilyn. Ils apprennent à côtoyer l'autre sexe dès leur plus jeune âge. Je suis bien contente d'avoir rangé le pistolet dans mon sac à main, sinon je suis sûre que Sean l'aurait « arrêtée », si vous voyez ce que je veux dire.

Imperturbable, le petit diable aux allures d'ange poursuivit la construction de son propre château, tout en rejetant en arrière ses boucles dorées. Son badge mentionnait son prénom, Gabrielle, mais aussi son diminutif, Gabby.

Une autre petite fille s'approcha du coin construction. Elle n'y resta que deux secondes, avant de se diriger vers la cuisine miniature, où elle se mit à manipuler avec zèle poêles et casseroles. Elle avait un visage très doux, encadré de deux tresses sages, et portait une salopette, un tee-shirt rouge et des baskets. Les trois autres enfants l'observaient, quand une femme en tailleur bleu marine la rejoignit pour plaquer un baiser sur son front et lui dire au revoir. Ses cheveux bruns, serrés en chignon, étaient de la même couleur que ceux de sa fille. En dépit de la chaleur, elle portait sa veste de tailleur, un chemisier de soie blanche, des bas et des escarpins. Elle avait l'air d'une banquière, d'une avocate ou d'une femme d'affaires. Izzie, sa fille, ne sembla pas s'émouvoir de son départ, comme si elle était déjà habituée à la séparation.

Les deux garçons s'approchèrent d'elle prudemment.

Gabrielle, aussi jolie fût-elle, avait réussi à les faire fuir. Izzie semblait plus commode.

— Tu fais quoi ? demanda Billy.

— Je prépare le déjeuner, répondit-elle d'un air d'évidence. Qu'est-ce que tu veux manger ?

Elle avait sorti du four et du réfrigérateur plusieurs paniers contenant des aliments en plastique, qu'elle avait disposés sur des assiettes et placés sur une petite table de pique-nique.

— En vrai ? demanda Billy avec des yeux ronds, ce qui fit éclater de rire sa camarade.

— Mais non, patate ! C'est pour de faux. Alors, qu'est-ce que tu veux ?

— Oh, je voudrais un hamburger, un hot dog avec du ketchup, de la moutarde et des frites. Non, plutôt avec des cornichons.

— Ça arrive tout de suite.

Izzie lui tendit une assiette chargée de sa commande, puis lui indiqua la petite table, où il s'assit de bonne grâce.

— Et toi ? demanda-t-elle ensuite, se tournant vers Sean avec un sourire.

— Une pizza et un sundae caramel.

L'un et l'autre étaient disponibles dans son arsenal d'aliments en plastique et elle s'activa avec l'agilité d'une serveuse de fast-food. En un clin d'œil, Izzie avait endossé le rôle de petite mère attentionnée.

C'est alors que la princesse en robe rose et chaussures à paillettes apparut.

— Est-ce que ton père a un restaurant ? lui demanda Gabby, fascinée.

— Non, il est avocat pour les gens pauvres. Ça veut dire qu'il les aide quand les autres sont méchants avec eux. Il travaille pour « Amnésie Internationale ». Maman est avocate aussi, mais pour les sociétés. Il fallait qu'elle aille au tribunal aujourd'hui, alors elle n'a pas pu rester. Elle ne sait pas faire à manger. C'est mon papa qui cuisine.

— Mon père à moi, il vend des voitures. Ma mère a une nouvelle Jaguar tous les ans. On dirait que tu es forte en cuisine.

Elle semblait plus encline à sympathiser avec Izzie qu'avec Billy ou Sean. Bien que filles et garçons aient tendance à se diviser en deux groupes distincts, la cohabitation dans la même salle de classe leur était profitable.

— Est-ce que je pourrais avoir un cheeseburger ? Et un doughnut, s'il te plaît, dit-elle en désignant un beignet rose parsemé de bonbons en plastique.

Izzie les lui présenta sur un petit plateau, puis Gabby attendit pendant que sa nouvelle copine se choisissait une banane et un doughnut au chocolat. Elles se joignirent alors aux garçons, et ils se retrouvèrent attablés comme quatre amis qui se seraient donné rendez-vous pour déjeuner.

Ils venaient de commencer à faire semblant de manger, quand un grand garçon mince accourut vers eux. Il avait les cheveux blonds et raides. Vêtu d'une chemise blanche et d'un pantalon kaki bien repassé, il paraissait plus que son âge. On aurait dit un élève de CE1.

— Je suis en retard pour le repas ? demanda-t-il d'une voix essoufflée.

— Bien sûr que non, le rassura Izzie. Qu'est-ce que tu veux ?

— Un sandwich à la dinde avec de la mayonnaise, sur du pain de mie.

Izzie lui trouva quelque chose qui y ressemblait

vaguement et ajouta de fausses chips en plastique pour faire bonne mesure. Le garçon s'assit avec les autres, avant de jeter un coup d'œil à sa mère, qui quittait la salle de classe. Elle était en train de donner des instructions au téléphone et semblait très pressée.

— Ma mère aide les bébés à naître, expliqua l'enfant. Il y a une dame qui va avoir des triplés, c'est pour ça qu'elle ne peut pas rester. Mon père est psychiatre, il parle avec les gens quand ils sont tristes, ou bien fous.

Andy semblait très sérieux avec sa coupe de cheveux de grande personne. Il aida Izzie à débarrasser quand ils eurent terminé.

Entre-temps, Mlle Pam avait rejoint Mlle June et les deux maîtresses demandèrent aux enfants de former un cercle. Les cinq qui venaient de jouer à la dînette ensemble s'assirent les uns à côté des autres. Gabby serra la main d'Izzie dans la sienne, tandis qu'on leur distribuait des instruments de musique et leur expliquait comment s'en servir.

Après la séance de musique, ils eurent chacun droit à un biscuit et à un verre de jus de fruits, puis ce fut l'heure de la récréation. Les enseignantes proposèrent des rafraîchissements aux mères qui étaient restées, réparties par petits groupes au fond de la classe. Marilyn refusa en se frottant le ventre, affirmant qu'un simple verre d'eau suffisait désormais à lui donner des aigreurs d'estomac. Les autres femmes lui adressèrent des regards compatissants.

La mère de Gabby s'était jointe à Marilyn et Connie. Elle devait avoir moins de trente ans et, malgré un style un peu voyant – talons hauts et minijupe de coton blanc –, il fallait reconnaître que c'était une très jolie femme. Elle était maquillée et parfumée, et elle avait crêpé ses cheveux blonds. Son tee-shirt rose, très échancré, découvrait la naissance de ses seins. Cependant, Judy ne semblait pas craindre de se faire remarquer. Elle se révéla très sympathique et exprima elle aussi toute sa compassion à Marilyn, déclarant qu'elle avait pris vingt kilos lors de sa dernière grossesse. À en juger par sa silhouette de rêve, elle les avait perdus depuis. Elle ajouta qu'elle avait participé à des concours de beauté pendant ses études, ce que les autres n'eurent aucune peine à croire. Ayant quitté le sud de la Californie pour San Francisco deux ans auparavant, elle ne se plaignait pas de la chaleur, bien au contraire.

Les trois femmes parlèrent d'organiser un covoiturage pour les enfants. Elles espéraient trouver deux autres volontaires, afin de ne prendre le volant qu'une fois par semaine, à tour de rôle. Judy expliqua que sa fille de trois ans serait du voyage quand son tour arriverait, ce qui ne devrait pas poser de problème de place puisqu'elle possédait un minibus. De son côté, Marilyn s'excusa de ne pas pouvoir conduire au cours des semaines qui suivraient l'accouchement.

Connie avait déjà fait l'expérience du covoiturage quand Kevin, son fils aîné, était plus jeune. Et comme les horaires du collège différaient de ceux de la maternelle et que Kevin n'avait aucune envie d'accompagner son petit frère à l'école, elle était ravie de pouvoir s'arranger avec d'autres parents.

Après la récréation, les mamans se retirèrent et promirent à leur progéniture de revenir bien vite. Les enfants s'absorbèrent alors dans l'histoire que leur lut Mlle June. Si Billy et Sean avaient un peu de mal à rester assis sans bouger, Gabby et Izzie, de nouveau main dans la main, buvaient les paroles de la maîtresse. Quelques instants auparavant, elles avaient décidé, tout en s'amusant sur les balançoires dans la cour, de se choisir mutuellement comme meilleure copine. Pendant ce temps, les garçons n'avaient cessé de crier et de courir dans tous les sens.

— Est-ce que vous êtes au courant de la réunion de ce soir ? demanda Connie à Marilyn et Judy, quand elles furent hors de portée des oreilles des enfants.

Elles avouèrent que non.

— Elle concerne plutôt les parents d'élèves du collège et du lycée, poursuivit-elle, un ton plus bas. Un garçon de seconde s'est pendu cet été. Un gamin adorable. Kevin le connaissait, même s'il avait trois ans de plus. Il jouait dans l'équipe de base-ball. Ses parents savaient qu'il avait de gros problèmes émotionnels, et l'école était au courant aussi. Il y aura un psychologue à la réunion, pour expliquer comment reconnaître et prévenir les tendances suicidaires chez les jeunes.

— Au moins, nous n'avons pas encore de soucis à nous faire de ce côté-là, soupira Judy. Avec Michelle, j'en suis toujours aux histoires de pipis au lit accidentels. Elle n'a que trois ans.

— Apparemment, ça peut arriver dès l'âge de huit ou neuf ans, dit Connie d'un air sombre. Je ne m'inquiète pas pour Kevin, mais il est parfois ingérable. Il n'a jamais été aussi facile à vivre que Sean, il déteste se plier aux règles. Quant au jeune qui est mort, c'était un garçon charmant.

— Parents divorcés ? demanda Marilyn d'un air entendu.

— Non, répondit Connie. Une bonne famille, un couple uni, avec la mère au foyer à plein temps. Ils n'auraient jamais pu imaginer une chose pareille. Je crois qu'il voyait régulièrement un conseiller d'éducation, mais c'était surtout pour l'aider au niveau scolaire. À la maison, la pression était forte et il prenait tout très à cœur. Je me souviens qu'il pleurait chaque fois que l'équipe de base-ball perdait. C'était leur fils unique.

Les deux autres femmes furent ébranlées par ce récit. Comment concevoir qu'un de ses propres enfants puisse un jour se suicider ? Pour le moment, cependant, elles avaient bien assez de soucis avec les risques d'accidents domestiques ou de noyade dans la piscine, sans compter toutes les maladies de la petite enfance. Elles prirent congé et Connie promit de les appeler dès qu'elle aurait trouvé d'autres mamans pour le covoiturage.

À la fin de la journée, toutes trois se retrouvèrent sur le parking de l'école. Izzie et Gabby quittèrent la classe en gambadant, main dans la main. Gabby déclara à sa mère qu'elle s'était bien amusée, et Izzie en dit autant à sa baby-sitter. Sean réclama son pistolet dès qu'il mit le pied dehors, tandis que Billy serrait dans ses mains son petit ballon. Quant à Andy, il fut récupéré par l'employée de maison, car ses deux parents travaillaient encore à cette heure-ci.

En voyant la mine radieuse de son fils et de ses camarades, Marilyn se dit qu'elle avait décidément eu raison de l'inscrire à Atwood. Alors qu'ils étaient en route pour la maison, elle perdit les eaux et reconnut les premières contractions annonçant en fanfare l'arrivée du bébé. Brian naquit cette nuit-là.

Composé par Nord Compo
à Villeneuve-d'Ascq (Nord)

Imprimé en France par

MAURY IMPRIMEUR
à Malesherbes (Loiret)
en décembre 2013

POCKET – 12, avenue d'Italie – 75627 Paris Cedex 13

N° d'impression : 186525
Dépôt légal : janvier 2014
S24678/01